犯罪心理拼图2

刘栋 著

中国工人出版社

图书在版编目（CIP）数据

犯罪心理拼图2／刘栋著. —北京：中国工人出版社，2019.11
ISBN 978-7-5008-7317-4

Ⅰ.①犯… Ⅱ.①刘… Ⅲ.①长篇小说—中国—当代 Ⅳ.①I247.5

中国版本图书馆CIP数据核字（2019）第288951号

犯罪心理拼图2

出 版 人 王娇萍
责任编辑 左 鹏 刘 药
责任印制 黄 丽
出版发行 中国工人出版社
地　　址 北京市东城区鼓楼外大街45号 邮编：100120
网　　址 http://www.wp-china.com
电　　话 （010）62005043（总编室）
（010）62005039（印制管理中心）
发行热线 （010）62005049 （010）62005042（传真）
经　　销 各地书店
印　　刷 天津中印联印务有限公司
开　　本 880毫米×1230毫米 1/32
印　　张 9.875
字　　数 220千字
版　　次 2020年2月第1版 2020年2月第1次印刷
定　　价 49.00元

自从人类诞生之日起，相互之间的残杀也随之开始了。即使是在太平盛世，也始终有人持有黑暗的灵魂，刀头舔血，以此为乐。在他们的眼里，杀人是一门高深而精妙的艺术，为了获得更高深的杀人伎俩，他们甚至愿意将灵魂献给恶魔……

目录

第一章　失忆之人

硝烟的呛人味道，让他从剧烈的咳嗽中醒来。

男人揉了揉眼睛，他发现手上一片血红，那黏糊糊的血迹，来自自己。

男人艰难地撩开盖在身上的芭蕉叶，撑起身子，他感觉自己身上至少有七八处伤痕。额头上有一处伤口还在流血，伤口里嵌着玻璃残渣。

他小心地拔掉残渣，脑袋里“嗡”地轰鸣起来，就像一列火车穿墙驶过。

车窗里戏剧般闪现出一帧帧的画面——血红色的影子在头顶嗡嗡掠过，啸吼的火球朝着自己奔袭而来……玻璃炸裂，碎片刺向自己的脸……

男人用力甩了甩头，脑海里的画面依然无法连贯起来。

我是谁？我在哪儿？我来做什么？

这三个问题像榔头一样敲击着他的脑袋，然而这些问题的答案，他一个也想不出来。

他在自己的衣服口袋里摸了摸，所有口袋都是空的。

他转过身，盯着自己身后的火场。

起火处有两处，一处是被炸得稀烂的越野车，还有一处是一头扎进树丛的无人机。

他走到越野车的车门前，现在已经完全看不出这是车门，因为它已经被巨大的外力拧成了八字形。他脱下上衣，包住自己的手，忍着高温的灼烫感，拉了一下车门，车门咣当一声掉在了地上，溅了一地焦黑的炭灰。

驾驶位上坐着一个人，或者说，一具焦尸。

男人捂住了鼻子，他很惊讶自己为什么能这么冷静地面对一具尸体。

尸体的上半身已经被烧得焦黑，他只能看尸体的下半身。

“男性，身高一米七四至一米七七，左撇子，肌肉发达，喜欢踢足球……”

这些信息像天书一样出现在男人的脑海里，男人在原地呆立了半分钟，他不明白自己从何知晓这些信息，他明明只看了一眼尸体，还是只剩下一半的尸体……为什么他会连这尸体的“生前信息”都能读出来?

身后传来窸窸窣窣的声音……

一个冰凉的圆环抵在了男人的后背上，很显然，那是枪口。

随后，是生硬而粗野的喊叫声:“不许动，举起手来!”

男人顺从地举起手来。

身后又传来另一个声音，这次的声音显得较为尖利。

“搜他的身，看他是什么人。”

一只毛发浓密的大手伸进了男人的口袋，这只手的动作很蛮横，在搜完他所有的口袋之后，还在他的裤裆、腋下摸了个遍。让他非常不舒服。

脑海里突然出现了一个迷彩服的形象。看样子像是什么教官，教官的袖标上带着“PLA”字样。

“情况紧急，他们派我来训练你，但只有一个礼拜的时间，一个礼拜之后，你就要去执行任务。”教官的声音很严肃：“因此，在这七天之内，我会尽我所能，你也要尽力记住我教你的所有东西。用你的命去记住它们！它们之中的任何一条都有可能救你的命！”

画面一转，教官拿着一把枪，走向他的身后，在他的背后说：“如果有人在背后用枪指着你，你该怎么办？不要慌。首先，慢慢地把双手举起来。然后，微微侧头，用眼角的余光观察身后……”

男人照着脑海中教官的讲解，举起自己的双手，微微侧了侧身，他的眼角余光隐约能看到身后站着一个身材高大的壮汉。

“什么都没有！”那壮汉用粗野的声音喊道。

“什么都没有？”那尖利的声音很惊奇：“是游客还是牧民？看他穿的衣服，倒是挺像游客。”

“要放了他吗？”那粗野的声音问道。

“放了他？你是脑残吗？”那尖利的声音不满地说：“他已经进入了咱们的‘禁区’，头领下了令，凡是进入这里的人，都不能活着离开。把他带到矿坑那边去，杀了，埋在坑里。”

“好！”

男人感觉枪口在自己身上又撞了一下。

粗野的声音催促道：“走，往前走！”

男人小心地问道：“你们要杀了我吗？我什么都不知道，见到你们的事情我也不会说出去。”

“废话！你以为这样就能活命？”那粗野的声音越发暴躁起来：“老子干脆在这儿做了你！”

紧接着，是子弹上膛的声音……

教官的声音再次在脑海里浮现：“……看清身后的人之后，身体忽然左旋后转，左手趁机下压，用腋窝夹住对方的枪！同时右手伸出，手指伸出，直戳对方的眼睛，手掌推对方的下巴！不要觉得戳眼睛过于阴狠，你对付的是罪犯！生死关头，不要犹豫！”

男人深吸了一口气，以左脚为轴，迅速左旋，同时左手下压，夹住了壮汉手里的枪。这一切都发生在瞬息之间，对方根本没有提防。

“啊？！”壮汉一声惊叫，想把枪夺回来，但男人的右手已经戳到了他的眼前。

壮汉连声惨叫，剧痛之下他不由自主地放松了右手的枪，但右手被夹着，他撤不回来，他只能用左手用力地掰男人的右手。

男人一招得手，迅速将右手缩回，伸到左腋窝下，将壮汉松开的那支枪抓在了手里。

入手沉甸甸的感觉，告诉男人这枪里塞满了子弹。男人看清枪的样式，这是一支西班牙“阿斯特拉”转轮手枪。他下意识地用右手的拇指在扳机套上方一拨，打开了保险。

“砰！”枪声响起，壮汉不动了。男人一缩身，左手抓住了壮汉的身体，以此为盾牌，同时迅速调转枪口，对准了壮汉身后的人。

那是个瘦小的黄毛仔，身后背着一支外表很威风的自动步枪。

“黄毛”根本没料到男人的身手居然这么快，还不到三秒钟，手持转轮枪的壮汉就失去了战斗能力。他朝着壮汉的背影尖声喊道：“大熊，你怎么了？！”同时去摘自己背上的自动步枪。

男人望着黄毛的自动步枪，脑海里自动出现了一组数据：“AK-47步枪，弹匣容量30发。”

这组数据也是莫名其妙地突然出现的。

他无暇多想，直接开枪，“黄毛”额头中弹，倒在了地上。

男人把“大熊”的尸体放倒在地上，伸手在“大熊”的身上搜，除了一只打火机和半盒香烟之外，什么都没搜到。他又在“黄毛”的身上搜，结果只搜到两只弹匣和一个手机。

现在他有两把枪、一只打火机、半盒香烟和一个手机，但他依然不知道自己是谁。

男人觉得自己的头又疼了起来。他观察了一下“大熊”和“黄毛”的尸体，发现两人的右手手臂上都文着文身。

蛇形文身……这蛇的身体围成一个圆环，衔着自己的尾巴。

男人拿出“黄毛”的手机，居然有指纹锁。他把手机举到“黄毛”的尸体前，把“黄毛”的手指摁了上去，手机解锁。男人趁机把指纹锁的指纹换成了自己的。

然而，这手机上的文字都是东南亚某国文字，他都看不懂。只能看懂图标。现在手机处于无信号状态，并且电量只剩下了一半。

男人叹了口气，把手机揣进兜里，开始在那两堆残骸里搜寻。

他来到那架无人机前，发现无人机上的重要部件都已经被烧毁。仅有机翼部分尚算完好，机翼上带着一个图案，是蛇。与“黄毛”、“大熊”身上的文身几乎完全一致。

身后的丛林里似乎传来了什么声音，男人侧耳细听，那声音又消失了。

但他的直觉告诉他，危险正在逼近。

他钻进汽车的残骸，在焦尸的裤兜里搜，但只找到一张烧焦的名片，上面只有两个汉字是他认识的——“陈冬”。

他又打开车的后备厢。

这时，他听到了隐隐约约的喊叫声，似乎有人正在招呼同伴，用的是中文与外语混杂的语言。

他这才意识到，自己刚才开枪杀死“大熊”和“黄毛”，枪声肯定会惊动周围的人。

这里既然是所谓的“禁区”，那么周围应该有“大熊”和“黄毛”的同党。虽然不知道是什么人，但肯定不是什么好人。

他一边后悔，一边快速翻找。

后备厢里有一只水壶，一个急救包，一把手电筒，还有一个背囊。他把水壶、手电筒和急救包塞进背囊里，背在背上。

喊叫声离自己越来越近了。

当他正要离开时，发现后备厢似乎有个夹层。

他用步枪砸开夹层，里面有一只黑盒子。他把黑盒子也塞进背囊。

在离开之前，他的目光掠过越野车的后视镜，在镜中看到了一张脸。

那是他自己的脸，憔悴，惊惶，带着血迹。

“我到底是谁？”

喊叫声越来越近，枪声响起，子弹嗖嗖地掠过他的头顶。

男人伏下身子，用自动步枪胡乱地还击了几下，随后一头扎进了丛林。

男人在丛林中连续奔跑了几十分钟，天都擦黑了，他才停了下来。

身后的枪声已经远去，看来追兵已经被甩掉了。

身上的伤又在渗血。男人从急救包里找出消毒液和创可贴，为自己包扎伤口。

处理完伤口之后，他喝了点儿水，随后翻出那个黑色的盒子。

或许他能从这里找到关于自己身份的线索。

盒子打开了，里面有一张内存卡，一张手机卡，几份护照，一摞钞票。钞票包括人民币、欧元、日元、美元，还有东南亚某国的货币。除此之外，还有三根小金条。

所有的护照都来自不同的国家，但护照照片上的人都有同样的面孔，他们的名字也都是一样的——“陈冬”。

“陈冬？”这名字听上去怎么这么耳熟？

男人做了几次深呼吸，才能稳住狂跳不已的心。

旁边有一条小河，他把盒子放在地上，弯下腰，用手把水掬起一捧，凑到唇边。

水滋润着他的唇，他的喉咙，那股火辣辣痒丝丝的干渴终于离他而去了。

他低下头，准备洗个脸。

现在天色虽然暗淡，但河水清澈，他在河水中隐约能看清自己的脸。

随后，他就愣住了。

他发现河水中倒映着的自己的脸庞，与护照上的照片一模一样。

难道，自己就是那个“陈冬”？！

“你的任务……”教官的身影再次出现，但这次却显得比较模糊。他说的话也断断续续。

一阵剧痛袭来，他捂住自己的头。

远远的，有断断续续的枪声传了过来。他想逃，却迈不开步子，眼前一阵金星乱冒。而在脑海中，教官的声音又响了起来——

“记住，这次的任务事关重大！千万不要有任何闪失！如果遇到危险，要先躲起来！保护好自己，是完成任务的最基本条件！”

男人觉得自己眼前的金星渐渐消失了，头晕的情况也有所缓解。

远方的枪声已经越来越近，男人一咬牙，抱起盒子，继续向前跑去。

大约跑过了几个山头，脚下的土地变得平坦起来。

身后的枪声又被甩得远了；而后，变得稀稀拉拉；再后来，渐渐地消失了。

男人几乎精疲力尽，不过，他感觉自己总算摆脱追兵了。

他拿过那只盒子，重新审视着盒子里的一切。

如果自己的记忆没有欺骗自己，如果盒子里的这些东西可以使用……

那么，自己从现在开始，就叫“陈冬”吧。

至于“任务”什么的，还可以慢慢回忆起来。

但现在的首要目的，是保护好自己！

男人往前走了几步，俯瞰着山丘下的世界。

这里黑漆漆的，但远处似乎亮着几处星星点点的灯火，男人还嗅到了一股炊烟的味道。

下面可能是个边陲小镇。

男人小心翼翼地摸了过去。

大约两小时之后，他进入了一片由泥巴墙、木篱笆和树藤建造的村落。

与其说是村落，倒不如说是荒村。这里的建筑物大多已经无人居住，只有零星几座建筑物里还亮着灯。

男人稍微松了一口气，他在黑暗中搜索着。终于，找到了一座还开着门的破房子。

这座破房子位于村落的边沿，离村子里的主干道大约一公里，房子的周围都是半人高的杂草和灌木，非常适合隐藏。房后还有一大片林子，一条蜿蜒的小路通向树林深处。

房子上的窗玻璃都被人卸走了，只剩下空洞的窗棂。屋里有大堆的垃圾。

男人在垃圾里翻找着，希望能找到对自己有用的东西。

忽然，他眼睛一亮，一件东西出现在他眼前。

这是一辆破旧的自行车。扔掉盖在上面的垃圾，露出自行车的全貌，主要零件还算齐全，但铭牌已经磨损，看不出到底是什么牌子。

自行车的车把已经扭曲，但车胎还算完好，链条也还在。

男人摸着黑折腾了半天，总算把这车子修得勉强能动了。

身后忽然传来窸窸窣窣的声音，男人警惕地停下了手里的动作，四下看了看。

没有人，大概是只老鼠。

此地不宜久留，这里虽然没剩下多少人了，但还是个村落，自己能找到这里，那么那些追兵也能找到这里。

必须找到一个更安全的藏身之所。

男人想了想，跨上自行车，顺着那条小路，向着林子的深处前进。

骑了一阵子之后，他发现这条路已经到了尽头，眼前出现了一座小山。

“教官”的形象再次出现在他的脑海里——

“记住，保护好自己，是能完成任务的前提。在被敌人发现，乃至被敌人追杀的时候，务必要找到好的藏身地点。鉴于对方对附近区域渗透多年，城镇、山民定居点，都有可能被他们渗透，如果要寻找合适的藏身地点，要尽可能选择无人区域……利用狭窄的空间和居高临下的位置……”

男人的头又疼了起来。

他捂着头弯下了腰，眼前的画面一帧接着一帧，就好像“断片儿”的感觉似的。

“会有同伴来帮助你……”“教官”的声音在他耳边响起，“记住，在没有和他们‘接头’之前，不要轻举妄动。”

头疼的症状持续了大约半分钟，之后，男人咬着牙从地上爬了起来。

他需要马上休息一下，哪怕一小时也行。

他把自行车扛在肩上，围着山开始寻找合适的藏身之所。

终于，他在半山腰上找到了一个大约三四米深的窟窿，大致测量了一下，他，连同这辆破自行车，都可以放进去。山窟窿里有一些杂草，在他的眼中，这些柔软的东西就像床垫一样具有吸引力。他把带来的东西，连同那辆自行车，一起放进山窟窿里。

他的眼睛都快睁不开了。连续的剧烈运动，对从爆炸中幸存下来的他来说，是巨大的负担。

但他还不能睡，他要再三检查周围的环境。

他在附近小心地搜索了一阵，没有发现人类的脚印。看来，这里是一个相对安全的地方。

总算找到一个能歇脚的地方了。

运气不错的是，在搜索的过程中，他找到了蒲公英一类的一些菊科植物。有的植物叶子上有被小动物咬过的痕迹，这些植物是无毒的。除此之外，还有一些竹笋。

他把这些植物小心地收集了起来。这算是难得的食物来源。

周围有几棵芭蕉树之类的植物，他从这些植物上采来了硕大的叶片，就像“门帘”一样，把山窟窿的入口遮盖了起来。

做完这些之后，他再也撑不住了，直接趴在了地上，沉沉睡去。

男人感觉自己的身体越来越轻，越来越轻，似乎飘了起来，而在他的耳边，渐渐响起了什么人的呼唤。

似乎是一个女人的声音。

“老陈……老陈……”

似乎有人在摇他的肩膀。

男人睁开了眼睛，他看到面前出现了一个身穿制服的女警。她看着男人，说：“老陈，结果出来了。”

男人听到自己说：“怎么了？他们允许我们接触犯人了么？”

女警说：“是的，国际刑警方面已经允许我们接触犯人，但时间并不充裕，我们只有半小时的时间。”

“好吧，半小时大概也够了。”

“除此之外，他们要求派出专人，对全程进行监督。”

“监督？他们是怕我们把犯人放走么？”另一个男人的声音响了起来。这个男人站在对面，样子非常年轻，脸上带着讥讽的表情。

女警瞟了那年轻男人一眼：“向南，不要这么说人家。他们也是奉命行事。能允许我们接触重点犯人，已经是上级领导竭力争取到的结果了。我们要抓紧时间，这半小时，我们要好好利用。”

那位叫向南的年轻男人耸了耸肩：“这可是我们花半年时间才抓到的重犯，结果国际刑警方面还没等我们审问，就把人带走了。现在我们要审犯人，还要向他们提出申请，这叫哪门子事儿啊？！”

“少抱怨，我们赶紧动身吧。”女警向“老陈”招了招手：

“走吧！”

“老陈”跟在女警和向南的身后，三人离开房间，走向后面一条幽深的走廊。

这走廊似乎是连接着某个巨大的地下建筑。往前走了一会儿之后，头顶上出现了照明灯。走廊是斜向下方的，远远地延伸了出去。两侧的走廊墙壁上，每隔一段，就会出现一台监控设备，监控器上方的红灯亮着，镜头对着三人。

前方出现了一道金属门，门前站着几名荷枪实弹的警卫。警卫用怀疑的眼光扫了他们几眼，随后用生硬的普通话说：“请稍等，需要验明身份。”

一个浑身闪着荧光的球体从上方徐徐降了下来，球体的一面打开，露出一个空洞。

警卫的嘴角往上抬了抬：“请把食指伸进去。”

向南嘟了嘟嘴，第一个把手指伸了进去。

随后，他嘴角抽搐了一下，当他把手抽回来的时候，他的手指上出现了一个血点。

球体发出了人工智能合成音：“一号访客，向南，中华人民共和国刑警。准许通过。”

金属门打开，向南哼了一声，第一个走了进去。

紧接着，是女警，在核实了她的身份之后，人工智能合成音报出了她的名字“蒋丽欣”。她也被获准通过。

“老陈”第三个走了过去。当他把手指伸进去之后，感觉球体内部有一根锐利的针，在他的手指上刺了一下，随后缩了回去。

大概是某种采血之后监测 DNA 信息的机器吧。这里居然用上了这种东西，足见这里的管控是非常严密的。

那么，关在这里的会是什么人呢?

在获取了他的DNA之后，球体忽然发出了刺耳的警报音:“警报！警报！数据库无此人信息！禁止通行！禁止通行！”

金属门上方的探照灯亮了起来，刺目的光柱落到了“老陈”的身上。随后，警卫们齐刷刷将枪口对准了他。为首的警卫厉声喝道:“双手放在脑后！跪在地上！”

“老陈”沉默地把手放在脑后，但他没有跪下。蒋丽欣赶紧解释道:“误会！这是误会！他前一阵子被迫离开了警队，数据库里的信息被删除了，目前还没有恢复！”

警卫们仍不肯把枪放下:“女士，你们的身份出现疑点，根据规定，我们要把你们先关起来！”

“关我们?！”向南一下子就“炸毛”了。他一边撸袖子，一边大踏步朝那警卫头目走了过去:“你算老几?！连中国警察都敢关?！”

警卫头目用英语嘟囔了几句。

“你说啥?！”向南的额头暴起青筋，随后把手伸向口袋。

“干什么?！”警卫头目把枪对准了他。

现场局势剑拔弩张，正在这紧要关头，一个女人的声音响了起来:“STOP！住手！”

众人朝声音响起的方向看了过去，只见角落里出现了一个女人的身影。

这女人穿着一套剪裁得体的西装，金发梳得一丝不苟，她鼻梁高耸，两只眼睛都是湛蓝色的。很显然，这是个外国人。

她出示了一张证件："我是国际刑警组织的联络员，编号E78642019。这几个人是我们的中国客人，我都认识，请放行。"

警卫头目检查了证件，嘟囔了一句，随后向手下们下令："把枪收起来吧。"

蒋丽欣和向南的表情缓和了起来。

警卫头目指着"老陈"说："抱歉，这个人在数据库里没有资料，我不能让他进入。"

联络员转向警卫头目，说："这个人是中国国内最优秀的警员之一，现在关押在这里的'吸血伯爵'就是被他抓到的。"

警卫头目的眼睛都瞪圆了："什么?！这个其貌不扬的中国人，居然是抓到吸血鬼的家伙?！"

"是的。他确实是警察，只是资料还没有恢复，我可以作证。"

警卫头目点了点头："好吧，允许他进入……不过……"

他转向了向南："这小子的口袋里似乎有武器！这里不能把武器带进去！"

向南坏笑道："我那可不是武器啊，我是在掏口香糖呢！"

他把口袋翻了过来，果然，里面只有一盒口香糖。

警卫头目怒目道："你掏口香糖干什么?！"

向南满脸无辜地说："我是好意啊！觉得你嘴太臭了，需要清新一下口气。来来来，拿一块吧。"说完，他把口香糖塞进警卫头目手里。

金属门重新升起，联络员带着蒋丽欣、向南和"老陈"，进入了这座地下建筑的内层。

进入之后，金属门重新落下。联络员来到向南面前，伸出手：

“这里是监控摄像头的死角，没有人看得到，把枪给我吧。”

向南眨了眨眼：“小姐姐，我说过了，我没拿枪。”

联络员的口气很平淡：“给我吧。要不然你们无法见到那个人。这里是不许外人带枪的。”

向南看了看“老陈”，又看了看蒋丽欣，尴尬地笑了笑，袖子一翻，就像变魔术一样，从袖管里掉出一把手枪。他把枪递给联络员：“一会儿别忘了还给我。”

“请跟我来。”她带头向里面走去。

又是幽长的走廊，不过，走廊两侧多了许多房间，这些房间都是透明的，可以看到房间里的人都在做什么。

每个房间里都有一个人，他们穿着统一的白色衣服。有的人面目狰狞，身材高大，肌肉发达，身上满是文身，看到有人走过，凶狠地挥舞着拳头；有的人眉清目秀，身材枯瘦，文文弱弱，还戴着眼镜，见到这几名“访客”路过时，还温和地冲他们笑了笑。

蒋丽欣问道：“都是重刑犯吗？”

联络员点头：“罪名最轻的也是终身监禁。”

向南问道：“肯定有死刑犯吧，为啥不毙了？”

联络员答道：“有的人还掌握着非常重要的情报，如果杀了他们，这些情报就再也得不到了。”

他们边交谈边往前走，走了大约十几分钟，到达了一排房间的尽头。

这里的房间跟其他的房间都不大一样。

房间里有一面带有触摸屏功能的墙壁，可以通过触摸墙壁，启用电子书或者影音资源。

房间里有个男人，正通过操纵触摸屏，观看电影《肖申克的救赎》。

看到男人那惬意的样子，向南忍不住说："这货在这儿过得这么自在？！这哪里像是蹲监狱？！这是在度假吧？！"

男人听到了声音，转过身来，露出一张苍白消瘦的面孔。在看到"老陈"和向南等人之后，他居然笑了起来。

"是老朋友来了啊。"他向他们挥了挥手："诸位过得怎么样啊？还在为抓犯人奔波么？"

"托您的福，把你抓起来之后，我们那片儿安生多了。"向南朝被关的男人龇牙一乐："怎么样啊，伯爵大人，您最近过得还好吧？"

"吸血伯爵"连看都没看他："我只和姓陈的说话。"

向南讨了个没趣，悻悻地退到了一边。

"老陈"来到了房间前，隔着透明的墙壁，与"吸血伯爵"对视着。

联络员警告道："你要小心，这家伙隔着防弹玻璃都可以杀人的。"

"吸血伯爵"看都没看她："崔茜小姐，别这么说嘛。我又没有特异功能，怎么可能隔着墙壁杀人呢？"

"哼，自从你来了之后，已经死了两名看守和一位神父。你还狡辩？！"

"哦……你是说他们啊？他们的死和我无关啊"。"吸血伯爵"的脸上带着无辜的表情："弗兰克和乔治，这两名看守都有个人问题，一个是因为患有难言之隐，微薄的薪水没办法给自己治病，另一个是遭遇了家庭危机，妻子离他而去，他无法承受。在这种情况下选择自杀的人，应该不止他们俩吧？为什么非要和我扯上关系？”

联络员冷冷地说：“因为他们在死前都和你有过交集。根据监控录像，他们俩都曾经和你聊过天。”

“聊天可以杀人么？和我聊过天的人可多了去了！”“吸血伯爵”笑了笑，依然盯着“老陈”。

“可麦林神父呢？神父他可没有健康问题，也没有家庭问题！只和你见了三次面！居然也自杀了！”

“那只能说神父本人不够虔诚。自杀的人可是不能上天堂的。”

联络员的太阳穴暴起青筋：“这三个人在和你聊过天之后，就都死了。”

“吸血伯爵”依然盯着“老陈”：“这个人也和我聊过天啊，他可还没死呢。”

联络员咬了咬牙：“我不会放过你的。”

“嘻嘻，崔茜小姐，您什么时候变得这么急躁的？难道说你和你的情人两地分居之后，你连自己的情绪都无法控制了么？”

“你说什么？！”联络员脸色大变：“你是怎么知道的？！”

“吸血伯爵”微笑着望向她：“这个可是商业机密了。如果您肯每天晚上来陪陪我的话，我倒是可以考虑告诉您。”

“老陈”终于开口了：“你是通过观察和推理而得出的结论吧。”

“吸血伯爵”重新望向他，脸上的笑意渐渐消失了：“哟，我倒忘了，这里还有个聪明人呢。你快结婚了，是吧？”

“老陈”皱了皱眉：“我没想到，你连这个都能看出来。”

“这个可不是靠观察和推理。”“吸血伯爵”挤了挤眼睛：“我在你身边留了人。”

“什么？！”向南和蒋丽欣都紧张了起来。

“能告诉我这个人是谁么？”“老陈”沉着地问道。

“那怎么可能呢？”“吸血伯爵”舔了舔嘴唇：“我们来玩个游戏吧？看看到底是你先死，还是我先死。”

“你这混账！都蹲监狱了，居然还敢威胁警察？！”向南的火爆脾气又上来了，崔茜和蒋丽欣赶紧把他拦住。

“老陈”举起自己的手：“别故弄玄虚了。你是通过这只订婚戒指看出来的吧？”

“吸血伯爵”耸了耸肩：“随便你怎么想。”

“你的小动作还是很多啊。连耸肩的时候都只有右边肩膀动了动，这说明你现在比较心虚。”“老陈”忽然松了口气：“小蒋，向南，你们两个别急，这小子是在耍我们。我们那边没有内鬼。”

“嘿！”“吸血伯爵”冷笑了起来：“你找我有什么事？”

“我们找到了一件东西。”“老陈”从口袋里摸出一只证物袋，他把袋子里的东西小心地取了出来。

那是一张纸质地图，已经被揉皱了，边沿处还带着几点血迹。

“你们警察改做废品回收生意了？这是从哪个垃圾箱里翻出来的？”

“少装糊涂。这是从你的同伙的尸体上搜出来的。地图上的，应该是你们的大本营地址吧？”

“吸血伯爵”双手抱肘，往后缩了缩：“你在瞎说什么？我哪有什么大本营？！”

“老陈”点了点头：“没关系，你可以继续否认，但在我面前，撒谎和说实话没什么区别。”

"吸血伯爵"的脸上露出了一丝阴狠的表情:"姓陈的，你休想再从我这里套出任何东西！你虽然把我抓起来了，但我还有同伴在外面，他们会锲而不舍地追查你的家人，你的朋友，然后把他们一个个杀掉！就算我出不去，我也要让你尝到身在地狱的滋味！"

"老陈"对这种威胁嗤之以鼻，他把地图举了起来，紧贴到墙上:"现在这张地图对我没有任何意义。我不知道这到底是什么地方，甚至连它在什么国家都不知道。这地方到底在哪儿？"

"小子，假如真有这种地方的话，你以为我会轻易把地址告诉你吗？"

"老陈"凝视着"吸血伯爵":"这地方在亚洲，对不对？"

"哟呵，你在试探我吗？"

"东北亚是不可能的，北亚也不可能，西亚与中亚地区有你的仇敌，所以你更不会在那里建设基地。我说的对不对？"

"吸血伯爵"没有说话，他噘唇吹了声口哨，口哨声里充满了嘲讽的味道。

"你不肯说话了，是怕声音泄漏自己的情绪？你以为把嘴唇噘起来就可以掩饰微表情了么？恰恰相反。当你绷起脸部肌肉的时候，你的情绪更容易显露出来。而当你竭力想掩饰面部表情的时候，你身体的其他部位就更不容易受控了。""老陈"笑了笑:"是东南亚地区，对不对？你上次'交易'的物品里，包含了海洛因等毒品，近期在其他毒品生产地区，都在发生动乱，海洛因获取不易，唯独东南亚地区还有几条通道可以提供这种东西，如果你把手伸向那边的毒品生意，那么干脆就把大本营建设在那里好了，对你的'交易'来说，更加方便。"

“吸血伯爵”转过身：“你就继续瞎猜好了。”

“这不是瞎猜。除了毒品之外，你和你的同伙使用的武器，也有一些是东南亚某国生产的，就算你们磨掉了枪身编号，我们鉴定部门的同事也可以鉴定出它们的来历。”

“吸血伯爵”没有回头，只是耸了耸肩。

“你可以不跟我们合作，但我们本来也没有指望你会把重要信息告诉我们，今天我已经从你身上获得了足够多的信息。你很快就可以见到你的同伴们了。”

“吸血伯爵”的身子忽然微微一颤：“你说什么？！”他猛地转过身来，脸上带着惊愕的表情。

“你以为你什么都没有说，但你的肢体微动作和面部的微表情，已经把所有东西都告诉我了。我不断提出问题，即便你逃避回答，但你身体的自然反应，会告诉我‘是’或者‘不是’。你可以通过观察别人了解对方的家庭情况，比如刚才这位联络员崔茜，你是看到了她多日不曾更换的衬衣，失眠造成的黑眼圈，干枯开叉的头发，以及从手指上摘掉戒指之后露出的白色圆圈痕迹，来判断她正处于分手状态吧？我也可以通过观察你来获知我想知道的一切。每当我提出一个‘重要问题’需要你确认的时候，你的身体会有自然的逃避反应，这证明我们的猜测是真的。而我来这里的本来目的，就是要确认这些”。“老陈”收起地图，淡淡地看着对方：“再会了。我希望我们永远不会再见面。”

“吸血伯爵”的脸上难得露出了狰狞的神色，他紧贴在防弹玻璃制成的墙壁上，面部因为用力过猛而挤成了白色。

“姓陈的，我们还会有交手的机会，一定会的！如果你小子走了狗屎运，碰上了我的那些伙计，以及我们正在制作的‘新武器’，我担保你会尝到痛苦的滋味，一定会的！”

男人猛地坐了起来。

梦中那张苍白而狰狞的面孔，在他面前挥之不去。

这梦是怎么回事？是真正发生过的事情么？还是自己的大脑臆造出来的？

他揉了揉太阳穴，随后，扶着洞壁站了起来。

现在似乎是深夜了，自己从闭上眼睛开始，一直沉睡到了现在么？

他把采集来的野菜叶子塞进嘴里，苦涩的感觉，让他渐渐清醒起来。

如果刚才梦到的事情是真实发生过的，那么，自己的本来身份，真的是个警察？

他转过身，从角落里翻出从盒子里拿出的那些东西，一一翻看了起来。

第二章　亡命之花

盛夏的夜晚，空气黏湿浓重，几乎能拧出水来。四处弥漫着氤氲的气息。就连一些植物的枝叶，都已经提前打了蔫，不愿再开放。唯一活跃的只有蚊虫，在你的耳边不断盘旋，伺机叮咬。

在这样的夜里，一个看上去二十来岁的女孩出现在山都克镇某条小街的街头。

在东南亚某国的语言里，“山都克”是“野猪”的意思。这个镇子如它的名字一样，充满了蛮荒的气息，所有的街道上都沟沟坎坎，道路两旁的房屋多数都已经残破不堪，有的墙上还遍布着弹孔。

在若干年之前，这个镇子曾经是著名的旅游小镇，来自中国和东南亚的游客，都喜欢来这里观赏优美风景，品味异国风情。

然而，由于某些犯罪分子的袭扰，游客越来越少，这里已渐渐变成了“三不管”地带。

这里曾经是座“不夜城”，而现在，没有人敢在夜晚的街上晃荡，除了野狗野猫。

几颗昏黄的星星半明半暗地在天上值班，它们倔强地苟延残喘着，希望能站好黎明前的最后一班岗。

随着一阵踢踏声，小街上出现了那个瘦小的身影。她低着头，卷曲的刘海遮住了她的半张脸，不过，那头发虽乱，却在夜色下荡漾出淡淡的光泽，与星光相糅，透出一种特殊的美感，即使是梵高或莫奈的画笔，恐怕也无法将之描绘出来。

女孩穿着一件未撕去标签的连衣裙，但上面已经有了几条大裂缝，触目惊心。她的脚上穿着一双白色布底鞋，就像芭蕾舞演员们穿的那种，此刻白布底鞋已经被染成了黄色，尖端处还有几点触目惊心的红。女孩看起来就像童年版的乌兰诺娃[①]，但要凄惨许多。

是的，她受伤了，很重很重的伤，但她还在咬牙坚持。

如果你靠近她，或许可以听到她艰难的呼吸，这孩子的肺似乎已经到了极限，不知道她已经跑了多远，她还时不时扭回头去看看后方，似乎是在担心着什么东西会追上来。

从她的眼神里，可以看到一种深入骨髓的恐惧。那种恐惧逼着她不断跑下去，即使身上带着伤，体力也已透支，她也不敢停下来。

忽然，前方传来一阵悠扬的铃声，并非大都市常见的刺耳的汽车笛声，而是古老的金属铃铛，听起来圆润、悦耳，那回音在老街的废墟上久久回荡，徘徊不去。

这铃声让女孩的精神为之一振："终于有人了！"她的声音中透出一丝惊喜。随即，她加快了脚步，迎向铃声传出的方向。

然而，她的后背忽然感觉到一种万针攒刺一般的痛，那是杀意，

---

① 苏联著名芭蕾舞演员。

连浓重黏湿的夏夜都无法掩盖的杀意，女孩的身体一僵，她匆匆向后一瞥，看到了死神的脸。

死神半掩藏在废墟的影子之下，唯有双目和獠牙在夜色下微微发光。那双眼睛让人想起狼眼，冷酷，几乎连眨都不眨，似乎仅凭盯视就能逼得你灵魂出窍。死神微微咆哮着，它已经锁定了目标，它的嘴张得更大了，于是露出来的獠牙也越来越多，那獠牙每一根都像利刃一样锋利，和这獠牙比起来，开膛手杰克的刀子也只是小孩的玩具罢了。

那一瞥已经让女孩几乎魂飞天外，她不知道死神接收到的是什么指令，格杀勿论？活捉？那种聪明的杀手可以完美地执行以上的两种指令。她知道死神是什么物种，事实上，那种东西本不该出现在地球。就在女孩刚刚逃出来的地方，有一群疯狂的科学家，开发了特殊的生物“武器”，他们将喜马拉雅獒犬、俄罗斯“红星”军犬、英国斗犬等猛犬的基因融合到了德国狼犬的身上，造出了一种“完美”的凶兽——这里所说的完美，指的是杀戮。

通过这种方式培养出来的怪物，体型堪比圣伯纳犬，力量堪比西伯利亚雪橇犬，冷酷和狡猾的程度则超过北极狐数倍。

即使这样还不能让一只动物成为死神，女孩亲眼见识过那些动物是如何被训练的。首先是连续一百小时不眠不休的奔跑课程，掉队的会挨一顿电棍，如果中途体力不支而掉队，则会被直接送到屠宰场；接着便是捕杀训练，那些怪物会被指定攻击某个目标，例如活动假人、小猫、甚至是同族的犬，必须一口咬断脖颈，否则没有饭吃……

女孩甚至见过驯兽者用活人训练它们……

女孩疾跑数步，发现死神并没有立刻追上来，它虽然知道自己被发觉了行迹，却并不急于扑击。只是静静地在黑暗里跟随，女孩心里一阵冰凉，她知道这畜生是在等待她筋疲力尽的一刹那，或者在等待其他同类到来，然后进行围捕。遗憾的是，她已经没有体力奔跑，即使有，她也不一定能逃出“死神”的掌心。

不过，这起码可以证明，组织给追捕者下的指令是“活捉”而不是“杀死”，正因为如此，那畜生才没有急匆匆冲上来咬她的喉咙，而是等待她体力耗尽。

不过，它似乎也等得有点不耐烦了。这大概是一只年轻的公犬，血气方刚而又好斗，此刻女孩能做的只能是祈祷上苍。

似乎是祈祷起了作用，“叮铃铃”，前方又传来一阵铃声，这次比上次近了些。

铃声刺激了追捕者，它从藏身的黑影中踱了出来。庞大的黑色身躯在昏暗的路灯下闪闪发亮，一双白多黑少的眼睛微微鼓起，死死地盯着女孩，连眨都不眨。唯有血盆大口滴滴答答地淌着涎水。

从它额头上的一点钻石形红色伤疤，女孩认出了它，组织的人给它起名叫“血钻”，它的年龄不大，但身手敏捷，最擅长的技能是扑击比自己大的猎物。

女孩亲眼见过它猎捕比它大很多的公牛——血钻先是尾随公牛，躲开它锋利的双角和粗壮的蹄子，与公牛保持五米以上的距离，公牛哼哼着，屡次攻击都无从着手，最后只能慌不择路地离开。正在这时，血钻从后面迅速接近，公牛尥起蹄子准备后踢，但血钻只是掠过牛臀直奔牛的侧面，像一颗呼啸的鱼雷一样结结实实地撞在牛柔软的侧腹上，牛哞哞叫着开始转身，想再次将长角对准血钻，但血钻灵巧地再次跳到五米之外。如是反复六七次，血钻反复攻击同样的位置，公牛虚弱地叫了一声，瘫倒在地，血钻扑上去，用前爪按住公牛巨大的脑袋，爪子的尖端对准牛的眼睛，那牛连叫都不敢叫了……事后证实，那牛体重几百公斤，而血钻当时才三十多公斤重。

现在的血钻更高大了，如果它能立起来的话，肯定要比女孩高出一头。至于力气，那就更不用说。

这是一场力量悬殊的战斗。

血钻张开血盆大口，露出自己的牙，慢跑着开始加速。

此时铃声又响了起来，女孩忍不住叫了起来："救命！"

可惜，她的声音沙哑至极。

女孩失望地发现，因为自己现在太累了，连喊叫的力气都没有了。

她又向后急瞥了一眼，血钻已经开始疾奔，她的心沉了下去。

"叮铃铃……"铃声又响了起来。

"喂，闪开闪开，要撞上了！"是男人的声音。

前面忽然有喊声传了过来，铃声也变得更加急促。女孩抬头，看到了那向自己驶来的影子。

那是一辆自行车，车子破破烂烂，后车架上还绑着不少东西。驾车的是个高高瘦瘦的男人。他看到了挡在路中央的女孩，便一边按铃一边吆喝着提醒她闪开。

女孩吃力地举起手臂，喊道："救……救我……"

那男人面色惊慌起来："喂喂喂你可别挡道，我的车闸坏了……"

正当此时，男人听到了一声咆哮，咆哮声来自女孩身后。那是血钻!

它看到忽然飞来一辆带着钴辘的怪物，有些吃惊，目标瞬间由虚弱不堪的女孩转到了骑车的男人身上。

“呀！好大的野狗！”驾车人手一哆嗦，车子打着晃向前冲去。

也亏得这一晃，车子的行进路线打了一个完美的S形，绕过女孩的身体，直扑迎面冲来的血钻。

“砰！”

无巧不成书，血钻自出生到现在，扑杀过两只高加索狼，一头水牛，还有两名组织的叛徒，但它的战斗生涯中，从来没有把有轮子的东西当成过目标。攻击自行车是头一次——以S路线行进的自行车更是头一次。

在它的脑子里，这自行车连同车上的人，乃是一个整体，因此它依然是以常用的方式，攻击目标的侧面，却不料那车的行动轨迹乃是S形，这一下便没有扑在车轮上，而是撞在了结实的车后架上。

“砰！”血钻的头结结实实地撞在了车后架上。

只看到满天的肉骨头朝自己压了过来，接着就晕了过去。

自行车被它这一撞打了个趔趄，差点歪倒，亏得驾车人技术不错，好容易把车子停了下来。驾车人赶紧跳下车子，扶住那女孩：“你没事吧？怎么大半夜的在这破地方转悠？这里野狗野猫多得很哪。你看，这不就有一只么？”

女孩想说什么，张了张嘴，却发不出一个字，眼前忽然一阵发黑，晕了过去。

“呀，糟糕糟糕。”驾车人慌了手脚，赶紧过去为女孩检查。

刚刚过去，他却忽然觉得背上一沉，一凉，接着便是一阵疼痛。

他扭头一看，险些吓破了胆，但见那鬼怪一般的大狗不知何时已趴在他肩膀后面。

男人看得很清楚，在这条狗的腿上，有一个蛇形的图案。

“哇！！”男人大声尖叫了起来。

血钻刚才撞在车架上，却没撞死。一来它久经训练；二来它身体结实，那一撞对它来说本来也算不得什么致命伤，于是很快它就醒了过来。

随后它便带着愤怒，朝敌人扑了上去。

它接受了上次的教训，不再攻击车子，而是直接攻击驾车人。

这一扑正好扑在了驾车人肩上，血钻张口就要去咬驾车人的脖子，却觉得脖子一阵剧痛，原来，驾车人的双手已经抠在了它的脖子上，随后双手用力，往里一压。

血钻只觉得气息一滞，连呼吸都无法进行，爪子一软，庞大的身躯顺着驾车人的身躯堪堪滑落。

但它的爪子却抓着驾车人的衣服，当它倒在地上的时候，就连着这件衣服，一起拽在了地上。

驾车人一看狗倒下去了，再也不敢迟疑，哪还顾得上什么衣服。他把女孩抱上前车架，一手扶着她，一手掌车把，使出吃奶的力气，驱车飞驰而去，转眼就不见了踪影。

刚骑出去没多远，忽然，女孩抬起头来，随后伸出双手，勒住了他的脖子。

驾车人正在聚精会神地驾车，完全没想到有人会勒住自己。他下意识地松开抱着女孩的手，正要反抗，但女孩却死死扣着他的喉咙。

驾车人感到一阵窒息，刚才他还用类似的“锁喉”方式对付了那头恶犬，现在却也被人制住了喉咙。

大脑逐渐进入了空白状态，意识在一点一点消失。

驾车人绝望了，他完全没有想到，自己亲手救下的人，居然会这么对付自己。

自行车摔在了地上，两人扭作一团。

女孩望着被自己制住的驾车人，略微感到一点儿歉疚。

但她不得不这么做。她完全不知道，眼前这人到底是出于什么目的而出手救自己的。

万一这人也是“追兵”化装的呢?

宁可杀错，不可放过。

想到这里，她手上用的力又加重了一些。

她也没想到把对方弄死，她打算把对方弄晕过去就行了。

之后，她就抢这辆自行车逃走。

忽然，驾车人双眼翻白，手足抽搐了两下，不动了。

女孩停了下来，她伸手去试驾车人的鼻息，她并不想杀他。如果他真的晕过去了，她就不会再伤害他。

没想到的是，她的手刚伸过去，驾车人的双手却忽然动了起来。

一只手架开了她伸过去的右手，另一只手袭向她的面门。

女孩仓促招架，用另一只手去挡，没想到对方这招是佯攻，他忽然用胳膊困住女孩，与此同时，绕到女孩身后，从后面制住了她。

女孩差点儿惊叫出声，这驾车人的招式，明显是裸绞！

如果是在狭窄的空间内格斗，这会是个非常凌厉的撒手锏，一方面可以强行制住对手，并在可控范围内迫使对方的动作停下来，而造成的伤害也会非常有限。如果进一步发力的话，甚至能使对手晕厥，并有一定的概率暂时失忆，在醒来之后，会忘记刚才到底发生了什么。

不过，这种技术也有其难点——使用者需要控制发力的角度和着力点，尤其是在对手的背后发力时，很容易就会造成重伤。

一旦“锁人”超过三十秒，将有可能对敌方的大脑造成不可逆的损伤，甚至导致死亡。

而这驾车人的出招角度、力度都像是把这技术反复练习过多年，火候恰到好处。

女孩完全没有招架的余地，在瞬间就被对方制住。她眼前一阵昏黑，很快就晕了过去。

第三章　七月雷雨

不知过了多久，女孩缓缓睁开了眼睛，她发现自己身处一个狭小的山洞之内，这里除了勉强充当床铺的杂草之外，剩下的便是堆积起来的芭蕉叶子。

女孩发现自己身上也盖着一些芭蕉叶子，她颤抖着想撑起身子，却碰到了什么东西，那东西哗啦啦滚落到地上，女孩低头一看，认出那是一台老式的收音机，黑乎乎的木制外壳，巨大的旋钮，山里人称这玩意为“收音匣子”，属于老古董了。

收音机经这一震，滋啦啦地响了起来，将她本来就昏昏沉沉的脑子搅的更加难受。

她想把那“匣子”关上，就去拧那旋钮，但不知道如何才能把它关上，收音机被她调了调，随机地换了一个频道。

“……战斗还在继续，边境巡逻队与警方联合行动，打掉了犯罪组织占据的几个窝点，但剩下的一些犯罪分子，都已经偷偷潜逃，该犯罪组织通过走私偷运的方式，获得了自动步枪、手榴弹、小型无人机等武器，给围剿他们的部队造成了一定伤亡。……周围民众也被卷入……本地的旅游业受到严重打击，青木山及附近的丘陵地带，已经被列为危险地带，请各位游客不要靠近！重复，不要靠近……”广播的声音断断续续，但她还是能听明白的。

不知道还会不会有人追过来。昨晚追击自己的死神不是被重创了么，她依稀记得自行车将狗撞倒了。如此一来，路上肯定一片狼藉，难道没人发现这些？如果发现了，肯定还会有人过来！

她的心沉了下来，血迹，连同那只狗，肯定被带走了，一定是组织的人干的。

追捕逃出组织的“背叛者”，这种事对组织来说只能是再平常不过的工作。她在组织里学的第一堂“实习课”就是在“背叛者”的家里上的。

当时她和三个同龄人被带到一间宽敞明亮的大屋，她看到好多大人在那里进进出出，每个人都戴着手套和口罩。带她们来的人说仅仅是一次模拟训练。但直觉告诉她没那么简单。她看到有两个人抬着一只担架出来，担架上蒙着布单，单子下约莫是个人形。忽然，走在前面的抬担架的男人手一晃，单子下滚出一个圆滚滚的东西，看清楚之后，她胃里一阵抽搐……那是一颗人头，凸出的眼珠直勾勾地瞪着她。

她听到身边有人尖叫了一声，是来和自己一起接受训练的女孩，教官在那尖叫者的脸上扇了一记耳光，骂道：“叫什么？有什么可怕的？”接着他转脸骂抬担架的：“手摇晃什么？要稳！”

她们几个跟随教官走进屋子。只见屋子里到处都是血，墙上，地板上，茶几上，真皮沙发上，大部分血迹已经开始发黑，有的已经凝结成了软膏状。一股难闻的气味在屋子里弥漫，一个孩子用手捂住嘴，脸上已经开始变色。她也想呕吐，但她还能忍住。

真皮沙发后趴着一只巨大的动物，那是血钻，血钻的爪子与嘴巴上都是鲜血，毫无疑问这里的糟糕状况都是它一手造成的。此刻血钻正吧唧着舌头享受窗子里透进的阳光，但两只眼睛却盯着她，眨都不眨。

“别盯着它看！”教官呵斥道，“它现在已经吃饱了，但是依旧危险。如果你长时间盯着它看，会被它认为是在挑衅！”

吃饱了？那它的食物就应该是……她又一阵恶心。

教官发给她们每人一副手套，以及各种用具，一尺长的小铲子，棉质毛巾，毛刷，棉签。分别清理不同的地方，先用铲子铲去大块的软膏血块，再用毛巾蘸水去擦，擦不掉的部分用毛刷去刷，狭小的旮旯处用棉签来清洁，教官给她们介绍了几种清洁液，都是可以从普通商店买到的，此外，还包括酒精、杀菌素、消毒液，最简单的去血污用品用漱口水和柠檬汁就可以合成，那种混合物中的酵素可以融开已经凝固的血块。

“看样子人已经死了一天左右，血液才会凝固成这种状态。”教官的口气冰冷。“切记一定要用消毒液和杀菌素处理掉每一块地方，血液中的营养成分已经渗了进去，如果不清理，会滋生细菌和病毒，或者真菌。那些地方会出现斑点，严重的地方会出现大块褐斑。”说完又扇了身边的孩子一记耳光：“你怎么干的？这里为什么还遗留着血迹！不能留下血迹！警察会发现的！他们会发现这里死过人！之后就会追查到我们的头上！”

那孩子捂着脸，结结巴巴地说：“这……这里洗不掉……”

“洗不掉也要洗！”教官凶巴巴地说，“你们这些菜鸟，如果连这个都干不好，以后更无法进行独立作战。给你五分钟，如果再洗不干净，以后你就要去洗厕所——用你的牙刷！”

即便是组织里的菜鸟，也会懂得如何消除痕迹，擦去公路上的血迹，对他们来说不过是小菜一碟。

她想到这里，微微叹了口气。

“你醒了？”有人推门进来了。打断了她的回忆。

进来的就是那个驾车的男人，此刻他换了一件浅色衬衣，手里捧着两件衣服。

“这是我的东西，虽然是男式的，而且是被山民们丢掉的便宜货，但还算完整吧。我给你洗干净晾好了。你的衣服已经很破烂了。”

女孩用芭蕉叶遮住身子，望着他，脸上还带着戒备的表情。

“这是什么地方？！”

“这里是我的家。”男人把衣服放在离她不远的地方。

“你到底是什么人？！为什么把我带到这里来？！”

“我？”男人为难地挠了挠头：“我也不知道我是什么人……你看这里，我的头受过重创，记忆变得残缺不全了。至于你……我总不能把你丢在大街上吧？万一还有野狗来找你呢？倒是你，明明是我救了你，你怎么还扣我脖子？这里的民间风俗是恩将仇报吗？”

“我那是为了自保。谁知道你是不是坏人！另外，你也把我弄晕了，咱们扯平了！”

“哦……你要不要先换了衣服，咱们再继续吵架？”男人指了指：“你的肩膀露出来了。”

女孩低头一看，脸上罩上了一层羞红——她的衣服在逃亡的过程中被扯破了，肩膀露出好大一块。

“你先出去！我要换衣服！”

她抓过地上的衣服，男人赶紧走出洞穴，把洞门用芭蕉叶掩上。

他在外面站了几分钟，直到女孩喊他，他才把芭蕉叶挪开，回到洞里。

女孩已经换好了衣服，那染血的布底鞋也被脱了下来。

“能不能把这些烧掉？”她说，“最好是烧成灰，然后埋了。”

男人并不多话。虽然他的目光充满惊奇，但他的口气却显得很沉稳，至少比昨晚沉稳多了。显然他已经猜出这女孩的来历并不简单。

他一手接过那堆衣物，一手递过一只瓷碗，里面是清水，上面还泡着些野果：“你应该很久没吃东西了。先吃这个，慢慢吃，别着急。”

她点点头，接过碗的时候她发觉自己连手都在哆嗦，她已经几十个小时水米未进，这种该死的逃亡生活她不想再经历第二次。

当她迫不及待地喝下第一大口水的时候，她才发觉那水是甜的，大概是因为浸泡了野果的关系吧，温软的感觉从舌尖滑过，通过喉咙直接进入空荡荡的胃，她忽然感觉到一种长久以来没体会到的感觉——幸福。在那一瞬间，她有点想哭。

“这点粗茶淡饭你先凑合着吃。你短时间内不能多吃东西，因为你的胃还不适应。半个小时以后我再拿更多东西过来——还要水么？”

她想说谢谢，但发觉此刻嗓子已经哽咽了。不要哭！她想，自己不是下了决心不再流泪了么。何况自己现在并不安全，或许追踪者下一刻就会出现在门口，而眼前这个男人是否可信还未可知。

男人站在床边，呆呆地看着她吃，他眼神迷离起来，似乎想起了什么事情。

“我叫绝缨。”她说。

“哦？”男人这才回过神来，“你这个名字是中国名字？”他开始用中国话和女孩交谈。

“是的。我来自中国。”女孩说。她也开始用中国话交流。

“可你为什么会出现在这里？”

绝缨闭上嘴，关于自己的身世，目前她还不想透露。

“绝这个姓氏可不多见啊。”男人皱了皱眉。

昔日楚庄王大宴群臣，直喝到夜半更深，忽起一阵大风，把宫中灯烛全部吹灭。这时，一个喝得半醉的头领忽然拉住了一位妃子意图非礼。妃子大惊，扯断了那头领头盔上的帽缨，对楚王说：“大王，有人想趁黑侮辱我，我已经折断了他的帽缨，拿在手上，请一会儿点灯后看谁的头上没帽缨，问他的罪！”楚庄王马上说：“且慢！我今天请大家饮酒，酒后失礼不能责怪。我不能为了维护你的贞节而伤害我的大臣。”他喊道：“今天痛饮，不拔掉盔缨不算尽欢，大家都把盔缨拔掉！”参加宴会的一百多人都有盔缨，全部拔掉了，然后才重新点灯。君臣直喝得尽欢而散。三年以后，楚晋大战。有一位头领奋不顾身冲在前面。他首先冲进敌阵，击溃晋军。庄王把那位头领召到跟前，对他说：“我平日并没有特殊优待你，你为什么这么舍生忘死地战斗呢？”那个人回答说：“三年前宴会上被折缨的就是我。蒙大王不杀不辱，我决心肝脑涂地，以报大王之恩。”由于楚国将领个个效忠，终于打败了晋军，楚国从此得以强盛起来。

这是春秋时一段佳话，人人都称赞楚庄王是宽宏大量的君主。

只是，没有人再想到过到那位妃子。古时男女之间礼节甚严，沾衣便为失节。那妃子如此一来，已算是失节之人，而失节的女性怎能再受君王的宠幸？又有何面目活在世上？她满腹的委屈无处宣泄，最体面的解决方式无非一死。

据后人传说，那位妃子在绝缨会后，便自缢于梁上。她的夫君并未为她复仇，也没有给她厚葬。女性，在当时的男人眼中，不过是工具。一个失节的妃子，在君王的眼中，自是比不上一位头领。这是中国女性的悲剧。

以绝缨为名的女孩，身上肯定藏着说不完的故事。

“这个名字很有趣。以绝为姓的人还真是很少见呢。”男人说，“我叫陈冬。你叫我陈叔叔或者陈哥都可以。”

绝缨看了看男人的脸，他的额头上已经爬满了皱纹，像已经数月不被滋润的河床，头发也已经斑白，甚至连眉毛上都染有一层霜色。

陈冬似乎看出了她在想什么：“你猜我有多少岁？”他说。

她想说五十岁，但一想那似乎有点伤人。“四十吧。”她小心地说。

陈冬微微摇头，苦笑着说：“我也不知道我的年龄，不过，根据我证件上的信息，我今年最多三十岁。”

她惊讶得差点把口里的水喷出去。

陈冬看到她还光着脚，就说：“你等等，我去给你找双鞋子来。”

他拿回的是一双塑料拖鞋，这样的鞋子比木头还硬，磨得脚面生疼。要是以前的她，连看都不看一眼的。

她试着走了两步，鞋子有些大，在脚上晃来晃去好像两只船，但总比光着脚好。

“这里是什么地方？”她问。

“野猪镇的北边，”他说，“一个远离居住区的地方，如果你想搭乘汽车，需要步行半个小时去林场。不过，现在的交通线路应该已经断了。”

很好，她心里默默地说，能来这样的地方，就是好运气！看来神真的很眷顾她！

吃完东西之后，她说，有没有地图之类的东西？

陈冬从一堆杂物里翻出一张发黄的地图，是这个地区的地图，也不知是他从哪里捡来的。

“好，我们在这里……野猪镇……”她在地图上点了一下，接着又找到了代表公路的黑线，沿着它往下找。

“这里有一个小村，附近还有药店，距离这里最近，你去过那里没有？”她问。

“去过。”

“那里附近有没有自动取款机？”

在这里成为“遗弃之地”之前，这里还是个普通的小镇，ATM机之类的东西还是有的。

“好像是有的。”

她变魔术一样从怀里拿出一只小包，从里面取出几张银行卡。

陈冬摸了摸下巴。

“你能不能带我去一趟那里？”她说，“我会给你报酬。”

陈冬骑着自行车在路上颠簸着前进，绝缨坐在车上，头戴着一顶很旧的草帽，这顶帽子是她从陈冬的杂物堆里翻出来的，一来可以遮阳，二来可以掩饰自己。她用帽子盖上脸之后，远远看去像个发育不良的男孩子。

“陈叔叔，你不怕我吗？”她忽然问。

陈冬只是笑了笑：“这话该我问你才对。你一个女孩子家，坐在一个陌生男人的车子上，不害怕？”

“比你危险的东西我见过很多。”她实话实说。

陈冬一抬头，说：“到了。”

前方就是村子的入口，远远可见一台银灰色的ATM机。机器右边是家商店，左边有个卖书刊报纸的小书店。周围的其他商铺都已经关门。路上几乎看不到任何行人。

陈冬正要继续前进，绝缨拦住了他：“从左边绕过去。”

“为什么？从右边走近啊。”

“右边那家是商店，搞不好，门口会有摄像头，我不想自己被镜头拍下来。”绝缨冷冷地说。

在这种地方，如果还有店铺能顺顺利利做生意，搞不好就是和“组织”有来往的。

“真警觉。”陈冬咂舌道。他将车子绕了个半圈，从左边靠近了ATM机。

“你身上有零钱么？”绝缨忽然问。

陈冬说：“还有一些，你想买点什么？”

“去那小书店买份报纸。随便什么报纸。”绝缨说。

报纸买来了，绝缨来到ATM机旁边，从侧面慢慢靠拢，注意着不让ATM机上的摄像头拍到自己，当接近到一定程度时，她举起报纸，遮住了ATM机的镜头。

“快点去取钱吧。”她低声说，“密码是6个0。”

陈冬张了张嘴，最终决定还是不说话的好。他将卡片插进机器，显示账户余额的时候他有点头晕目眩，因为他看到了一长串数字，他这辈子从来没见过那么多的钱。

“不可能全部取走，因为有每日取款限制。这些账户也被组织的人监控着，一旦我们取了钱，这些账户就会被监控，并且被锁定。那台ATM机也会被锁定，很快就会有人赶来。”绝缨低声说。她从提款口取走一沓钞票，离开ATM机后，她数出一叠递向陈冬。

“你，你这是什么意思？”男人有点手足无措。

“这些钱是你的酬劳，从现在起咱们分道扬镳。你就当从来没见过我。”女孩的语气平淡。

男人连连摇手：“这……这钱我不能要。你还是自己拿走吧。”

女孩扬起了眉毛：“什么意思？难道你不想要，你嫌少么？那我再给你一些。”

“不，我不能要。”陈冬摇头说，“如果你要‘跑路’的话这钱你会用得上的。你比我更需要钱。”

“你……”女孩有点不解，“我和你萍水相逢，再说我自己会照顾自己。我不想欠别人什么。钱你还是拿着。”

“嘿嘿……”陈冬笑了，“你没欠我什么，不过是一顿饭菜几件衣服，值不了几个钱。我这人向来好客。”

绝缨觉得不敢相信自己的耳朵，她从小到大，身边的人无一不是在为金钱忙碌，斗得你死我活，亲友同门之间撕破脸甚至血流成河也在所不惜，眼前的这个人比她看到的任何一个人都要穷，却对这颜色鲜亮的钞票不感兴趣。

夏日的风吹动树梢，将绝缨的帽檐微微掀起，她忽然觉得，这个世界并非像自己原本想的那样，只有血腥和冷酷。

“好吧……”她把钱收了回去。

“你有地方可去么？”陈冬问。

绝缨想了想，摇摇头。

“你可以一直住在我家，我家偏僻，不会有谁来找你。但就是小了点，破了点。”

“那没关系，你肯收留我？一个来历不明的人？”

陈冬又是一笑：“如果你相信我，我就相信你。”

绝缨没再说什么话，只是慢慢地爬上车子，说：“走吧，去下一个地方。”

绝缨坐在陈冬的身后，这位叔叔的身上有种汗味，腥腥的，酸酸的，咸咸的。但绝缨认为这并不难闻，她甚至开始觉得这味道让她有安全感。

绝缨不知不觉地靠在了陈冬的身上，渐渐地进入了梦乡。毕竟，她太困了。

在梦里，她又回到了那个曾经囚禁她的地方。

第四章　黑暗往事

“470–1；200–1；4.7–1；148–2……”

绝缨默默地念着这些数字，手里不停地忙活着。她手里拿着一只小巧的改锥，正在把两根红色的导线连接到一片铜板上。

“你们现在做的是遥控炸弹的起爆器，”教官在离他们不远的地方吼叫着，“都给我精神着点儿！如果你们现在在训练中都能接错的话，以后就会在实战中接错，那到时候死的就是你们！”

绝缨不止一次看过教官发怒，如果说他现在像是一座活火山，那他爆发的时候足可以淹没十座庞贝城，不，可能还不止十座。教官的惩罚绝对不是拳打脚踢或是鞭笞那么简单。教官的冷酷在于他会从精神上折磨你。有一次，组织的头目过来检查训练成果，一个女孩在检查的时候打瞌睡。教官一言不发地把她拖进禁闭室，用手铐把她铐在椅子上，面前摆上一排台灯，教官亲自把台灯的节能灯泡拧下来，换上耀眼的白炽灯泡。然后，他把所有的台灯对准女孩。

一个小时，两个小时……足足烤了那女孩一个晚上。女孩的面色带着一种怪异的红，像是在微波炉里烤得半熟的火腿。当她实在忍不住想睡觉的时候，教官就给她一记耳光，让她醒过来。然后又是一个小时，两个小时……每当她想睡的时候，他都会把她打醒。24 小时后，当那女孩被人们抬出来时，她的眼睛肿得像核桃。医生花了好大的力气才让她不再精神崩溃。这种魔鬼一样的训练换来的是铁的纪律，但也让教官的形象在人们心中有如地狱来客。

“470—1；200—1；4.7—1；148—2……”

绝缨继续小心地默念着。

“一会儿我要检查，如果有谁接错了一根线，今晚就给我绕操场跑二十圈，不许吃饭，不许睡觉！”教官的吼声比老虎的咆哮还要响亮，还要凶狠。

“报告教官！”绝缨站了起来，“我完成了！”

教官气势汹汹地来到她面前，两只眼睛瞪得像铜铃：“如果你接错一根线，小丫头……”

他拈起那只小巧玲珑的仪器，举到眼前小心端详，当仔细地检查了两次之后，他长长出了一口气，把那仪器举过头顶：“都给我好好看着，小家伙们！你们吃的饭，喝的水，睡的床，都是同样的！为什么有人就可以做得这么快，做得这么好，有的人就慢腾腾的好像蜗牛，做出来的就像狗屎！”

他转过脸来对着绝缨大声说：“告诉大家你是谁！”

“报告教官，107 号！”绝缨大声喊道。

“好的！ 107 号，你现在可以回你的房间去了！不过下午还要按时参加劳动。在此之前，先把你做好的东西拆解成零件状态，扔进零件箱。其他人，继续给我组装！哪个敢磨洋工，我就……”

后面的话绝缨都没听进去。她已经用最快的速度离开了训练场。

当回到自己的小屋之后，她小心地掏出藏在袖子里的东西。470微法的电容器一个，200 欧电阻一个，4.7 千欧电阻一个，还有两个1N4148 二极管……这都是她刚才从训练场的零件箱里偷出来的。零件箱是回收他们使用过的零件的地方。回收完毕的零件会被直接销毁掉。没有人会发现少了这些零件。

为了记得这些零件的名称和数量，她编了简单的代码，时刻默念，以免忘记。

墙上有什么东西唧唧叫了一声。绝缨噘嘴吹了声口哨，表示回答。墙上挂着只简单的笼子，里面是只小老鼠。这里允许养宠物，驯养技能也是她们的必修课程之一。

零碎的脚步声传来，她警觉地把这些东西收了起来。

“绝缨！我回来了。”一个留着小辫子的戴眼镜女孩走进屋子，俏皮地伸伸舌头。

绝缨笑了，在一个危机四伏的地方，没有什么比室友更能让人安心。小辫子女孩把门掩上，然后跑到绝缨面前：“我弄到了一个5.1V 稳压管，还有铜片。”她低声说。

绝缨笑了：“小雪你真了不起，万岁！”

“嘘！”小雪赶紧掩住她的嘴，“让外面的人听到就麻烦了！”

两人静静地立了片刻，确认外面没有人在偷听。“外面的结构图你弄清楚没有？”绝缨急切地问。

小雪点点头。用手指蘸水在桌面上画着：“这里是第一道围墙，上面有摄像机，俄罗斯产，带微光夜视模式，转动速度为30秒一圈。接着是第二道围墙，墙上没有摄像机，但第二道围墙和第三道围墙之间有数条军犬在昼夜巡逻。第三道围墙之外就是雷区，混合放置着反步兵地雷与反装甲地雷。过了雷区，再过一道铁栅栏，就是安全地带了。”

墙上的老鼠又叫了一声。小雪从口袋里摸出一瓣花生，丢进笼子。老鼠作了个揖，捡起花生，小心地咀嚼起来。

“比想象中复杂。”绝缨皱着眉说，“我以为只有一道围墙，只要过了摄像机这关就安全了。没想到这么复杂。”

“除此之外，还有大厦顶上的探照灯。”小雪说，“咱们现在所在的大厦被三道围墙围在正中央。在距离地面几十米高的楼顶上安装有巨型探照灯，就像指环王里的魔塔之眼，时刻扫视着地面。据说那探照灯的光强到可以照到月球，虽然夸张了些，但肯定是很亮的。”

“唉……”绝缨轻轻地叹了一口气。

“有点儿……难么？”小雪小心地问。

“我从没计划过从这么复杂的地方逃脱。”绝缨语气沉重，“我本来想把工具做好，趁着下个礼拜教官他们出国办事的时候，进行咱们的逃脱计划，但现在看来我们即将面对的情况比原来预想的要糟糕百倍，在下个礼拜之前是否能找出对付其他机关的办法还是未知数，而且，即使能找到对策，也不能保证到时候一定能成功。”

小雪也泄了气。直接坐在了地上。

“我原本以为你这号称全校最聪明的学生会想出什么办法来。”她的声音细不可闻。

绝缨咬着牙，两只手紧紧地捏成拳头，指甲陷入了肉里。如果说“绞尽脑汁”是努力思考的表现，那绝缨现在的状态可以说是“绞尽脑髓”了。

“会有办法的，会有办法的……”她喃喃地说，“我们已经准备了好几个月，不能就这么放弃……我要逃出去，我一定要逃出去，我要回家！家里的爸爸妈妈一定在等着我！”

摄像机，警犬，雷区，探照灯……除此之外，院子里当然还少不了持枪的守卫，那些都是组织训练出来的人，以及从国外雇佣来的雇佣兵，杀人不眨眼。给他们配发的是清一色的 MP5 冲锋枪，带有消音器。如果正面与之对抗，赤手空拳的她们毫无胜算。

组织里的生活，单调，乏味，而且充满危险。虽然，她们现在从组织学到的是常人学不到的知识，但是绝缨更想离开这个地方，去做一个普通人。远离打打杀杀的血腥生活。她想念自己多年不见的家人。

看着绝缨现在的样子，小雪又担心又着急。但她知道自己帮不上什么忙。于是她悄悄闪到房门旁边。

笃笃笃的脚步声传了过来，那声音响亮而有节奏。小雪微微一惊，说：“不是教官就是老六，先把东西藏好。”

她俩刚把东西藏到隐蔽处，房门开了，一个身子胖胖，穿西装的男人走了进来。

这男人已经有些谢顶，脑门油光发亮，太阳穴微微鼓起，手背上长着浓密的黑毛。他一进门就眯缝着眼睛看着两个女孩，从她们的脸蛋开始，逐渐向下打量着她们全身，绝缨被这目光看得发毛。她感觉这男人的目光就像一双粗糙的大手，在自己身上摸来摸去。

这男人歪着头，嘴角上带着诡异的笑意。他已经来过这个房间多次，每次绝缨都想方设法避开他，但今天看来是避不掉了。

墙上的老鼠唧唧叫了两声，躲进笼子的角落里。

“长……长官好……”小雪扯了一下绝缨的衣袖。

“长官好。”绝缨这才反应过来，赶紧行礼。

“免了，不用叫长官，叫我六哥就成。”男人的声音甜腻腻的好像掺和了半斤蜂蜜，却让人觉得很不舒服。

他忽然伸出手去，在绝缨脸上抚了一下。绝缨涨红了脸，她早听说过这老六好色贪花，却没想到他竟然这么变态，连未成年的女孩都不放过。

男人见她不敢反抗，脸上的笑意更加淫邪，索性去按绝缨的肩。小雪在一旁急道：“长官……六爷，您这是要……”

“没你什么事，”男人瞪了她一眼，“不过是‘工具’，早晚要拿出来用的。不如让我来享受享受。别特么叫了，再叫，下个就轮到你！”

他蛮横地扳过绝缨的肩，将绝缨拉了过来。她觉得他的力气好大，半边身子都被他捏得发麻。

绝缨虚弱地挣扎了两下，就像离开水很久的鱼一样。她知道自己对付不了眼前的人，无论是从力气上还是从其他方面。她虽然受过严格的训练，但再严格的训练也无法把人变成神。她有超过一般人的智商，掌握了多种技能，身体灵活，敏捷度可以赶得上运动员。但在力量方面——她只不过是一个十几岁的女孩而已。而对方则是受过严格杀人训练的男人，据说老六在越南的阮氏部队待过，每个月都会给自己注射肌肉强化剂。

男人的手用力捏住了她的下巴，她感觉到一股粗重的呼吸喷到了脸上，带着酒精和烟草的臭味。当男人亲到她的时候，她觉得心里有什么东西碎掉了。

男人的手还在继续动着，已经摸索到了她衣裙的扣子。

“小雪，转过脸去。”她无力地说。

正当此时，一阵急促的脚步声来到了门口。“报告长官！”一个粗声粗气的男人喊道。

是教官。

老六不高兴地说：“什么事，没看到我正忙着？！”

教官并不打算离开，他面无表情地说：“六爷，三爷叫你过去。”

老六狠狠地哼了一声，松开绝缨走向门口。他瞪了教官一眼，一把将他推开，然后大步流星地走出房间。整条走廊里的人都听得到他骂粗话的声音。

绝缨哇的一声哭了出来。小雪扶着她的肩，眼角闪烁着泪光。

教官的喉结颤抖了几下，过了半天才说：“对不起，我来晚了。”

真的很让人意外，一向冷酷的教官竟也有说对不起的时候。

三人就这样保持着各自的姿势，直到绝缨的哭声渐渐低了下来。教官忽然高声说：“107 号，108 号，今天下午的劳动，你们……你们就不用去了。休息吧。”

“不，让我们去吧。在这里，又会被……”绝缨没有说下去。

“可是今天下午的劳动强度很大，是八爷监督。他很严厉。什么事情都想让人超额完成。”教官皱着眉头想了一会，“这样吧，你们去修理旧的通信设备。需要更换的零件，可以直接去仓库领。就说是我同意的。”

“是，教官！”女孩们的脸上带着感激的神色。

“只此一次，以后不会给你们什么优待。”长官轻轻地叹了一口气，“保护好自己。”他转身走了出去。

小雪赶紧把门掩上。绝缨把那些零件拿了出来，开始快速地组装。

“看看还少什么，下午去修设备的时候可以偷点回来。”绝缨咬着牙说。

“现在就开始组装，行动要提前了么？”小雪问，“可是那剩余的几道封锁线，有办法突破么？”

“我有了一个初步方案，但还需要完善。现在先把这些做好。”绝缨的手动得飞快，“下面要找的零件比较难弄了呢。”

小雪看绝缨低着头，脸色出奇的难看，也就不再说话。

绝缨只想快点把眼前这点事先干完，然后赶紧洗个澡。她觉得自己现在很脏……脏极了……

下午两点三十分，教官把她们俩带到通信设备室，指点她们修理设备。“中午三爷把我叫去了。”他说。

“发生了什么事？”绝缨好奇地问。

“我去了之后，看到三爷坐在太师椅上，他旁边站着贴身护卫老十。老六像一条狗一样恭敬地站在他面前，连个屁都不敢放。我觉得接下来的事应该很有趣，就先给三爷行礼。三爷说：‘最近有人骚扰咱们那些小花，你知道这回事么？’”

“我说：‘不知道。’但我看到三爷笑了，他说，‘撒谎可不好，在逼供方面你们十爷可是高手。’我看到老十朝我使了个眼色，然后朝老六努了努嘴。老六低着头站在那里，我看他额头上都是汗。三爷的房间里开着空调，最高也不会超过二十度。”

“三爷又说，‘老六啊，听说上个星期死了一朵小花啊，还是我比较喜欢的樱花呢。你有没有听说？’

老六低声说知道。

三爷就把脸一沉，说，‘听尸检部的人说，那孩子死前已经怀了身孕，这事你知道吧？’

老六低着头说不知道。

三爷一拍桌子，‘老六！根据记录，你以检查身体的名义去过那孩子的房间很多次，有这回事没有？’

老六这次急了，抬起头来说‘三哥，给我个面子！’

三爷说‘我给你面子，谁给我面子！老大走的时候把这地方交托给我，现在出了事，你让我面子朝哪搁！你对得起老大么！你对得起组织的戒条么！’

老六的脸色一会儿青，一会儿红。三爷这才说‘这次的事情就算了，你以后去外面堂堂正正地找女人，甚至喝花酒，我都不拦你，缺钱了朝我开口，这没说的。可你如果再伤了我的小花……我可就只能把你交给老大了。别忘了，是他让古老的绝字营复活，又把它改头换面，壮大成了现在的组织。如果你敢败坏这里风气的话……’

老六没再说什么，只是低着头。但我看他眼珠都恨不得瞪了出来。三爷又跟我说了点别的事，我就先出来了。”

“这就好……”绝缨和小雪长长地出了一口气。

教官又说：“不过，我今晚要跟三爷出国去了，一个礼拜后回来。”

“什么……你……你们要走？不是说过段日子再走么？”

“公司总部出了点事。国际刑警追得很紧……”教官刚把这话说出去就开始后悔自己多嘴，于是赶紧吼道：“你们很闲么？赶紧干活去！少修一件装备，晚饭就不用吃了！”

“是！”两个女孩对望了一眼，低头修装备去了。

教官忽然闪到绝缨身旁，挥掌向她的肩部拍去。

绝缨猝不及防，教官的动作奇快无比，她勉强弯腰，堪堪躲过，但肩头依然被教官的手擦了一下。

“不行啊。”教官摇摇头，“你的头脑好使，但反应能力还是差些，动作也有些迟缓。格斗时难免会吃亏。”

绝缨不说话，她知道自己的缺陷。

“疾如火，快如风，凛如夜，虚如空。记好这句话。”

教官深深看了她们一眼，转身走了。

他并不知道，他这句话让绝缨受用终生。

“我找到了一块电磁铁。”绝缨轻声说。

“这里有段天线可以用。”小雪说，“这下就够了吧？”

“嗯，够了。”

有人在背后咳嗽了一声，两人一惊，赶紧用最快的速度把东西收好。

来的人是老六，他面色潮红，女孩们闻到了从他那里飘过来的浓重的酒气。

老六一把将绝缨搂住，绝缨想推但推不开，便任由他抱着。

老六慢悠悠地说："过了今晚，你就是我的，那个该死的老三就要走了。看谁还能挡着我！"他忽然伸出舌头，在绝缨的脸上舔了一下，绝缨感觉那舌头又脏又黏。

老六又放肆地在她身上摸了几下，这才恋恋不舍地离开了。

绝缨捂着嘴，脸已经涨成了紫红色。她觉得自己差点就要吐出来。小雪担心地看着她。过了好一会儿，绝缨的脸色恢复了正常："好了，我没事了。继续吧……"

她们又开始干着自己的活儿，绝缨的脑海里反复回荡着那句话，过了今晚，过了今晚……

六点钟的时候从外面传来了喧闹的声音，小雪看着闭目养神的绝缨，说："大概欢送宴会已经开始了。再过三个半小时，三爷和教官就会离开。"

"知道。如果飞机时刻表我没记错的话，今晚没有去美国的飞机，但十一点会有去东京的飞机。他们大概会先到日本然后转机。"绝缨的眉头几乎要拧在一起。仓促间完成的作品是否能起到应有的作用？她根本无法肯定。

一切都是未知数。

这不是《肖申克的救赎》，不是《基督山伯爵》，不是《越狱》，她们居住的位置不允许她们进行挖地道式的逃脱行动。更不可能像《刀锋战士》里的吸血鬼一样，凭借神力逃出生天，更没有可爱的弟弟以及女医生为他们做内应，她们唯一能做的，是依靠自己的知识和现有的情报，利用所有可以利用的道具来达到目的。

还有一个问题。绝缨问小雪："你在外面还有家人吗？"

“我不知道。”小雪说，“我是很久之前被送进来的。事实上连家人的模样我都记不大清了。我只记得家里有幢很古老的平房，红墙绿瓦，院子里有棵很高的梧桐……”

“阅览时间到了！”外面有人粗暴地敲着门。

阅览时间是这里独特的晚间科目。所有的孩子都要在六点半到十点半之间进入阅览室，阅览是随个人兴趣而定的，文学、艺术、科技、医学、体育都可以涉猎，当然阅览室也有军火知识可供检索。

其实对这里大多数孩子来说，阅读是唯一的消遣。在书本中似乎可以暂时摆脱掉枯燥乏味而压抑的生活。

有时候，为了任务需要，也会有人通宵在这里读书——尤其是在即将被派往国外执行任务的时候。每个孩子都有每周一次申请通宵阅读的机会。但第二天要照常工作和执行任务。

“打开窗户，我们去吧。”绝缨对小雪说。

她望了一眼床上，白色的床单上放着一样东西。绝缨做了一次深呼吸，平静下狂跳的心，然后关上门，离开了房间。

只要决定做，就不能回头。

阅览室分为普通阅览室和通宵阅览室两部分，普通阅览室由两个大厅组成，有长长的桌子，人们可以坐在一起，交流，探讨问题。而通宵阅览室则由一个又一个的小格子组成，人与人之间被隔开，这里强调的是安静。

“107号，108号，申请通宵阅读。”绝缨和小雪对阅览室管理员说。

这位管理员大概是全世界唯一一位武装到牙齿的管理员，他一手捏着腰间的枪柄，一手接过两人的证件，检查了好久，才点点头。

“进去吧。每人每次只许拿一本书。”

“我选文学类——《战争与和平》，第三卷。”

“我选百科全书类——《大英百科全书》，A字头，第一册。”

管理员好奇地扬了扬眉毛：“这些书都很长的，如果读下来大概要花你们整晚的时间。看样子你们是纯粹为了消遣而不是为了执行任务。”

“没办法，夏天的夜太折磨人了。”绝缨故意拖长了声音。

后面排队的人开始吵吵嚷嚷，嫌她们动作太慢，管理员皱着眉头喊道：“急什么急？”他对绝缨说：“你们进去吧。明天六点钟我会来回收图书。不过不许捣乱，否则……”他拍了拍枪套。

绝缨和小雪对望了一眼，进入了通宵阅览室。绝缨故意走向最里面的一个格子。那里靠近一个窗户。小雪的格子紧挨着绝缨。

绝缨一看四下无人，悄悄地来到窗前，打开窗子。这里是三楼，外面就是操场。淡淡的月光下可以看到有数名警卫在来回巡视。再往前就是第一道围墙。

大厦顶上传来一阵螺旋桨的轰鸣。绝缨轻轻地说：“宴会结束了，三爷和教官要离开了。”

小雪则盯着阅览室的入口：“有人来了！”

进来的是个个子不高的家伙，满脸的络腮胡子。简直就是指环王里那位矮人战士的翻版，他一进门就大声吼道：“老三在不在这里？！”

管理员毕恭毕敬地站了起来：“八爷，三爷不在这里。”

“什么？这里也没有！”八爷的胡子扬了起来，他转身对旁边的一位大汉说："老十，都怪你，连个活人都看不住！"

站在他旁边的大汉正是三爷的左膀右臂——老十，老十苦笑着说："哥呀，你这可错怪我了。三哥说他今晚就要去美国了，心里放不下温小姐，非要再去听听她弹的曲子……"

"温小姐？那个弹小曲的女人？一个在小馆子里卖艺的女人，值得他这么魂牵梦萦？！"八爷的火气上来，伸拳一擂管理员前面的桌子，把梨花木的桌面砸出了一个浅坑。

"好大的力气。"小雪咂舌道。

绝缨还在留神楼顶上螺旋桨的声音，但她发觉那声音越来越弱了，难道直升机不起飞了？从这里到国际机场还有好一段距离，如果直升机这个时候不赶紧飞去机场的话，就赶不上客机了。

"先去找三爷！美国那边等着他汇报事务。"老八一面抹着额头上的汗一面说，他指了指老十和另一名亲信，"你们两个赶紧去把他找回来。剩下的人跟我去搜搜大厦里，看看他是否还在这里。也许是躲在哪里睡大觉呢。动员所有警卫，快！"

在老八他们离开之后小雪悄声问绝缨："是否还按原计划进行？"

绝缨咬着牙说："千载难逢的好机会。本来我想指望他们集体欢送的机会，找个空隙逃脱，现在他们派了一部分力量去城里找三爷，大厦里的人就更少了。"

透过窗户，她们看到几辆汽车亮着大灯驶出大院，消失在苍茫的黑夜里。

"风向偏左，大约每秒二十米。准备！"绝缨低声说。

此刻是晚上九点四十五分。

绝缨已经飞快地行动了起来。

她将几个零件组装起来。这些零件一开始都分散地装在衣裙的各个口袋里，因为一旦组装起来，它将变得笨重粗大，不方便携带。

小雪已经忍不住来到了窗前："几乎没有风，月光也正合适。下面有三个警卫。"

旁边的格子里忽然走出一个孩子，在走廊里伸着懒腰。

绝缨吓得停止了呼吸。她不认识那孩子，如果她看到自己手里的东西，恐怕会惊动周围的人。小雪机智地闪到绝缨的格子入口处，用身体挡住了那孩子的视线。

那孩子大概是困了，长长地打了个哈欠，向洗手间的方向走去。

她的身影刚消失在走廊里，绝缨赶紧掏出组装好的东西。按下了上面的开关。

小雪焦急地望向窗外，但平静的夜晚一如往常，并没有任何变化。

小雪又等了一会，她的表情已经十分紧张，但外面仍然没发生任何情况。

"大概是信号不够强。"绝缨低声说，"仓促找来的零件还是不能合乎要求。我靠近窗口试试。"

她蹑手蹑脚来到窗前，将手里的盒子对准夜空。

"你们在干什么？"还是刚才那孩子，她刚从洗手间走出来，正好奇地看着小雪和绝缨。

"没……没干什么。"二人赶紧摆出老老实实的样子。

"手里拿的是什么？"那人问。

小雪急中生智，扬了扬手里的《战争与和平》："书啊，这里还能有什么？"

那人看了看小雪和绝缨的脸，把二人看得心里发毛。那人忽然一笑："哈，你们俩靠这么近，不会在搞什么鬼吧。"

绝缨冷冷地说："没你什么事，回去好好看你的书吧。"

"切！没劲。"那人回自己的房间去了。

绝缨确认她不会再出来之后，再次启动开关。

头顶上的飞机螺旋桨声已经消失了。在启动开关之后，左上方的位置忽然传来"扑"的一声。

那是绝缨的房间，通过开关的遥控，已经有东西从开着的窗户里飞了出去。

楼下忽然有警卫叫了起来："那是什么？"

另一人喊道："What？"

又一名警卫喊了起来："快看啊，天上有东西！"

只见一串闪烁的光在半空中浮动，有红有绿，恰似瑶池飘下的花朵，又似天外飞来的精怪，在夜空中摇曳不定，显得十分诡异，那东西并不急于下坠，而是缓缓地向左边飘去。

"那是什么东西？"

"警报！警报！"

"探照灯！快！"

楼下乱成一片，警卫们纷纷举枪瞄准天上的东西。有的带头冲了过去，还有的掏出步话机联络大厦顶上的探照灯操纵员，准备把灯光投下来。

第一道围墙上传来轻微的咔嗒声，微光夜视镜头启动了，墙上的所有摄像设备一起对准天上的东西。

在警卫室里，所有的监视屏上都是那诡异的不明飞行物。通过微光夜视系统，可以看出那是一个降落伞，下面挂着乱七八糟的一堆电子设备，有二极管，也有简易的灯泡，一闪一闪地放着光。

“要不要开枪把它射下来？”有人问道，他问的人正是老六，今晚老三、老八、老十等人都不在，便由他暂时主持大局。

老六犹豫了一下，说：“先不要开枪，那东西紧贴着大楼，如果从咱们的角度开枪，说不定会把子弹打到大楼里去。让警卫们注意，那玩意落地之后，马上给我拿过来……不，别碰它，去把拆弹专家找来！”

此时已经是晚上九点五十分。

探照灯已经打了下来，在地面上形成雪亮的光圈，光圈的正中就是那一串“不明飞行物”，等它落地之后，身穿防护服，头戴透明头盔的拆弹专家小心翼翼地围了上去，没人知道那玩意是不是炸弹。老六通过镜头看着这一切，脑门上全是汗。

拆弹专家小心地凑了上去，用镊子夹起降落伞的一角。忽然，他的身体僵住了。所有的人全都屏住了呼吸。只见拆弹专家一只手拎起那降落伞，仔细端详下面那一串小玩意，然后，把它举了起来，对准镜头扬了扬。

老六清楚地看到，那降落伞是用床单做成的，上面用蜡笔歪歪扭扭地写了两个大字——

“再见”！

老六忽然想起了什么，他赶紧下令："所有人注意，马上清查人数！另外，检查所有出入口！院子的所有角落都给我筛一遍！连狗窝也不要放过！"

过了一会，清查结果出来了，少了两个人：107号和108号。大厦和院子里找遍了也没她们的踪影。

老六一屁股坐到了地上。

此时是晚上十点整。

绝缨和小雪已经跑出了很远，很远。

翻越第一道围墙的时候并不费什么力气。所有的摄像头都已经对准了空中的降落伞，警卫们也被吸引了过去。她们沿着墙脚向右边移动，从摄像头的死角爬上了墙——对于她们这样经过训练的人来说，翻过三米高的墙易如反掌。

就这样，她们顺利翻过了第一道障碍。前后不到三分钟。

但脚还没落地，军犬们就悄然掩了上来。和电影电视里上演的截然不同，这里的军犬都不爱叫，它们都习惯于静静地接近目标，然后偷袭。

"把小耗子拿过来。"绝缨说。

小雪把她俩的小宠物——那只老鼠拿了过来。绝缨轻轻抚摸了了小老鼠，说："对不起，今晚要看你的了。"

小雪估算了一下时间，焦急地说："快点儿，他们马上要发现那是个圈套了。"

"别急。"绝缨分辨着墙外的地形，墙脚下是排水渠，与墙是平行的，排水渠连接到原处的下水道。下雨的时候，院子里的积水可以流向墙脚的排水渠，然后沿着排水渠流向下水道。绝缨轻轻地把老鼠向下一丢，老鼠唧唧叫着，掉进了排水渠。院子里的警犬早已被惊动，朝着老鼠便扑了过去。

排水渠横断面是将近一米深，一尺宽的长方体，狗急急忙忙地向前扑，却扑不到底下的老鼠。老鼠则被军犬粗重的呼吸吓得不轻，撒腿便跑。军犬在后面紧追不舍，有几次军犬们把前腿伸向水渠里，却总也够不到。军犬们被激怒了，嗜血好斗的本性被激发了起来。沿着排水渠一路追了下去。

小雪和绝缨看得咂舌不已。没想到小小的一只老鼠能把所有军犬都吸引开。她们原本以为会剩下一两条要靠武力解决，看来不必了。她们爬下墙，冲向第三道围墙。

在爬上第三道围墙之后二人感觉凉爽的夜风扑面而来，不由得一起深深地吸了一口气。依稀可以看到远方零星的灯火。在被裹得严严实实的大楼里，是断不能看到这样的夜景的。

“你猜那地方有多远？”小雪指着那远方的灯火说：“一公里？两公里？”

“不，我想更远，那应该是山脚下的小山村。根据我通过零星资料的收集，了解到这里本来是一个旅游区，但后来被荒废了。组织的势力已经开始渗入那里。当地的人被赶走了很多，剩下的大多数是老弱病残。”

院子里已经热闹成了一锅粥。巨大的探照灯已经将灯柱投在了大厦脚下。离二人不到一百米远。

小雪说：“我想我们已经花去了六分多钟。剩下的时间够我们突破雷区么？”

绝缨忽然一笑，那笑容充满诡猾：“你是不是以为真的有雷区？”

小雪吃了一惊：“你说什么？”

绝缨指着围墙外随风起伏的蒿草，说：“看这片草地，多年来没人修剪，长得比人还高，看起来真的像是雷区，但你想过没有？咱们的大厦是建立在旅游区附近，你看那些灯火与咱们之间的距离。如果真的有地雷，那爆炸会产生多大的声音，不会惊动游客或者来旅游的人吗？”

“可是……”

“没有可是。你记得大楼的警卫没有？他们统一配发 MP5，MP5 本身就是一种噪声比较小的枪，他们又在枪上加装了消音器。这显然是怕枪声传出去。惊扰了附近的人。既然连枪声都不敢传出去，那为什么还要埋动静更大的地雷呢？”

“你……你可以肯定下面没有地雷？”小雪半信半疑地说。

“呼……呼……”身后传来一阵粗重的呼吸声，她们回过头，只见那帮军犬已经聚拢了过来，它们的眼睛射出凶光——显然这帮家伙也懂得什么叫被愚弄。现在它们的心情肯定很不好。有两只狗已经将前爪搭在墙上，开始向墙上跳，很险，差了几十公分没碰到她们。

“这帮狗疯了！”小雪惊叫道。

“敢不敢跟我来？”绝缨笑着拍了拍她的肩，接着便朝墙外跳了下去。

小雪一声惊呼，闭上了眼睛。

接着，下面传来绝缨慢条斯理的声音：“下来吧，没事！”

看她嬉皮笑脸站在草中的样子，小雪松了一口气，正待跳下去，忽然有人冷冷地说："谁说没事啊！"

两人一惊，来人从草里探出身子，原来是教官。两人心下一凉。

"108号，下来。"教官咬着牙说。

小雪看到他手里拿着枪，便乖乖地跳了下来。

"笨蛋，冒失鬼！"教官忽然给了她们一人一记耳光，"你们知道闯下了多大的祸吗？！整个基地的人都被惊动了！他们可是有枪的！只要一发子弹，就能把你们小巧玲珑的脑袋打开花！"

两人低着头，沉默不语。

教官狠狠地瞪着她们，接着说："就凭你们那两下子，也能跟组织的人对抗？我非常怀疑！"

"我们……不是逃出来了么。"绝缨不服气地说。

"还嘴硬！这不是被我追到了！"教官气呼呼地说。

"你……你是我们的教官嘛……我们那点本事哪赶得上你。"绝缨依旧嬉皮笑脸，手却伸向怀里，那里藏着一只十字改锥，她准备趁机向教官发难——如果万不得已的话。不过教官此时看起来并没有恶意。

"你们啊。"教官长长地叹了一口气。"现在你们有两条路可走，一条是跟我回去，一条是从此亡命天涯，你们选吧。"

绝缨从这话里听出了一线生机："就是说，如果我们走，你不拦着我们？"

"不拦着。我好不容易教出来的学生，我能让她们再死在我手里吗？"教官哼了一声。

围墙里的人声渐渐靠拢了过来。接着又有急促的犬鸣声，那是追猎犬，闻名遐迩的血钻一族。组织终于把它们给派出来了。

绝缨和小雪对望了一眼："我们选择离开，而且是一起离开，教官，你也看到了，如果我们回去的话，还有可能活下来么？"

教官冷冷地看着她们，然后说："脱下鞋子。"

"啊？"绝缨和小雪一愣。

"快点儿，再慢就来不及了！"教官催促着。

两人莫名其妙地脱下鞋子，教官抢过来，一手亮出刀子，将鞋底剖开，从里面取出几个亮晶晶的金属片。

"卫星定位装置！"二人惊呼。

"只要你们跑出前面那片铁栅栏，这定位装置就会启动。你们的行踪就会暴露无遗。组织给所有孩子的鞋上都装了这个。"教官将金属片摔在地上踩得粉碎。然后从背囊里掏出两双鞋子："这是你们练舞蹈的时候穿的，仓促之间找不到其他合适的鞋子了。这种鞋子底部很薄很软，定位系统装不进去，我检查过了，确认安全。"

两人接过鞋子，心里感到有种暖流在涌动。哽咽着说不出话来。一向冷面著称的教官，想不到也有这样温柔的一面。

教官又递给她俩每人一个小包："这是组织给每个执行任务的人用的，里面有必备品和一些救命用的小工具。收好！丢了可没地方配新的！"

小雪轻声地哭泣起来，"教官……"

绝缨想说什么，教官打断了她："别婆婆妈妈的了，赶紧上路。翻过铁栅栏一直向西，就会到野猪镇，那里的村民都被赶得差不多了，组织的人如果放开手脚的话，会在那里使用巡逻犬进行追捕。在那里你们分开跑，一个向南，一个向北。两个人在一起目标比较大，分开跑安全，至少，跑出一个是一个。别去山前面那片亮着灯火的小城，那里有组织的人。他们一直潜伏在那里，目标就是你们这些逃出来的小菜鸟。”

绝缨和小雪又吃了一惊，原来组织并不像想象中那么简单，如果不是教官来接应她们的话，恐怕现在已经被抓回去了。

此时，喧闹的人声更近了。还有越野车的发动机声。大队追兵已至。

教官忽然一拳向绝缨迎面打去，两人的距离十分之近，劲风扑面而来，眼看绝缨就要躲不开，她忽然来了个“铁板桥”，大力后仰，这一拳打空了。

“好。”教官收拳，脸上露出了赞许之色，“记住我对你说的话。”

“疾如火，快如风，凛如夜，虚如空。”

“好了。”教官捡起她们脱下的鞋子，“我去负责把他们引开，你们逃命去吧。”

“教官……我们……我们怎么感谢你才好……你是我们的救命恩人……”

“少废话，别被抓住就好！快滚！”教官一转身，飞快地走了。过了好一会儿，当绝缨和小雪翻过铁栅栏的时候，模模糊糊听到教官的声音:“我找到她们的鞋子了！她们朝东边跑了，快追啊！”

“走吧，绝缨。”小雪轻轻地说，“让我们证明给教官看——我们不是菜鸟！”

绝缨呵呵一笑，两人再不回头，迎着夏夜软软的暖风，一口气跑了下去。软软的布底鞋踩在沙地上，悄无声息。

第五章　同病相怜

将绝缨惊醒的是陈冬的呼唤。

陈冬左手拿着一杯水，右手拿着一个水果。绝缨揉了揉眼睛，她发现太阳已经偏西，自己竟然睡了这么久。

“我不知道你爱吃什么，不过咱们可选的东西不多。”陈冬说。

在谢过陈冬之后，绝缨捧着食物大嚼起来，丝毫不注意形象。此时她的胃好像被开了个无底洞，永远也填不满。

他们沿着后方的小路，去了更远的村子，经过了好多个ATM机。

每路过一个ATM机，绝缨都会提一些钱，当把所有的卡都提过一遍之后，绝缨将所有的卡掰成碎块，扔进垃圾箱。

“你你你……这是干什么？账户上还有好多钱啊！”陈冬惊叫道。

“没用了。刚才已经说过了，这些卡的账户已经被锁定。”绝缨说，“很快就会有人来追查这些账户，他们会找到这些ATM机，查询是谁取走了那些钱”。

“那为什么不在同一台 ATM 机上取走所有能提走的钱呢？为什么要跑这么远的路，每台 ATM 机上只取一次钱？”

“因为有限额啊！”绝缨叹了口气：“你以为我想跑这么远吗？！”

傍晚时分，他们踏上了回住处的路。

绝缨低声说：“明天你去搞一辆摩托车。要加满油的。这样你就不用跟着我到处跑了。”

“全新或者二手的汽车不行么？”

“在这片区域，骑摩托车不需要牌照，更不需要驾驶员有驾照。但汽车就不一样了，你看我这么小的孩子像有驾照的吗？”绝缨接着说，“然后你去弄三个手机，必须都是双卡双待的。这些手机尽量别买智能型的，功能机就好，待机时间要长，价格牌子什么的都无所谓。但不要在同一个地方买，否则太引人注意。切记不要买水货或者山寨机，我要性能稳定的。除此之外，再弄六张可以上网的手机卡。”她把一叠钱塞到陈冬的上衣口袋里。

“现在这么乱，买摩托车和手机恐怕没那么容易。”

“我多给你钱！还有，明天还要辛苦你一趟，弄几样东西回来。那些东西的名称我已经写在纸条上了。如果是去商店买，记得也要在不同的商店。”

“好的，不过你要摩托车做什么？要跑远路吗？”

“是的。要跑远路。”绝缨淡淡地说。

她是要跑远路，一条逃亡之路。

想到这里，她捏紧了教官给的那只小包。

“真奇怪，你竟然不问我的来历。”绝缨说，“你真的对我的来历不感兴趣？”

“我这人的习惯是，别人的秘密，他自己不说，我也不问。”陈冬笑呵呵地说。

过了好一会儿，绝缨说：“我该叫你什么？直接叫你陈冬？还是叫你陈叔叔？”

“啊？我真的很老么？我还以为我是永远二十岁，朝气蓬勃的哥哥……”

“朝气蓬勃个屁！”绝缨忍不住笑了，“就你现在的样子，胡子拉碴的，都有白头发了，还敢自称什么哥哥！”

“我都说了……根据证件上的信息，我才三十岁！三十岁！”

绝缨笑得喘不过气来，她本来不喜欢和人说话，在大厦里除了小雪之外并没有和别人多来往。眼前这人却似有种特殊的能力，分明相识还不足二十四小时，他却能将两人之间的隔阂消除得无影无踪。

不过，她忽然觉得眼前这个男人并不简单。似乎，在他身上也掩藏着什么秘密。

老六汗流浃背，看着身穿白色西装的老三优哉游哉地坐在屋里，他的心更加慌了起来。不知为何，他总是对面前的人抱有距离感。是因为妒忌、怨恨？还是其他什么。

他也说不出来。

“六弟？”穿白西装的人开口了。

“是，三哥。”老六尽量让自己的语气平静。奶奶的，他暗骂自己，为什么每次面对老三都会这么紧张，老三又不知道自己在想些什么。

老三顺手向右侧的桌子上一探，摸到一个紫砂壶。他也不顾礼仪，直接将壶嘴对准嘴巴，淡茶色的水流灌进了嘴巴，老三咂了两下唇，摇摇头：“红茶，还是大吉岭的最好，可惜这里没有新鲜的了。”

老六的脑门上暴起两道青筋，事情紧急，对于他这个昨晚的当班人来说，尤为如此。老三却优哉游哉地又是散步又是品茶，完全是一副事不关己的样子。

老六把火气往下压了压：“三哥，事情紧急，两个逃跑的人现在还没抓回来。不然也不敢劳动三哥大驾。听说您在被请来的时候，正在和某个小妞……”

此刻老六有意无意把老三私会女人的事情说了出来，意思是一种威慑：在我面前别太狂，你也有把柄抓在我手里。但老三的表情没有丝毫变化。旁边的大汉又给他换了一壶茶，老三又品了两口，这才说：“逃走的人都是谁？”

老六说：“是策划班的107号，以及情报搜集班的108号。”他把一叠档案交给老三身旁的老十，老十大声念道：“107号，女；本名，绝缨；国籍：中国，汉族；年龄，14岁……”

老三打断道：“108号是不是和她同房的女孩，扎着小辫子？”

老六点头道：“是的。”

“我知道了，那两个女孩的情况我比较熟悉，不用再念。告诉我又发现了什么新情况吧。”老三把茶壶放回桌子上，身子微微后仰。

他这副懒洋洋的样子依然让老六感觉难堪，然而有求于人的时候万不能伤了和气。

老六说："血钻已经派出去了，但无功而返，只叼回来一件衣服。我的手下已经根据衣服，将衣服的主人的身高、体形等特征分析了出来。已经有专人前去调查这件事。只不过，现在107号、108号似乎已经分头逃跑，给追踪带来了一定难度。我们不得不兵分两路，现在两路人都没有给回音。"

"都已经进入第二天了！"老三淡淡地说，"如果换成是我，在有人接应的情况下，我已经逃到邻国的国境线了。如果真是那样，老六，你的责任可不小啊。"

老六的脸上露出一丝惊慌，但很快冷静下来："不，三哥，她们应该还没有逃出去。"

"为什么这么说？"

"今日在本市的几处银行内，有人支取了一定额度的钱。用的是咱们组织专门办理的特殊银行卡，这种卡是专门为在外执行任务的人准备的。但今天并没有人在本市执行任务。因此，我们判定是逃跑的那俩丫头支取的。只是不知她们是怎么获得那些卡的。"

老三霍地站了起来："取钱的地方都在哪儿？"

老六拍了下掌，墙上出现了一面巨型液晶屏幕，老六指点着屏幕说："首先是龙飞路209号的取款机，接着是东山路180号的ATM机，接着是溪山路上的ATM机……"

老六说话的同时，老十凑到老三耳边，低语着什么。

当老六把情况汇报完毕，老三点了点头："既然他们是在ATM机取款，那里ATM机上的摄像头有没有把他们拍下来？"

老六答道:“没有，我们入侵了银行的摄像系统，但从录像上看，他们用报纸挡住了摄像头。”

“聪明!”老三微微颔首，“倒不愧是我们培训出来的精英……”

“三哥，”一旁的老十问道，“为什么取款的时候不从一个取款机取?”

“每张卡都有取款限制。一旦某个账户被人提取一定数额的金钱，电脑就会自动将其锁定。因此每张银行卡实际上只能提款一次。而且，那台取过钱的ATM机也会被锁定。我们会很快派人去查是谁动用了那些钱，是用哪台提款机提款的。他们打一枪换一个地方，每取一次钱都更换一次地点，让自己在ATM机前停留的时间保持在最短，令被抓的可能性大大减小。因为我们还有同伴在外面活动，执行任务，他们需要用钱，所以我们不可能把所有卡的提款功能都取消。”老三嘴上露出了一丝苦涩，“这是我们的弱点，她抓住了这个弱点。”

“那为什么又要选择在那边取款?”

“有两个原因:第一，那边的人少，提款时不会有人注意到他们;第二，她暂时的藏身点位置，大概就在郊区附近。”老三的嘴角忽然露出了一丝微笑。

老六小心地问:“三哥为什么发笑?”

老三没有直接回答，反问老十:“第一次提款、第二次提款、第三次提款的时间分别是什么时候?”

“上午十点、上午十点三十分，以及上午十一点左右。”

老三长长地出了一口气:“以龙飞路209号的提款机为中心，以三十公里为半径开始搜索。追查一个卖小吃的男人和一个瘦弱的女孩，他们乘的是一辆三轮自行车。应该没问题吧？”

“这……为什么说他们乘坐的是三轮自行车？”

老三已经重新坐回位置上，他反问老六：“那么，你说说看，逃亡者最可能以什么为交通工具？”

“出租车，卡车，巴士，摩托车，自行车，什么车不成啊！甚至步行都有可能！”

“错，只能有一种方式！逃亡者不会选择出租车，本地的出租车，都要向咱们交保护费，他们坐了出租车，就等于留下了目击证人，更何况，现在这么乱，出租车基本上已经很难找到了。鉴于同样的原因，卡车、巴士也不合适。至于步行，太消耗体力，不可行。摩托车和自行车的可能性都很大，我们来看他们的行进时间，从第一个取款点到第二个取款点，如果我没弄错的话，距离在六公里左右，走了三十分钟而行进了六公里。这种速度比摩托车和电动自行车都要慢。有可能是自行车。这正好可以和之前获得的线索相互印证。在‘血钻’受伤的地方，曾经发现过自行车轮胎的痕迹。”

“那以三十公里为半径搜索又是基于什么理由呢？如果那人三十分钟走了六公里的话，时速就是十二公里。从昨晚血钻出事的时间到今天上午那人取钱的时间，总共大约十二小时。那人应该骑了一百四十多公里才对啊！为什么不以一百四十公里为半径搜索呢？为什么不从最后一个提款机查起呢？”

“你说的也有道理，但一个中年男人，半夜骑着自行车，带着一个小妞在荒山野岭的那种破土路上行驶，就算他是运动健将，十二小时也撑不了五十公里。他们在取钱的时候一定是先从身边最近的

ATM 机开始。一方面取钱，一方面侦查情况。如果情况不对就马上逃回藏身处。所以我要以龙飞路 209 号的 ATM 机为搜查的圆心。而不是以最后一个取款机为圆心。这样搜查到他们的住处才有把握。”

“好！”老六不再有疑问了。老三在组织内向来有第一智囊的美誉，怀疑他还不如怀疑上帝。

“此外。”老三问道，“你昨晚都派了什么人出去追？”

“除了专门搜捕逃亡者的‘犬组’，还有我的内卫队——‘猪组’的人。当然，还有血钻……”老六摸了摸额头上的汗。

“好……”老三点点头，“从昨晚开始，你就已经是这个大楼的负责人了。因此，所有人你都可以调动，包括我在内。”

“我怎么敢呢……”老六谄媚地说。

“我也是组织的一员，因此组织的命令我也要执行。不过，由于这件事，去美国的行程要推迟了。在捉到逃亡者之前，我是没脸见大哥的。”

提到“大哥”的时候，老十皱了皱眉头。老六的脸上则微微变色。

夜半时分，绝缨忽然感到身畔一阵冰凉。

似乎是什么又软又凉的东西靠了过来，紧贴着自己的身体。

这感觉和山洞里的石头完全不同。

绝缨迷迷糊糊地睁开眼睛，往身边一看。随后，她的睡意被吓醒了一大半。

在她身边，伏着一条长长的黑影。

绝缨的惊叫声，把守在洞口外的陈冬惊醒。

陈冬迅速掀开洞口的树叶，冲进洞内。

绝缨已经倒在了地上，身体还在抽搐着，在她的胳膊上，绕着一条小孩胳膊那么粗的蛇。

陈冬一下子蒙了，不过他又很快反应了过来。他威吓地吆喝着，朝那条蛇的尾巴抓了过去。

蛇的尾巴被抓住，迅速扭过头，转向陈冬。

蛇头是三角形的，上面有黑色和棕黄色的花纹，蛇的口中吐出信子，一双没有眼皮的眼睛瞪视着陈冬。

陈冬的心砰砰狂跳着，看样子，绝缨已经晕过去了，这说不定就是一条毒蛇！绝缨目前被毒蛇咬了，生死未卜，要先把这毒蛇处理掉，然后给绝缨进行治疗！

毒蛇的尾巴被陈冬抓住，它已经被激怒，忽然扭动长长的脖子，松开绝缨，向着陈冬的手咬了过来。

说时迟那时快，就在蛇离陈冬的手还不到一尺的时候，陈冬猛地一甩手腕，就像甩皮鞭一样，把蛇向着洞穴的石壁甩了过去。

只听“啪”的一声脆响，蛇头重重地撞在了石壁上，但这蛇居然还没死，它继续扬起脖子，向陈冬再一次发动攻击。

陈冬干脆又是用力一甩，把蛇头朝另一侧的石壁甩了过去。

这洞穴的空间狭窄，倒是方便了陈冬，他每甩一次，蛇头都能被甩到石壁上，这蛇虽然生命顽强，但也敌不过陈冬的力气，被甩了七八次之后，头部血肉模糊，身体逐渐软了下来，眼看是活不成了。

陈冬索性把它朝地上一摔，随后抽出短刀，把蛇头剁了下来。

那蛇头被他远远地踢了出去，身躯还在地上不断扭动着。

陈冬顾不上这些，他赶紧检查绝缨的情况。

绝缨双目紧闭，脸色青里泛白，牙关紧咬，身体冰凉。

陈冬急得满头大汗，他不知道该如何治疗。

脑海里忽然响起了那位教官的声音——

“你们要去的地方，位于亚热带地区，蛇虫出没，要记得随身携带抗毒药物。如果被毒蛇咬了，最好的办法是使用抗毒血清。该地区的大多数较大的医院应该都有。另外，一些经常在森林里活动的商人、山民，乃至你们要去追捕的罪犯，他们都有可能携带有抗毒药物。被毒蛇咬了，要迅速找到伤口，挤出伤口内的东西，然后去找医院……记住，不要用嘴去吸……”

陈冬抱着绝缨来到洞外，在绝缨的手臂上寻找了一阵，终于，在月光下，找到了两个小孔。

陈冬反复挤压伤口，把伤口内的血挤了出来。但绝缨依然没有清醒。陈冬抱起绝缨，沿着山坡向外冲去。

大约一个小时之后，他气喘吁吁地来到了附近的一个城镇。陈冬之前来这里转悠过，这里已经没什么居民了。但他记得这里有药店，当时，隔着窗户，还能看到货架上有药品没有搬走。

他要在这里碰碰运气。

但此刻远远望去，城镇中央有几点灯火，灯火的位置就在药店附近。

陈冬的心一沉，他不知道那里来了什么人。无论是追自己的人，还是追绝缨的人，都有可能来这里。

那些人可都是有枪的。

然而，此刻绝缨生命垂危，他只有拼了命去试一试。

他背着绝缨，悄悄地朝药店的方向摸了过去。在距离药店还有几百米的时候，他远远地看到那边停着一个车队，车队是由卡车、越野车组成的，车队前方还点着篝火。有十几个人在围着篝火烧烤食物。

他们的手上貌似没有武器。

陈冬稍微放心了一些，如果没有武器的话，就有可能是平民，和平民打交道，就不用这么提心吊胆了。

但他转念一想，又觉得不对劲。这么大规模的车队，就这样大模大样地跑到这里来了？这一地区的危险他们难道不了吗？

看样子，车上还有很多货物，这些人难道不怕被打劫？

他先找了一间无人居住的废弃房屋，小心翼翼地把绝缨放了进去，安顿好。随后，朝那车队摸了过去。

车队里的人居然有男有女，有黄种人，也有白种人。此外，卡车顶上还站着一个身材高大的黑人，正拿着军用望远镜，向远处张望着。

陈冬下意识地伏低了身子。他开始意识到，这支车队并不像自己之前想的那么普通。

篝火前，一个金发蓝眼，大鼻子的白种人，正在和一个戴着贝雷帽的黄种人进行交谈。

陈冬忽然有种感觉——这大鼻子白人似乎在哪里见过，只不过一时半会儿想不起来。

那大鼻子白人用生硬的本地语言说：“我们……带来了交易物品，你们……的老板在哪里？”

那黄种人掀起帽子，露出一张带着刀疤的脸：“老板会来的，你们准备好就行。”

大鼻子担忧地看了看四周：“你们不怕边防部队吗？”

刀疤脸嗤笑了一声：“放心，如果是在中国，我们才需要小心。可这里不是中国。巡逻队没这么大胆子，敢大晚上往这里跑。”

“如果他们不小心过来了呢？”

刀疤脸忽然从口袋里摸出一只亮闪闪的东西：“那就给他们好看！”

大鼻子紧张地后退了半步，他身后的两个壮汉护在他的身前：“不是说好不带枪的吗？！你怎么还带着枪？！”

刀疤脸阴笑道：“我没带枪。这是个打火机。”为了打消对方的疑虑，他把手里的东西朝着上方打开，冒出一簇火苗。

大鼻子和其他人这才放心。

陈冬趁着这个机会又朝车队靠近了一些。他发现，车队正好挡在药店的前面，要么就绕开车队，要么就要从这些人的眼皮子底下过去。

不过，从现在的情况来看，这些人应该都不是善茬。

陈冬想了想，他看到那黑人正紧张地盯着刀疤脸，觉得这是个可以利用的机会，赶紧快步跑到车队中间，在两辆车的间隙里藏好。他刚藏好，那黑人似乎听到了动静，朝这边扫了一眼，没看到什么，就又盯着远处。

远处传来了汽车发动机的声音，听这声音，应该是马力强劲的车型。陈冬从车缝里偷偷张望了一眼，看到从远处来了一辆黑色的越野车，奇怪的是，这车没有开灯。陈冬怀疑这车上装了夜视系统。

车上负责放哨的黑人，赶紧向下面的人报告情况。

刀疤脸面露喜色："来了，这是三老板的车！"

大鼻子和他的同伴们也松了口气。众人的表情变得和缓起来。

趁着所有人关注那辆车的机会，陈冬又往前挪了挪，这会儿，他离药店的正门口已经不到十米远了。

然而，药店的门口就坐着三四个大汉，有一个的身上似乎还携带了武器。

对于陈冬来说，目前能避免战斗就避免战斗，对方人多势众，打起来对他没有任何好处。

他无意中瞟了一眼身边的一辆卡车，却发现卡车上有无数的箱子。这些箱子上都贴着中、日、英三国文字。其大意是："战地用综合药品救生箱——热带亚热带丛林必备"。

他心头一喜："真是踏破铁鞋无觅处，得来全不费工夫。不知道这东西里有没有抗毒类药物。"

正想着，那辆黑色的汽车已经驶了过来，正停在离他不远的地方。

陈冬一怔，赶紧又缩回到车底下。

从黑色的汽车上，下来一位中年男子，刀疤脸和大鼻子赶紧迎了上去。

中年男子笑着向大鼻子伸出手："晚上好，别里耶夫先生。"

陈冬的脑子里忽然一阵混乱，"别里耶夫"这个名字，好像是一道闪电，在他的脑子里划过，随后引发了一连串连锁反应。

教官的影子在他的脑海中闪现，教官手中拿着一份资料，展现在他面前——“别里耶夫，以前担任过某国与国际刑警组织的联络官，因涉嫌与黑帮分子勾结，目前已被解职，下落不明。根据情报，此人曾经在东南亚某国出现，似乎是要与我们要打掉的犯罪组织合作。要小心这个人，他曾经利用职务便利，接触过各国警方的资料库……并且，由于他曾经接受过正统的训练，因此具有一定的反侦察能力……”

陈冬正想着，忽然听到头顶上有脚步声，他抬头一看，只见那黑人正大步流星地从车顶上走过。由于陈冬藏身于黑暗的角落里，那黑人居然没发现他。

黑人从车顶上跳了下去，站在别里耶夫身边，别里耶夫向中年男子笑了笑：“三老板，久仰久仰，这是我的助理泰瑟先生。”

泰瑟弯腰鞠躬：“三爷您好。”

三爷冲黑人笑了笑：“您以前在南部非洲当过雇佣军？”

泰瑟一阵诧异：“您……您是怎么知道的？”

三爷指了指他腰间的弯刀刀鞘，以及肩上的子弹带：“这种制式装备，在其他地方并不多见。”

泰瑟点点头：“三爷您好眼力。”

别里耶夫舔了舔嘴唇，说：“三老板，我们要的东西，您带来了么？我看您只来了一辆车，那些东西是不是还没送到？”

三爷指了指别里耶夫身后的药店：“东西其实一直就在这里放着，我之所以约在这个地方见面，就是因为这个。”

他朝刀疤脸打了个手势，刀疤脸快步来到药店门口，打开门锁，让众人进屋。

泰瑟也跟着刀疤脸走了进去，没过多久，他拎着一只箱子走了出来。

他把箱子放在别里耶夫面前，打开箱子盖，里面露出一排玻璃药瓶，每只瓶子里都装有蓝色的晶体粉末。

刀疤脸介绍道："这些是高纯度的'天使之尘'，即便接触皮肤，也可以快速渗入体内，给人奇妙的快感，以致忘记肉体的痛苦。"

别里耶夫眼睛一亮："这么看来，如果我把它卖给正处于战争状态的国家……"

"那些国家的部队战斗力，会因为它而大幅度上升！我包您稳赚不赔。"

别里耶夫重重地点了点头："太好了，这就是我想要的东西！您还有多少？"

三爷伸出五根手指："五个基本单位。"

别里耶夫激动地喘着气："这……这也太多了，我只准备了三个基本单位的'硬通货'，五个的话，我担心我吃不下。"

三爷摇摇头："没关系，您带来的东西，可以当作'预付款'，只要您在回国之后，再满足我两个要求就行。其中之一，是交付一个基本单位的'硬通货'就行。我给您一个月的时间筹备，您觉得够吗？"

"够！完全够！"别里耶夫像鸡啄米一样地点头："除此之外，我还需要支付其他东西么？美元？人民币？比特币？"

"都不需要，还有一个要求，就是您必须帮我，从国际刑警那里，救一个人出来。"

别里耶夫面露难色："跟他们作对，可没有好下场啊。"

"我相信您的实力，另外，我不会要求您跟他们作战，您只需要向我们提供情报就好。"

"那么，您需要我提供什么资料？"

"国际刑警组织在美洲某国的'秘密囚牢'。我要这个地方的具体地址。"三爷一字一顿地说："我们的老大被关在那里。只要您提供出地址，我就可以免除您的剩余'货款'。"

别里耶夫考虑了片刻，重重地点头道："好，我答应你。不过，我也有一个附加条件。"

"你说。"

别里耶夫的眼中透出贪婪的光："我要当你们在美洲地区的独家'代理商'！放心，无论赚多少，我们对半分。"

三爷毫不犹豫地点了点头："好，成交。不过，我们需要确认你提供的地址信息是否真实。"

"没问题！"别里耶夫拍了拍胸脯。

两名"老板"谈妥了条件之后，交易迅速开始进行，别里耶夫的人进入药店，从里面搬出大量的箱子，与此同时，三爷的人跳上卡车，从卡车里搬出大量的"硬通货"。

陈冬忽然明白了，在这种"黑色交易"中，双方都不会使用货币或是电子货币，因为无论使用二者中的哪一种，都容易被跟踪，这样就会被警方追查到，然而，如果采用"以物易物"的方式进行交易，就不会留下痕迹了。这些"硬通货"会很快被三爷的人消耗掉。

陈冬看到外面乱哄哄搬东西的人群，忽然想到了一点……

或许，他可以利用现在的情况，把这箱子东西神不知鬼不觉地搬走！

此时，三爷的一名手下，从卡车上搬了一只箱子，正准备往下丢。

陈冬忽然闪到他面前，招呼那人把箱子给自己：“别乱扔，里面的东西会摔碎的！”

那手下一怔，随后觉得陈冬的话很有道理，虽然他没见过陈冬，但这里生人太多，没见过也没什么奇怪的。于是他顺手把箱子交给陈冬：“小心，别乱放。”

陈冬点点头：“没问题。”他把箱子往肩上一扛，大摇大摆地离开了。

现场的人都在忙碌着，完全没想到，有个来历不明的家伙混进了他们的队伍里，还大模大样地扛走了一箱“硬通货”。

陈冬扛着箱子走了几步，走进了相对黑暗的街角，随后便撒腿狂奔起来。

他心头火急火燎——绝缨那边的情况紧急！不知道自己是否还能赶得上！

当他来到那小屋的时候，绝缨还好好地躺着，他赶紧上前试了试她的呼吸，还好，虽然很微弱，但至少她还活着。他之前为她挤出伤口处的含毒血液，为她争取到了更多活下去的机会。

陈冬打开箱子，从里面翻找了起来。

果然，一个瓶子上标注着“蛇毒急救”的字样，陈冬马上把药取了出来，给绝缨注射。

虽然和这个女孩相处的时间并不多，但他真心希望她能活下去。

几分钟之后，绝缨的情况略显好转。陈冬松了口气。

正当他要带着绝缨离开的时候，外面又响起了汽车的声音。

他从门缝里往外望去，只见刚才的那支车队正在向镇子外转移。

当车队行驶到靠近小镇入口方向的时候，最后面的一辆卡车停了下来，其他卡车继续向前行驶。

最后一辆卡车的车门开了，大鼻子别里耶夫跳了下来。没过多久，三爷的黑色汽车也过来了，停在了卡车旁边。

黑车的车窗降了下来，露出三爷那张带着微笑的面孔。

别里耶夫犹豫了一下，拿出一张纸，交给了三爷："三老板，这是您要的信息。"

三爷点了点头："好的。合作愉快。"

"合作愉快。"

别里耶夫重新回到自己的卡车上，卡车发动，绝尘而去。三爷掏出一只对讲机，冲着对讲机另一头的人说："把那药店炸掉吧。本次交易结束，它已经没用了。炸掉它之后，带着那批东西回基地。"

片刻之后，镇子中心的方向，远远地传来了爆炸的声音，三爷升起车窗，发动汽车，很快消失在了夜色之中。

陈冬不敢大意，他知道三爷的手下们很快也会沿着这条路出镇。

果然，没过多久，又有几辆车出现了，这些车都是三爷的。它们出了镇子之后，向着一个方向去了。

陈冬盯着那些车远去的方向，他忽然觉得，这些车所前进的方向，似乎就是自己逃出来的方向。

身边的绝缨发出了轻微的呻吟声，陈冬赶紧凑了上去："你怎么样了？”

绝缨虚弱地说：“我……口干……”

“忍一忍，我马上带你回去。”

陈冬把绝缨背在背上，向着藏身处的方向跑去。

第六章　飘零之雪

小雪将手伸向一颗杏子，黄中透青的杏子看起来娇艳欲滴，她用手指抚摸着杏子那毛茸茸的表面，然后轻轻一叩，将杏子从枝条上取了过来。

她咬破果皮，贪婪地吮吸着果肉，微酸的汁水顺着喉咙直淌进胃里，缓冲着那强烈的饥渴感。

她现在位于山村的最北端，距离她逃出来的地方已经很远了。

小雪的体力并不比绝缨好多少，连续的奔跑以及长时间的紧张，使她消耗了太多太多的精力，尤其是肚子，虽然她经受过忍受饥饿的训练，但现在的情况远比训练时候要困难得多。至少，在训练的时候，谁都知道只要坚持下去就有香喷喷的饭菜在等着自己。但现在，两眼摸黑跑夜路，还有一大帮凶神恶煞追在后面，谁知道什么时候才能找到东西吃。

因此，当眼前出现一片篱笆围着的果树时，她两眼一亮。

这里距离组织的大厦已经很远了，不可能是他们设下的圈套吧。小雪只稍稍犹豫了一下，一阵阵果实的清香向她侵袭而来，在食欲与警惕的交锋中，食欲占了上风，于是她三下两下跳过篱笆，来到了果树下。

这里的树大多数是杏树，最高的不过两米，结出来的果实大如鸡卵。小雪本来打算吃一颗就走，但第一颗下肚之后，她就再也忍不住了，顺手又从枝头摘下数个红杏，狼吞虎咽起来。

也许是吃得太猛了，第二颗杏儿吃完之后，她微微有些气喘。她抹了一把头上的汗，警惕地扫了下四周，这里除了树木就是篱笆，周围静得出奇，只有当夜风掠过树梢的时候，树叶相碰，发出轻微的沙沙声。

这里的面积并不小，为什么没人看管呢？

或许是乡下人民风朴实，缺乏防盗意识。小雪耸耸肩，心想，幸亏这里没人看管，不然的话怎能吃得如此痛快。她打了个哈欠，开始吃第三颗杏儿。

肩膀有些酸软，小雪心疼地抚了抚肩，这一夜累的，大概要休息三四天才能恢复元气。

只是不知道组织的人肯不肯给自己机会休息呢。

她又打了个哈欠，第三颗杏儿吃到一半，便停住了，她觉得有些难以下咽。嗓子里的肌肉似乎在闹罢工，奇怪，难道跑累了连嗓子都会疲劳吗？

上下眼皮在打架，小雪觉得面前的景物有些模糊，手上的杏儿不知何时变成了三个，转而又变成了六个……

当她意识到有些不对劲的时候，已经太迟了。

这里太静了，在夏夜里竟然没有蝉鸣，没有鸟叫，没有闹哄哄的蚊子振翼声，小雪松开了手，杏儿骨碌碌从手心滑落到地面。她眼前阵阵发黑，脚一软，坐到了地上。风继续将树叶吹得沙沙响，小雪觉得有成千上万的树干在眼前晃来晃去，就像群魔乱舞。

她终于明白为什么这偌大一个果园没人看管了。这里根本不需要看管。连鸟和蚊虫都不肯靠近的林子，天知道有多危险。

这里是组织设下的陷阱吧。

小雪觉得喉头一咸，胃里面翻江倒海，一阵恶心。

果子有毒。

她用尽剩余的力气想要站起来，但手刚扶上树干，眼睛就彻底睁不开了。脑子里乱哄哄一片，好像有成千上万个神佛在耳边齐声吟唱。小雪仰面朝天倒在了地上，现在她连动一动手指的力气都没有了，眼前金灿灿的，漫天星斗朝她压了过来。

在昏过去之前，她喃喃自语道："对不起，绝缨，咱们下辈子再见面吧……"

然后，她听到了脚步声。

有人正轻轻向她走来。

小雪觉得自己是被硌醒的，她醒来的时候发现自己正躺在一张简陋的行军床上，身上盖着一件衬衣，那衬衣宽大得很，上面还散发着淡淡的汗味。

这是件男式衬衣。

小雪忽然紧张起来，她掀开那衬衣，只见自己的衣服还好好地穿在身上。显然，有人把昏迷中的自己带到了这张床上，但没有对自己做什么不礼貌的事情。夜里很凉，那人还很体贴地把衬衣拿了一件给自己盖——如果上面的汗味再小些就更好了。

那个人会是谁呢？

小雪打量着自己所在的房间，这里显然不是组织的大厦，只不过是间普通的简易帐篷，四周的帆布还在随着晨风呼啦啦作响。

“小偷小姐醒过来啦？”一个男生的声音响起。小雪扭过头，只见一个男生板着脸站在帐篷门口，这男生个子不高，一头短发倔强地朝天竖立着，两只眼睛眯成一条缝，也不知道此刻在打什么鬼主意。他上半身穿了件篮球背心，上面印着醒目的“CHICACO BULLS，NO23”字样，下半身则穿了条西裤。看起来有些不大协调。小雪下意识地想到，自己身上这件衬衣应该是他的。

“小偷小姐，你没听到我说话吗？”

“我不是小偷！”小雪忍不住喊道。

“人赃并获，我把你抱起来的时候，你身边还掉了几个吃剩一半的杏儿哩。”那男孩嘿嘿笑了起来。他笑的时候，一边的嘴角向上歪起，眼睛眯缝得更厉害了。

小雪撇了撇嘴。现在她至少可以肯定，面前这家伙不是组织的人，否则，此刻自己应该已经被关在大厦的监牢里，身上打着十七八条镣铐才对。

如此看来，自己已经很走运了。被人叫小偷也没什么大不了的。眼前这家伙看起来也不像坏人。何况自己偷吃果子是事实。于是小雪低下了头去，轻轻说：“好吧，我承认我偷吃东西了……”

“承认了就好。”男孩笑嘻嘻地来到她床前，递上一瓶东西：“来，把这个喝下去。”

那是一瓶黑乎乎的黏稠物质，看起来像是沥青。小雪皱了皱眉：“这是什么，不会是毒药吧？我只不过吃了几个果子，用不着这么残忍地对待我吧！”

“有没有搞错！我明明是在救你啊！赶快喝下去，迟了就来不及了！”男孩催促道。

小雪半信半疑地把瓶子接了过来，里面的黏糊物质腥气扑鼻，闻起来就想吐。

那家伙让自己把这一瓶怪东西都喝下去，不会是想捉弄自己吧。不过看他那诚恳的样子，不像是在开玩笑。

小雪又皱了皱眉，捏着鼻子，将一瓶东西都灌了下去，嗓子里又苦又麻，难受极了。

她干呕了一会，沙哑着嗓子问道：“你给我喝的是什么？”

男孩没有直接回答，反问道：“你知道你昨晚吃的是什么？”

小雪想了想，答道：“杏儿啊！”

“你没觉得那些杏儿有些古怪吗？”

“没注意。”小雪老实地答道：“当时又渴又饿，所以……”

男孩叹了口气，说：“这次给你个教训，下次千万别乱吃东西哦。那些杏儿，看起来又大又好看，但根本不能吃。因为那些树都是被污染的。”

“被污染的！？”小雪吃了一惊，“可那些杏儿吃起来很好吃，没有异味啊。”

“难道被污染的东西一定要有异味么？”男孩摇摇头，“那一片区域靠近一家工厂的排污池，周围的土壤早被污染，连飞鸟都不肯靠近。而那些杏树长在那种土壤里，早就变异了，天生就长不高，结出来的果实都有剧毒，人吃下去之后就会中毒，轻者昏迷，重者就会……”他伸手作势在自己脖子上划了一道。

小雪伸了伸舌头，这样的事情她还真是头一次遇到。组织的资料里从来没提到过。教官也从来没教人分辨变异植物。

男孩又说：“昨晚把你带到这里来之后已经给你灌了些药，刚才给你的那瓶东西也可以解毒，但我怕除不干净，你最好跟我去一趟我们的营地。”

“你们的营地？”

“对，我是联合国难民营的志愿者，碰巧这一片区域是归我负责的。要不然昨晚还遇不到你……”

哦。小雪抚摸了一下还晕乎乎的头。看来自己还真够命大的。眼前这家伙似乎不是坏人，如果是坏人的话，昨晚趁自己昏迷的时候，他就已经得手了。

可这里临近“危险区域”，这些志愿者怎么敢跑到这里？他们不要命了？

男孩眨着眼睛，问小雪：“你到底跟不跟我去？”

“好吧。”小雪点了点头，没办法，毒素没有除净的话，自己去不了其他地方。

何况，眼前这个家伙说要去“营地”，不知道在那里是否能躲过追兵。

男孩草草收拾了一下，带着小雪来到帐篷外面，强烈的阳光刺得小雪过了好久才敢睁开眼，但当她能看东西的时候，她被眼前的景色所深深震撼。

地面不是健康的颜色，而是深灰色，上面还有粉红色和黄色的斑点，宛如患了恶疮的皮肤病人，昨晚接触的那些杏树就生在这样的土地上，怪不得结出的果子那么奇怪。

想到这些，她又有一种想要呕吐的感觉。

那男孩小心地取过一只果子，将果汁挤到一只试剂瓶里，然后仔细地封好盖子。他将瓶子塞进口袋，对小雪说：“我们走吧？”

“嗯。”小雪点点头。两个人一前一后，向杏林外走去。

太阳越升越高了，两个人的影子拖在路面上，越来越清晰。

男孩说：“我叫向南，你呢？”

小雪抿了抿嘴，说：“我叫文初雪。”

第七章　血钻复活

面色阴沉的男人一把推开实验室的门，里面的人纷纷向他鞠躬行礼，男人从鼻子里“哼”了一声，算是回了礼。他来到一张白色的床前，床前围着好几个“白大褂”，他们手里拿着奇形怪状的器材，脸上的神色都有些慌张。

男人俯下身盯着床上的东西，那是一具扭曲的躯体。

“这家伙还要多久才能恢复?”男人的语气里透出焦躁与不耐烦。

一位“白大褂”惶恐地说：“至少还要一周。它的头部受到撞创，颈部软组织也有扭伤。我们给它做了简单的处理，但是……情况恐怕比我们想象的要严重得多。”

男人抬起头来，冷冷地盯着白大褂，那眼光仿佛能让火焰结冰：“为什么不用 K–19？”

白大褂身不由己地哆嗦了一下：“现在的 K–19 还在实验阶段，

而且它只在小白鼠身上用过，对于其他生物而言，还不知道它会产生什么副作用……”

“让你用你就用！”男人瞪着他，“这是我的‘武器’，是我用钱养大的，我说用什么药就用什么药。如果你不听我的话，可以选择滚蛋。”

白大褂深深地低下了头：“是，六爷。”

六爷伸出手，在那具躯体上轻轻抚摸了一把：“醒来吧，血钻。还有好多人等着你去处理。”

半小时后，血钻被推到了另一个房间。这个房间比刚才的房间要大得多，但里面只摆着一张床，这张床是金属制成的，冰冷，结实，上面还有几个固定环。

白大褂们将血钻放在那张床上，用固定环将血钻的躯体紧紧缚好。

先前被六爷训斥过的白大褂出现了，他手里拿着一只巨大的注射器，这只注射器是透明的，可以看到里面有一种暗蓝色的液体在缓慢涌动，像是关着一只蓝色的魔鬼。

他看了一眼昏迷不醒的血钻，又看了一眼注射器，咬了咬下嘴唇，犹豫着。

一名护士模样的人提醒他：“主任，再不动手的话，六爷又会来催的。”

主任又沉思了片刻，勉强点了点头，“好吧，准备。”

除了主任之外，其他的白大褂七手八脚将一些仪器连接到血钻的身上，从一旁的显示器上，可以看到血钻的心脏正在缓慢而有力地跳动着。

主任慢吞吞地来到血钻旁边，抚摸了一下它光滑的后背，将注射器的针尖对准了它后脖颈上突出的血管，然后用力地扎了下去。

屋子里所有人都盯着注射器的针尖。

冰冷的蓝色药剂不安地涌动着，咆哮着，随着注射器的推动，钻进了血钻的身体里。

主任将药物一点不剩地注射进血钻的体内，然后他迅速地撤回注射器，长长地舒了口气。一旁的护士赶紧上来给他擦汗。

显示器前的人低声说："心跳有些加速，十秒钟内加速了五个百分点……现在是十个百分点……十二个……"

"它的新陈代谢速度在逐渐加快。"主任说，他的语气中透出一点厌恶与冷漠。其实他并不情愿救活这个血腥的怪物。

显示器前的人回过头来："加速到百分之十四的时候，就不再加速了。"

金属床发出了轻微的颤动声，所有人屏住呼吸，盯着床上的血钻。只见它在床上不安分地翻了个身，眼皮上下滚动着，但眼睛尚未睁开。

"可能药量还不够，不足以让它醒来。"主任自语道，"不过，再注射更多剂量的话，它有可能会撑不住。"

"滴滴滴"，他口袋里的通话器响了，护士帮他把通话器拿了出来，从通话器里传出六爷的声音。

"怎么样，给血钻注射了没有？"

主任谦恭地答道："已经注射了，但药量不够，它还没有醒过来。"

六爷的声音变得暴躁起来："那就加大药量，我要看到它生龙活虎地站在我面前，我要它今晚就能出发去追捕逃亡者！我再给你半小时。半小时之内，如果你不能让它醒过来的话，你就给我打包滚回老家吧！"

"嘟"的一声，通话器被挂断了。

主任转身问护士："还有多少 K–19？"

整整一打注射器被盛在金属盘里端了上来，里面都装满了蓝色液体。

主任凑近盘子，脸立刻被反射的蓝光映成了惨蓝色，像僵尸一般。他不敢再犹豫，抓起其中一支注射器，把里面的蓝色药水给血钻注射了进去。

血钻的身体在床上轻轻一弹，金属床发出清脆的砰砰声，显示器上显示血钻的心跳又加快了两个百分点，但它依然没有醒过来。

主任一咬牙，左右手同时从金属盘里抓起一支注射器，在护士的惊呼声中将这两管药水全部注射进了血钻的体内。

血钻的口中发出了粗重的呼吸声，那声音有点像乡下用的风箱。护士注意到血钻前腿部分的肌肉似乎胀大了一些，脖子也变粗了，眼皮上还暴起了青筋，但它的眼睛依然没有张开。

主任不安地看了一下手表，然后吩咐几个助手："你们每人拿一支注射器，我们一起注射。"

"可是……这样它的身体不会有事吧？"有人提出异议。

"管不了这么多了，行动吧！"主任带头拿起一支。

一支支注射器扎到了血钻的身上。随着体内药物的增加，血钻的呼吸变得更加粗重，现在室内就像是有一台老式的蒸汽火车头在咆哮一样。

显示器前的人一直在关注着血钻的心跳：血钻的心跳又提速了，现在已经提速了百分之十八、百分之二十、百分之三十、百分之五十……

他扭过头来告诉大家："最好还是不要再给它注射了，它现在的心跳已经远远超过了正常数值！再打下去的话，我担心它会出问题！"

"太晚了……"主任喘着粗气，摇晃着手里那已经空了的注射器。现在，所有的蓝色液体，都已经被注射进了血钻的体内。

显示器上显示，血钻的心跳还在继续提速——百分之七十！百分之八十！百分之九十！忽然，显示器上冒出了白烟，紧接着，一串火花蹿了出来。机器过载了！

医生们惊叫着远离那台机器。

显示器发出噼啪的响声，接着，屏幕变黑了。与此同时，室内的电灯也啪的一声熄灭了。

屋内一片漆黑。

过了好半天，主任的声音响起："大概是电力系统出故障了。有谁知道备用电源在哪里？"

"我知道。我出去一下，启动备用电源。"护士说，她摸到了门把手，但门打不开。

"门是电动的，没有电打不开。"主任说，"我们只有向外面的人求助了。"他把手伸向口袋里的通话器。

护士通过玻璃窗看着门外，外面灯火通明，这间房子在大厦的最底层，被埋在深深的地下，这里所有的房间都要靠电灯照明。从窗户里看出去，外面的走廊里挂着彩灯，灯光璀璨，格外漂亮，好像是在为谁庆祝生日。她来过这里许多次了，只觉得今天的景色是最美的。

她心里忽然升起一种感觉，这样的景色以后再也看不到了。

她也不明白自己为什么会有这种感觉，有一种黑色的不安感从心底慢慢升起，渐渐地吞噬着她的内脏，在漆黑的密闭环境里，任凭是谁都会觉得不舒服吧？

她忽然听到了一阵急促的声音：砰、砰、砰、砰……感觉好像有人在拿锤子连续敲打铁器一样，又好像是电影里的老式机关枪在射击。

与之相伴的是粗重的呼吸声，那呼吸声已经大到无法想象的地步。她甚至觉得有一台喷气式发动机在自己面前咆哮。

当意识到那是血钻的呼吸时，她惊恐地抓住了门把手，一只狗怎么能发出那样的声音？！

除非……是怪物。

其他的人也注意到了，有几个人惊慌地躲向房间的角落处，有人则催促主任赶紧跟外面的人联系。护士从窗户里看到外面的走廊里有清洁工经过，便敲打着玻璃试图向那人求助。但门是隔音的。无论怎么敲打，从外面只能听到轻微的“扑扑”声。

铁床发出“哐”的一声巨响，震得众人耳朵发麻。接着，人们看到一片漆黑中升起了两点幽蓝色的火光，就像是鬼火。

大家一起尖叫起来。

“大家不要怕，是血钻，是血钻醒过来了！”主任试图安慰大家，但他发现自己的声音都在颤抖。这个时候他忽然想起了自己的童年时代，那时候自己贪玩，老妈为了哄他上床，不得不恐吓两句："快点去睡觉，不然会被狼外婆抓走的。"

眼前的这两点鬼火一样的光，让他想起了狼外婆。

"大家不要怕。血钻的身体是被铁环固定在床上的……"主任话音未落，铁床那边就传来了清脆的"噼啪"声，像是有什么东西断掉了。

护士看到门外的清洁工似乎注意到了自己，正在微笑着向自己招手。护士连忙打手势让他过来。

又是"噼啪"一声。这种声音连续响了四下，当主任意识到那是固定血钻的铁环断裂发出的声音时，那幽蓝色的两点鬼火已经开始移动了。

地板上传来"砰"的一声，像是有什么沉重的物体落到了地上。

护士疯狂敲打着窗玻璃。

似乎是厌恶了人们的尖叫，那蓝色的光飘向尖叫得最响亮的一个人。

那人的尖叫声戛然而止，就像有镰刀将声音拦腰斩断。从那人喉咙里发出呼噜呼噜的声音，接着，传来了咂巴嘴的声音。有东西正在津津有味地咀嚼着什么。蓝色火光在那里晃动着。有液体溅落到地上，滴答作响。

粗重的喘息声已经没有了，但机关枪一样的心跳声依然存在。

疯狂的人们几乎要失控了。几个人开始寻找防身的东西，但这里只有注射器而已！

蓝色的火光再次飘动了起来，速度奇快无比，显然，血钻并不满足。

又一个人被扑倒在了地上，他发出的惨叫声将主任本来就脆弱的神经完全扯断。

惨叫声很快停止了，似乎血钻很喜欢对人类的咽喉发动攻击。

主任瘫坐在地上，身子下面有无数注射器破裂之后变成的碎片，将他的身体扎得千疮百孔，但他此刻已没了知觉。他开始后悔：自己当时应该打包滚回老家才对，那样自己至少还能保住一条命，至少还能在过年的时候和妈妈一起吃顿团圆饭……

口袋里有什么硬物顶了他一下，他忽然想起来，自己口袋里有通话器，刚才被吓呆了，一直忘了用。他赶紧按动上面的按键。

忽然，他感觉到一阵腥风扑面而来，主任抬起头来，看到那两点鬼火已经飘到了自己面前。

有什么液体落到了主任的腿上，滴答滴答作响，他用手摸了一把，黏糊糊的。

低低的咆哮声传了过来，那咆哮声像是地狱里的小鬼们在死人骨头上扯锯子。

主任的裤裆在瞬间湿透，他大小便失禁了。

“妈呀。”这是他死前说的最后一句话。

护士依然在疯狂地敲打着窗户，此时她的手已经破了，流出血来。外面的清洁工显然透过玻璃注意到了这一点。走了过去。

然后，他看到护士的动作忽然僵住了，她瞪圆了眼睛，脸色惨白，仿佛全身的力气都被瞬间抽走了。

像被什么东西扯动一样，她迅速地后退，接着，消失在了一片黑暗中。

两点幽蓝色的光在黑暗中闪现。

清洁工被吓傻了，整整五分钟之后，他才想起来要去求救。

第八章　杀戮现场

随着哐啷哐啷的巨响，门被撬开了。

无数手电筒的光照了进去，室内的情景令不少人当场产生了想要呕吐的感觉。

只有一个人大踏步地走了进去，是六爷。

他的皮鞋踩在血泊中，吱吱作响，六爷低头看了看，满地都是血，血顺着门缝流到了外面，走廊里面也有好多血迹。

屋子里只剩下了被摧残得不成样子的金属窗，以及满地的断肢残骸。六爷喜欢血腥的东西，这屋子里的情景让他兴奋异常，尤其是那位妙龄女护士被扯开了衣服的身体，六爷忍不住上前抚摸了几下，他觉得自己裤裆里的东西像条毒龙一样在蠢蠢欲动，他觉得自己的太阳穴都在微微跳动着。

六爷又来到另一具尸体前，从尸体的脸型上判断，这应该是主任。六爷叹了口气，其他几个人他不在乎，但眼前这位主任的死多少让他心疼一些，因为培养一名业务熟练的高级员工可是要花很多钱的。

“它杀得可够多的。”他对那些收拢残骸的人说，口气里竟然隐隐有些得意的味道。要知道，血钻可是他负责的项目，它爱杀戮的残忍习惯也是他刻意培养出来的。

那些敛尸人都戴着口罩，即使如此，也可以看出他们面色发青，恐怕眼前的情景会令他们下半生都跟噩梦为伴。

六爷干笑了两声，看到没人附和自己，收起笑容，问身边的人：“它从哪儿跑的？”

那人指了指天花板上的一个破洞：“那里是通气管道。它大概从这里爬上去了。附近房间的人说，曾经听到管道里有骇人的动静。”

六爷点点头：“它竟然懂得从通气管道逃走，看来智商又进了一步。”

“未必。”那人说，“四周墙壁，包括门上，都有它爬搔过的痕迹。门上有两个凹洞，可见被它用力撞击过，但始终没被撞开。随后它才对天花板发动了攻势。”

六爷仔细地观察着天花板，上面有无数红色的痕迹，形状就像桃花瓣，那是被染血的狗爪子踩过的痕迹。

“它的弹跳力变得好惊人啊。”六爷喃喃地说。地板距离天花板至少有三米高。

“它每一寸空间都试过了，这才顶到通气孔的盖板，找到逃出去的路。”那人说。

六爷眯着眼睛盯着那人，他年纪轻轻，面容俊秀，右侧面颊上有烧伤留下的伤疤，身上穿的是洁白的西装，皮鞋擦得锃亮。周围的人都被屋子里的血腥场景吓得不轻，那人的脸上却没有半点惊慌之色。

六爷下令："封锁外面的所有出口和通气管道，大厦的戒严程度再提升一个等级。每个人都要佩戴自卫装置。还有，不得单独行动，要以小组为单位，至少要两人一组。把通话器下发到每组人手里。"

"是，六爷。"

"复述一遍。"

那人一字不漏地把六爷的命令复述了一遍。

六爷仔细端详着这人的脸，问："你叫什么名字？"

"报告六爷，我是研发部门的新人。名叫蒋丽欣。"那人恭恭敬敬地回答。

"这名字怎么这么秀气，不大像男人的名字啊。"

旁边有一名手下凑了过来："您说得对，她确实不是男的，只是爱穿男装罢了。"

"原来是这样……"六爷仔细端详着蒋丽欣的脸："小脸倒是挺俊俏的，啧啧……"

蒋丽欣的嘴角抿了起来。

"可惜，可惜……"六爷忽然又说："可惜你脸上有那道伤疤……这样吧，研发部门主要是负责药物和武器研发的，你在那里太屈才了。从今天起，我把你调到我那边去。"

蒋丽欣躬身："谢六爷。"

"现在，组织正是用人的时候，我看你挺机灵的，这样吧，给你安排个活儿——你挑两个人去追踪血钻。生要见狗死要见尸。找到之后迅速通知我。所需的装备，直接找后勤部门去要。"

“是。”蒋丽欣再次躬身。

六爷又端详了一下血钻的杰作，然后便转身离开了。

护士那被血钻蹂躏过的染血身体，总在他脑海里晃来晃去，六爷觉得现在有必要出去走走。

嗒嗒的皮鞋声渐去渐远，在他身后，留下了长长的一排带血的足迹。

“蒋丽欣……啧啧……”六爷自言自语：“小脸儿长得倒是不错，只可惜，年纪大了。脸上还有道疤……”

跟在他身后的手下，脸上露出了鄙夷的表情。这手下知道，六爷是色魔，而且是“恋童癖”，是变态中的变态。这蒋丽欣大概还不知道，今天她刚从深渊的边缘绕了一遭。

十分钟后，蒋丽欣出现在了大厦的东部位置，这里有完备的健身设施，四处装满了沙袋、杠铃、拉力器等设备。不少人正在此处锻炼。

在角落里有小型搏击台，那里正在进行一场小型拳击比赛，砰砰的肉体撞击声从那里传出，吸引了诸多围观者。看来戒严令并没有使得大厦里的人们过度紧张。

蒋丽欣瞄了一眼，发现这场拳击的比赛者是不戴手套的，这样做很危险，但也更有挑战味道。

参赛者一方身穿蓝色短裤，身高在一米九左右，留着络腮胡子，肌肉发达；另一方身高只有一米七，身穿黑色短裤，皮肤也是黝黑色的，整个身体仿佛是用焦炭打造成的。

现在蓝色短裤已经把黑色短裤逼到绳角处，不断用左手的刺拳和右手的直拳进行攻击，又快又狠，黑色一方似乎只剩下招架的能力。台下的人不断吆喝着："我赌一百块，蓝方赢。""我赌蓝方赢，三百块！""老子押一千！押蓝方！"

蒋丽欣觉得有趣，蓝方的攻击力固然强势，将黑方压制住，但似乎并不能很快取胜，而且，过于频繁的攻击使得他损失了大量体力，脑门上亮晶晶的全是汗珠。反观黑方，一直用双手保护着上半身，从缝隙里偶尔可以瞥见一双黑色的眸子，那眼睛里的杀气正在逐渐升腾起来。蒋丽欣意识到他的身体压得越来越低，就像一根弹簧，正在为了更高的跳跃而努力压缩自己。

"我押一万，黑方赢。"蒋丽欣不紧不慢地说。

台下的人纷纷看向他，连那穿蓝色短裤的拳击手都不由得扫了他一眼。台下不禁有人问："小子，你眼睛没问题吧？"

蒋丽欣笑了笑。

那人又道："空口无凭，把钱拿出来，这里只收现金！"

蒋丽欣从口袋里摸出一叠钞票，足有一公分厚的崭新粉红色钞票，上面还带着银行的缚带。蒋丽欣知道钱的魅力——有的时候仅凭信用卡和支票是不能办事的，因此身上经常带着现金。

台下有人吹了一声口哨，接着，有人窃窃私语起来。

蓝色短裤的大汉似乎被蒋丽欣的举动激怒了，他还从来没被人如此轻视过，因此他的拳头变得更快了，像暴风雨一样击到黑色一方的上半身。其中有不少记穿破黑方的防御，打到他的身体上，叭叭作响。

台下有人开始计算有效点数："一、二……五……"越算越快。

要知道，计数人本身也在蓝方身上压了两千块。

但蓝方开始发现，自己越来越难攻击到黑方，他的身体似乎越变越小，越小的目标越不容易被击中。

“二十……三十……四十……”计数人大声吼叫着。

台下的蒋丽欣发现，黑方已经将全身都收缩成一个肉球一样的形状，足弓都严重地弯曲，一条腿撑地，一条腿半跪。

来了，好戏该上演了。

黑色一方忽然爆发出一声强劲的呐喊，震得在场诸人耳朵都嗡嗡作响，接着，他半跪的那条腿猛然伸直，身体前倾，像一颗蓄势已久的火箭一样爆射而出。他的右拳轻轻拨开了蓝色一方挡在脸前的拳头，左拳则斜斜向上，蹿向蓝色一方的下巴。

但蓝色一方显然是拳击场上的老手，就在即将被击中的一瞬间，他的后腰以不可思议的角度向后倾斜。台下众人都捏了一把汗，但蓝色一方的拳头擦着黑色一方的鼻尖划了过去，擦掉了一点油皮，没有直接命中。

台下传出一片口哨声。有人鼓掌喝彩：“躲得好，躲得好。”

黑色一方显然是因为刚才那一拳用光了所有的力气，缩在角落里呼呼喘气，蓝色一方眯起了眼睛，端起铁锤一样的拳头，向黑色一方走去。

计数人喊道：“五……”

但蓝色一方刚迈出一步，忽然摇晃起来。

台下的蒋丽欣眼睛亮了，他目送着蓝色一方艰难地向前挪动，又是一步，两步，三步……蓝色一方忽然重重地咳嗽起来，接着，嘴里喷出白沫，仰面朝天倒在地上。

计数人眼睛直了，张着嘴呆在那，不知该说什么。

台下哗然，有不少人愤怒地指着黑色一方："他使诈，他拳头上肯定涂了毒药！"

"安静点儿！"有人站了出来，摇晃着手臂，"我刚才用手机拍下了黑色一方击打蓝色一方的那一瞬间，你们要不要看看？"

这人戴着金丝眼镜，文质彬彬，看起来很诚恳，他摆弄着自己的手机，手机在墙上投出了一片投影，大家盯着投影，想知道那一瞬间到底发生了什么。

投影里播放了一组数码照片，上面清清楚楚地显示着，黑色一方的拳头擦着蓝色一方的下巴划了过去。

虽然只是擦过，但确确实实是击中了。

"致命的上勾拳，让人想起迈克尔·泰森。"蒋丽欣低声自语道。

金丝眼镜向大家解释："人的下巴最下面的部分，那面积不到一平方厘米的尖端，如果被击中的话，会引起大脑震荡，造成短时间的轻微休克，严重者会导致死亡。刚才黑色一方没有使诈，刚才的一拳是'KO（技术性击倒）'，因此可判定黑色一方获胜。"

台下传来一片叹息声，金丝眼镜显然是这里的裁判兼赌博的主持者，他将人们的钱收拢过来，然后交到蒋丽欣的手里，"这是你赢的。"他说。

蒋丽欣接过钱，笑嘻嘻地说："谢了，请问尊姓大名。"

"李锋，木子李，刀锋的锋。"

"你的照片拍得不错，时机把握得很好。"蒋丽欣赞叹道。

"这小子可是优秀的射击人才，组织有意把他培养成狙击手。"旁边有人插嘴道。

蒋丽欣凑到李锋耳边，轻声说："上面派我组织一个特别行动组，现在正在招募人手，如果你不反对的话……"

李锋扶了扶眼镜："乐意效劳。"

蒋丽欣将手里的钱分成两半，将其中一半塞进黑色一方的手里："这是你的。"

胜利者点了点头，将钱塞进短裤。

蒋丽欣又说："我正在招募人员去执行一项特殊任务，希望你能加入。你身手不错，刚才那一招上勾拳干净利落。"

"活儿够不够刺激？报酬怎么样？"

"绝对够刺激。上面直接派钱，奖金很高。"

拳击手眨了眨眼，向蒋丽欣伸出手去："看在你这么抬举我的份儿上，跟你了。"

蒋丽欣眯着眼睛笑了，笑容温和迷人，看起来像个邻家男孩。招募人手的工作就这样结束了，下面，该开始寻找那个让人头疼的血钻了。

在他们身后不远的地方，两个六爷的手下正在紧紧地盯着。

第九章　改头换面

绝缨小心地戴上塑胶手套，她面前摆着好几个瓶子，里面盛放着淡黄色的液体，由于刚从冰箱里取出来，瓶子的表面带着细微的水珠。

“注射器。”绝缨低声说。

陈冬小心地将一只注射器递给她，他也戴着橡胶手套，外面的凉风吹进了残破的窗子，给屋子里带来了些许凉意。可陈冬的额头上依然挂着汗珠。

眼下绝缨这孩子做的事情是他做梦都没想过的。

绝缨小心地在注射器里灌满黄色液体，然后将它递给陈冬：“现在这支注射器里已经装填了药水。你将它注射到我的面颊肌肉层就可以。药水可以让我的面部变瘦，这种程度的改变只是‘易容’的第一部分。”

陈冬觉得自己的手在哆嗦。

“别紧张，就像事先练习过的那样做就可以。”

他们两个之前已经用蒸馏水做过几次练习。绝缨告诉陈冬该将针头扎向什么部位，她现在的脸上还有细微的针孔痕迹。

但是陈冬的手依然抖个不停。

绝缨索性在他手上掐了一把。

陈冬感到一股热辣辣的感觉从手背上升起，随后是一种舒舒服服的凉飕飕的感觉，他感觉绝缨的皮肤滑腻腻的，被她掐一掐实在“爽”极了。

绝缨瞪着眼睛问：“你还愣着干什么？”

陈冬定了定神：“你不打麻药？”

“没那个必要，快动手。这种东西在常温下不能长期保存。”绝缨催促道。

陈冬咬了咬牙，将针头凑近绝缨的皮肤。

针头遇到了轻微的抵抗，是皮肤的反弹，绝缨的皮肤吹弹可破，陈冬知道，经自己这么一扎，那白皙的皮肤上又将留下一个红色的印记。他实在不忍心这么做啊……

淡黄色的药剂缓缓注入。

绝缨的眼皮颤动两下，似乎觉得不舒服，但她忍住了。她甚至屏住了呼吸，避免针头发生晃动。要知道，哪怕一丁点的错误都有可能导致毁容。

一针很快打完，绝缨虚弱地说：“还有另一侧的脸……”

两针都打完了。绝缨觉得自己的脸肿了起来，里面就像被灌了二斤酵母，她叹了口气。端着镜子发呆。镜子里那个娇嫩白皙的娃娃脸少女将很快消失了。

根据绝缨的说法，这药水只能在几天之内起到改变容貌的效果，之后就会渐渐失效。但就现在而言，陈冬还是感到很心疼。

陈冬小心地问:“下面该做什么了?”

“我要把自己晒黑，越黑越好。”

“这个简单，晒太阳就好。“

“是把全身晒黑，所以……把窗户掩好，只露出一片阳光进来，我不想被人看到……”绝缨的声音低了下去，“如果晒不黑的话，我就把自己涂黑。”

“对了，你是女孩子。”陈冬搔了搔头:“我会回避的。”

“你接着去采购一些染发的东西。我要改变头发的颜色，此外，发型也要变，这村子里流行什么发型?”

绝缨忽然住口，浑身战栗起来。陈冬赶紧用毯子把她裹住，他以为是药物的不良反应。

过了好一会儿，绝缨才停止发抖，她躲在毯子里呼呼喘气。

“是那药物的不良反应?”陈冬担心地问。

“都不是。”绝缨摇了摇头，她的眼睛里露出一片茫然，“我有一种不祥的预感，似乎有很强的敌人要追来了。”

陈冬忽然又感觉到一阵头晕，他垂下了头。

脑子里又出现了断断续续的片段，那名教官站在他的面前，对他严肃地说:

“这次的任务，事关重大。一旦失败，我们就将前功尽弃。为了防止你潜入之后发生意外，我们还派了两个人，他们会在你潜入之后，前往目标区域。”

“那两个人是谁？”陈冬听到了自己的声音。

“他们都是你的同事……”教官向旁边招了招手，两个矫健的身影出现了，向陈冬走了过来……

“喂。”耳畔传来了绝缨的声音。

陈冬从神思恍惚的状态中被唤醒，他转向绝缨：“怎么了？”

“你刚才……好像有些不对劲。”绝缨担心地说：“是不舒服吗？”

“不……”陈冬甩了甩头：“只是在走神。”

他站起身，说：“我先给你准备一些吃的东西，然后，出去采购。”

就在这天傍晚，距离“公司”那座大厦一千公尺远的地方，一个下水道的盖子剧烈地抖动起来。

像是有什么东西在用力地顶它。它颤抖着，呻吟着，不过，却没有打开。大厦的人刚才来过，把方圆几公里之内的井盖都用水泥给封死了，目的就是不让血钻逃走。

下面的东西又拱了两下，仍然打不开盖子，它终于暴怒了，拼尽全力，向上一顶。

井盖上出现了清晰的十字裂纹，接着，裂纹越来越大。

又是“砰”的一声传来，井盖变成四片，向上飞了起来，散落到各个角落。

井下有一个黑色的影子迅速升起，它纵起来有两米多高，接着，轻轻地落在一旁。

它的眼睛里闪着幽蓝色的光，就像两束鬼火。

它现在又累又饿，但却更加愤怒和兴奋。

凑近它一点，你可以听到从它胸膛里传来的强烈的心跳，又快又响亮，砰、砰、砰、砰……就好像机关枪的声音。

高速的新陈代谢使得它身上的伤口全部愈合，只留下粉红色的疤痕，扭曲而细长，就像皮肤里被嵌入了几条蚯蚓。

血钻低低地咆哮着，两只眼睛一闪一闪放着光，肌肉发达的四条腿上血管暴起。它现在完全被蓝色药剂所支配，现在的它只是一台单纯的杀戮机器。

它不会放过视野内任何活着的东西。

而且，它饿了，非常饿。高速的新陈代谢也代表着高速的能量消耗，因此它在手术室里的那顿美餐并不能让它舒服太久。

血钻的鼻子忽然颤动了两下，它闻到了什么东西，显然，是好吃的东西。而且，分量不轻，还是个活物。血钻喜欢活物，活物的血是热的，甜津津的十分受用，死去的东西就不好吃了，苦得发涩。

那活物越来越近了。血钻欢快地摇着尾巴，它裂开大嘴，口水滴滴答答淌到地上。嘴角咧得很高，如果这算笑容的话，应该是个灿烂的笑容。

血钻轻快地躲进旁边的草丛里，准备伏击。它要保证一击必杀。那样，活物的血不会损失太多。

小雪和那个叫向南的男孩坐在一辆牛车上。向南拦这辆牛车的时候，牛车上的人正打算逃难，他们将路过向南所说的营地。赶车的是个四十多岁的女性，眼睛紧盯着前方，看起来是个沉默寡言的人。

向南手中把玩着那只装有杏子果肉的玻璃瓶，时不时偷瞄一下小雪的脸。

小雪忍不住问他："干嘛总看着我？"

向南不好意思地搔搔头："我总觉得，你这个人有些奇怪。"

"哪里奇怪？"

"首先，我不清楚你的来历。照理来说，深夜跑到杏子林采杏子吃的人，应该是流浪汉之类的人，但就你的言谈举止来看，显然不像那类人。可你的衣服又破破烂烂的……"

小雪这才想起来，自己从逃出大厦到现在，身上一直穿着那件原来的衣服，衣服上早就沾满了泥污。而脚上的那双布底鞋也早就脏的不成样子。要不是披着向南那件衬衣，想必司机都不肯让她上车。

小雪低下了头。她想用撒谎来做掩饰，但要对面前这个家伙撒谎，她感觉自己做不到，毕竟，如果不是向南及时赶到，帮她解了毒。现在的她说不定正陈尸在杏子林里。

她只好说："现在不方便告诉你，回头再慢慢说。"

"哦。"向南的语气里透出失望。

为了缓和气氛，小雪问道："你拿那些果肉做什么？"

向南把瓶子举到面前："你是说这个么？我要把它们带回去继续研究。"

小雪听得似懂非懂，不过她看得出来，向南这个人身上有很多疑点，他的很多言行都是说不通的。

如果为了安全考虑，最好是尽快和他分开。

小雪忽然想到，如果逃到国外，是不是就可以远离组织的控制范围了呢?

牛车慢慢地停了下来。向南向赶车的女人道了谢，带小雪走下车子。

面前是一排临时搭建的帐篷，最中间的一座帐篷上，带着联合国的标志。

向南说那帐篷是营地的办公区域。

两名警卫瞪着眼睛站在营地门口，小雪跟着向南大摇大摆地走了过去，警卫并不上前拦阻。小雪奇怪地问道:“你们这里的警卫只是用来装装样子的吗? 怎么外面的人进出营地大门他们也不上来盘查?”

向南耸了耸肩:“他们只拦截可疑分子，你看上去不像坏人。”

再往前走是教学区，一排整齐的西式建筑展现在面前，微带弧形的多层屋顶让人想起悉尼歌剧院。屋顶上都安装有太阳能电池板，向南解释说这是由校方自主研发的光能采集装置。

“里面还有我的成果呢!”他得意扬扬地说。

太阳越升越高了，耀眼的光辉照了下来，地面升腾起一片热气。小雪忽然感到一阵头晕，她捂住了胸口。

向南及时地扶住了她:“大概是残余的毒性在捣乱。我要赶紧带你去找药!”

几辆黑色轿车忽然擦着他们飞快地行驶过去，把他俩吓了一跳。

向南对着那几辆车愤怒地挥了挥拳头。小雪问:“那些是你们的人吗？”

向南摇头：“学生哪里开得起这样的豪车。那是加长的凯迪拉克SLS和奔驰SLK，最便宜的那辆也是奥迪Q7。估计是本地的富豪们吧。来驱赶我们的。”

“驱赶你们？你们不是在做好事么？”

“他们声称这里是他们的势力范围。所以经常过来驱赶我们。”

那几辆车拐了个弯儿，朝不远处的一片白色营房行驶而去。车窗打开，从里面伸出几个喇叭，播放着烦人的噪声：“快滚！快滚！这里不需要你们！”

“这也是本地的特色风景之一。”向南歪着嘴笑了笑，但声音里却殊无笑意，“有的时候，他们还会带狗来……咦，你怎么了？”

他发现小雪死死盯着远去的那辆凯迪拉克，面色苍白。

“没事。”小雪摇了摇头，“我现在头晕得很，我们赶紧去找药吧。”

向南点了点头，搀扶着她向一排营房走去。小雪时不时地扭过头来，看着那辆渐渐远去的凯迪拉克。

她刚才在那辆车上看到了一张熟悉的面孔——六爷。

向南打开其中一个营房的门，小雪喘着气走进营房，蹒跚着来到一张椅子前，一屁股坐在上面。她觉得眼前又开始乱冒金星了。

向南翻开她的眼皮，检查了一下她的瞳孔：“不容乐观。”他飞快地跳到一张台子前，翻那里的试剂瓶，并把几个试剂瓶里的药物兑到一起。

小雪感到一阵恶心，她摇晃着来到洗手池前，趴在那里呕吐起来。

“吐吧，都吐出来也好。”向南端着调配好的东西站在她身后，等到她吐得差不多了，便喂她喝下药剂，然后扶着她来到一张床前，让她平躺上去，再给她盖上一张毯子。

小雪在迷迷糊糊中说道：“你这家伙有当保姆的天赋。”

“大概我上辈子就是个保姆。”向南咧嘴笑了笑，返回试验台继续忙碌去了。

小雪闭上眼睛，黑沉沉的睡意立刻笼罩了她。

傍晚时分，六爷乘车返回大厦。

刚到车库，就有人在门口招手，六爷示意让车停了下来，那人赶紧钻进车内。

车门关好后，六爷问道：“逃亡者们有没有新的消息？”

那人答道：“没有，现在已经将附近的几十家小吃食肆的经营者都查了个遍。他们的资料被送到三爷那里，经过三爷的筛选，还剩下十多个人，这十多个人将被一一查访。”

“老三的工作效率果然很高啊……蒋丽欣那边呢？”

“他们在距离大厦不远的地方发现了血钻的行踪。那里有个下水道的井口被顶开了，原本那井口已经被水泥封死了。”

六爷惊奇道：“下水道？血钻不是从通气管道逃走的吗？”

那人答道：“通气管道的终端已经埋伏了人手，血钻只能中途更换路径，从通气管道打开了一个破口，钻进了排水系统，然后又从那里钻进了下水道。”

六爷轻轻叹了口气:“好个血钻，我感觉它越来越聪明了。”

那人补充道:“不仅如此，那下水道的井口本来被水泥封上了。但血钻却顶开了盖子，虽然那水泥还没有干透，坚固度不足，但也足以证明，血钻现在的力气已经大到了不可想象的程度……”

六爷微微点头:“K–19 的威力开始渐渐展现了。附近有没有发现它进食的痕迹。”

那人恭恭敬敬地说:“是的，您猜对了。井口不远处就有两名牺牲者，他们应该是附近的拾荒者。血钻袭击了他们，那里……一片狼藉。”

六爷说:“可以想象。它的胃口会在 K–19 的催化下越来越大的。它也会越来越疯狂，越来越强壮。蒋丽欣找了几个助手?”

“两个，两个都是新手。”

“新手?他为什么不找老手?”

“蒋丽欣说，他担心老手会倚老卖老，不听指挥。”

六爷的嘴角浮现出笑意:“嘿嘿，这家伙有趣得很，看来我没有看错人。”

“六爷慧眼识英才，这种能力不是谁都有的。”

“少拍马屁，快回基地。晚了的话，老三那家伙又该唠叨了。”

那人从车里钻了出来，很快消失在夜幕中。

第十章　追踪血钻

蒋丽欣小心地将镊子伸向草丛中，从里面夹起一根长长的毛，将之放进塑胶袋里，呈给助手们看。

狙击手李锋皱起了眉头："这是那家伙的毛吗？看起来比一般的狗毛要粗很多。"

"现代科技的成果——这东西应该不是普通的狗。"蒋丽欣扭头喊道："拳击手！"

拳击手迈着方步走了过来，他现在已经换下了打拳击时候的装束，换了一身西装，那西装也是纯黑色的，里面虽然裹了件白色衬衣，但那雪白的衣领却把他的肤色衬得更黑。

蒋丽欣忍不住说："以后叫你小黑好了。我总感觉你整个人笼罩在一团黑气里。"

"随便你。"拳击手说。

"你那边有什么新的发现没有？"

“两个拾荒者都是被一击致死的。第一个是后脑上中招，瞬间毙命。第二个大概看出情况不对，扭头就跑——我们可以看到，他的尸体距离第一具尸体已经有五米的距离。但他依然没有逃过血钻的猎杀。血钻追上了他，扑了上去，咬住了他的后脖颈。那一瞬间的攻击力大概达到了七十五公斤以上，我们可以看到，第二个受害者的脖子断了，头颅飞了出去，滚到了几米外的地方。”

李锋缓缓地说：“我一开始还以为那是用刀砍的。切口处实在太可怕了。我很快发现那断口没有刀口那么平整，我才想到那是牙齿造成的。”

拳击手说：“血钻应该离开还不久，根据目击者的说法，当他们发现第二具尸体的时候，死者的喉咙里还在‘哧哧’作响，好像在呻吟一样……”

蒋丽欣皱着眉说：“如此说来，血钻在吞噬第二名受害者身体的时候，还让他的头转向自己，让那受害者的人头目睹着自己的身体被吞噬的场景……”

一阵风吹来，拂动草叶，发出呜呜的低吟。

狙击手忍不住说：“你们看这种行为像是受了谁的影响？”

三个人沉默了片刻，然后同时说：“八爷！”

“简直像是八爷的门徒。”拳击手说，“我早听闻，八爷在折磨那些俘虏的时候……”

“好了，不要再说了。”狙击手紧张地看了看四周，仿佛在担心周围有人偷听。

蒋丽欣站了起来：“估计这里没有更多的线索可找了，你们看呢？”

两名助手点头。蒋丽欣掏出手机联络“兔”组的人，让他们过来“清场”。

“那我们接下来该做什么？”狙击手问蒋丽欣。

蒋丽欣说：“跟着血钻。”

“找到之后要不要就地处决？”

“不必。六爷认为血钻会去追击逃亡者，我的看法和他一致。你们看，这个方向正好是逃亡者逃走的方向，前面就是旧城区，血钻肯定是先到它被撞伤的地方，然后沿着逃亡者的足迹追下去，直到追上，把他们干掉为止。”

“万一它追不上呢？万一逃亡者已经逃到了其他地方呢？”

“不太可能。逃亡者肯定还在这里。之前派出去的‘犬’组，已经在各条路上布下暗哨，展开地毯式搜捕，除非他们变成耗子，钻地洞逃走。”

“万一他们向警方求助呢？”

“你有没有想过，逃亡者曾是组织的人？而且，他们只是组织的‘菜鸟’，从他们被组织选中并带进大楼的那一瞬间开始，他们在这个世界上已经没了身份。户口登记簿里找不到他们，他们没有身份证，无论到了哪里，都和偷渡客差不多，被警察发现了只有被关起来的份儿。另外，我们在警方中也有眼线，他们不会轻易向警方求助的。我们不用担心那个。”

蒋丽欣又俯下身子：“我现在担心的是这个。”他指了指地上的一个印记。那是血钻的脚留下的。

“这个脚印怎么了？”拳击手好奇地凑了上来。

“小黑，你大概不知道。我在总部大楼里看到过血钻以前的足迹，那个足迹是在距今不到十个小时前留下的，那时候的足迹还远没有现在的大。”

小黑紧张了起来：“这说明……”

“这说明血钻在长大。”蒋丽欣站起来，摸了摸口袋里的武器，“但愿它不会强大到让我们难以控制的程度……”

天色已经完全黑了下来，无尽的夜笼罩着整个城市，像一道密不透风的铁幕。

嘟嘟嘟，蒋丽欣的手机响了起来。是“犬”组的人打来的。

蒋丽欣对着电话那头说了几句，面色越来越凝重，眉宇之间似乎都能结出冰来。

他收起电话后，对伙伴们说：“发现了‘血钻’的行踪。走吧。”

三人跳上一辆越野车，黑色的车身几乎能与夜色融为一体。

这辆车经过改造，四只轮胎能防御 AK–47 步枪的射击，合成材料制成的车身可以有效防御炮弹破片乃至地雷的攻击，而那方方正正的车体里则另有玄机。简单说来，即使十辆豪华跑车，也未必能换来这样一辆越野车。

拳击手小黑启动了卫星定位系统，黑色的越野车迅捷地驶过草丛，无声地滑上大路，雪亮的车灯划破夜空。特别行动小组就这样沿着公路向着“犬”组指示的方向进发了。

“犬”组的人正小心翼翼地保持着和“血钻”之间的距离。

“犬”组的人以三个为一组，在旧城区一代搜寻线索，现在他们所处的位置，正是几十个小时以前，绝缨他们撞伤血钻，摆脱追击的地方。这里距离居民区已经不远了。

谁都没想到他们会与“血钻”不期而遇。血钻的疾奔声与粗重的呼吸声传来时，已经近在咫尺。这一组的组长反应迅速，刚发现“血钻”的身影就果断下令让大家都藏到树上。

“犬”组成员们躲在树上，听到下面传来了粗重的喘息声。他们轻轻拨开大树的枝叶向下看去，只见一只巨大的动物出现在树下。

那一瞬间，所有人都不由自主地屏住了呼吸：这家伙真的是狗么？！

那只动物的头已经长到了簸箕般大，每只耳朵都有猩猩的巴掌大小，从它的口中传出的呼吸声让人想起老式的蒸汽机车，而那双眼睛竟然在放光！而且是蓝幽幽的，鬼火一样的光！

那家伙的身体太大了，简直不像狗，而像匹狼！

真不知道这家伙靠吃多少食物才能维持体能。

血钻俯下身子，巨大的鼻子贴紧墙壁，在那撞击留下的痕迹上擦了两下，显然，它在寻找线索。

“犬”组的组长使劲捏了一把自己的手臂，那清晰的疼痛感证明现在不是在做梦。他想起小时候看过两部电影——《地狱守门三头犬》和《巴斯克威尔的猎犬》。这两部电影里面的狗就够可怕的，不过那是虚幻的，是电影特技制作出来的，眼前这只可是货真价实的存在。他过了好半天才回过神来，掏出手机，用尽可能低的声音向蒋丽欣报告。

血钻忽然抬起了头。

那组长浑身一哆嗦，手里的手机差点掉下去。

但他很快冷静下来。现在他是在距离地面七八米的树上，血钻再厉害，也不可能会爬树吧。何况现在他们藏身于密密麻麻的树叶之中，想看到他们可是很困难的。

就算真的发现了，他们也能全身而退，毕竟他们身上还带着武器哪。

想到这里，组长的胆子又大了起来。

血钻踱着步子，在树下转了几圈，粗大的黑尾巴像扫帚一样摇晃着，它显然对这里的气味感到很疑惑。明明有很多人来过这里，而且，他们刚刚还在这里，离开还不久。是敌人，还是朋友?

血钻烦躁地咆哮着。它经过长途跋涉来到这里，刚才吃的那点东西又被消化得一干二净了。现在的身体不知怎么回事，很容易就饿了。而血钻一旦饿了就会烦躁。

血钻又回到了那堵墙边，现在它的嗅觉比先前还要灵敏好多。它几乎可以瞬间锁定仇人离开的方向。只不过，它现在还不大想去。

饥饿感阴魂不散地缠着它。

血钻感到胃袋里像用耙子耙过一样难受。疯狂的新陈代谢迫使它的胃肠分泌了过多的消化液，蠕动速度也更快了。

它现在迫切地想吃东西。

这种对食物的欲望使得它的感觉器官更加灵敏。

树上的人刚才看到血钻离开大树，回到墙边，纷纷刚松了一口气。但现在他们又看到血钻离开那堵墙，向着大树慢慢走了回来。

然后，它蹲了下来。

天色越来越暗。

组长开始烦躁起来，他用手攀着树干才能保证自己不掉下去，现在手已经开始渐渐酸痛。其他组员的状况也并不比他好。

他摸出夜视镜戴上，这样才能看清下面的情景。但不看不知道，一看吓一跳，透过夜视镜，他看到下面的血钻正抬着头望着自己！那家伙张开大嘴，像是在笑。

难道它真的看到自己了？！

身边也有组员用夜视镜向下面看，血钻那张开大嘴的样子实在可怕——一根根锋利的牙齿像刀锋一样竖立着。

那名组员身不由己地哆嗦了一下。

他这一哆嗦不要紧，由于他现在身体的重量都放在树枝上，身体的动弹自然引起了树的摇摆，树枝轻轻地摇晃了一下，一片树叶离开枝头，向下落去。

组长看到了这一情景，他扭头狠狠瞪了一眼那名组员，不过现下戴了夜视镜，不知那家伙看不看得到。

那树叶飘飘悠悠正落到血钻的鼻尖上。

组长等人的心悬到了嗓子眼。

血钻轻轻嗅了嗅这树叶，然后便不屑一顾地将之抛到一边。它摇了摇尾巴，转身离开了。

还好，毕竟是畜生，智商不高。组长长出了一口气，转过身来准备狠狠训一顿刚才哆嗦的那名组员。

没想到树下忽然传来一声长嗷，那声音划破夜空，传出老远，震得他手下一滑，差点掉下去。

他低头一看，只见那血钻鼓足浑身的力气，肌肉暴起如同一个肉球一般，然后便向着大树狠狠地撞了过来。

原来，那家伙刚才不是离开。它透过树叶确认了树上确实有人，便退开数步，以便助跑，然后便鱼雷一般冲了过来。

“砰！”血钻的身体和大树相撞，树叶如雨般飘落，树上的人随着树枝一起摇晃。但这毕竟是棵几人合抱的老树，即使血钻拥有能把井盖顶破的力量，但大树的树干不同于钢铁，质地坚韧而富有弹性，不是那么容易撞断的。

即便如此，树上的人也被吓得够呛。组长的手紧紧抠着树干，嘴里一个劲念叨耶稣基督的名字。他可不想用自己的身体去确认血钻的饭量。

血钻第一下没有得手，它了解到这大树不同于刚才的井盖，于是不再去冲撞，而是后腿着地，直立起来——它要向上爬！

组长不由得把手伸进怀里，握住了佩枪——如果血钻真的要爬上来对自己人不利，他只有开枪。他才不管这是不是六爷的爱犬，自己的命是最重要的！

血钻勉强往上爬了三四米，有那么一瞬间，它的大嘴离组长的腿只有几尺远，口中喷出的血腥气令组长差点晕过去，但它毕竟不会爬树，后腿的弹跳力再强，它也不能更上一步了。于是组长又目送着那两点鬼火落了下去。他手中扣着枪，随时准备击发。他的组员们也是如此。

不过，子弹对那巨大的躯体是否有用，他也不能肯定。

血钻气喘吁吁地蹲在树下，仰着头，伸出长长的舌头，喷着粗气。它刚才消耗了很多体力，但一无所获，现在它更饿了。

原处传来了马达声，雪亮的车灯由远而近。

血钻扭过头，看到一辆黑色的越野车向它直冲而来。

它对那宽大的车身有所忌惮，扭头跑开，从它的牙缝里挤出低低的呜咽。

走着瞧，小人儿们，这次算你们命大，但下次可就难说了。

它一纵身上了墙壁，冲着那棵大树吼了两声，矫健的身躯划出了一道优美的弧线，然后就消失在了夜色里。

它还要找吃的，还要寻找仇人的踪迹。它要忙的事情多了去了。

看到血钻远去，组长手一软，从树干上滑了下来。他的胳膊差点就要抽筋了。他的组员们赶紧上前抢救。

“没事吧？！”从越野车上跳下三个人，为首的正是蒋丽欣。

第十一章　特殊旅行

绝缨反复对着镜子看，镜子里的人已经完全不同于前几天夜里那个刚从大厦里逃出来的小女孩——高鼻梁，尖下巴，皮肤带着淡咖啡的颜色，头发微卷，娥眉淡扫，眼睛里则透着湖泊一样的蓝色。

她身上穿着一件连衣裙，脖子上挂着串琥珀项链，脚上则是一双大商场里限量发售的凉鞋。现在的她像是某位出门旅行的富家小姐，只是稍显稚嫩些。

她转过身盯着陈冬，陈冬也变了样子——头发梳得整整齐齐，手腕上戴着名牌手表，穿着一件笔挺的进口西装，打着领结，鼻子上架着金丝眼镜。宛然一副名门管家的气派。不过就是表情显得很拘束，身上那套西装显然让他很不舒服。还有那手表，真不知道有了手机之后还戴这玩意做什么。

“我就不能穿休闲点儿么，穿休闲装的人很多，我更容易融进他们中间。”他抱怨道。

"不能！"绝缨说得很干脆。

"那么，能把手表摘掉不？"陈冬嘟囔道，"这东西让我想起手铐。有手机可以看时间，戴手表干嘛？！"

"因为手表是身份的象征，绝大多数穿成你这样子的人基本上都戴手表。"绝缨的话很简单，"转个身让我看看……"

"让我穿成这德行是为了什么？竞选美国总统吗？"陈冬的嘴巴可不肯闲着。

"那要等你下辈子才有可能。"绝缨说。

她帮陈冬整了整衣角，让那件西装在他身上显得更合体一些。

"知道我为什么把你打扮成这个样子吗？"

"不知道，我只知道打扮成一般的小康生活的市民就足够了。化装成有钱人更会引人注目。"

"恰恰相反。组织的教科书上和你讲的一样，让我们在外出执行任务的时候尽量化装成普通人。组织的追兵也一定会认为我们会化装成平民百姓，万万想不到我们会化装成有钱人。而且，在中国这个国家，化装成有钱人比化装成平民百姓要有更多好处。到时候你就会知道的。"

绝缨又为自己选择了一顶帽子戴在头上。

"收拾好你的行李，帮我提着衣服箱子，我们马上出发，车子在楼下等着。"绝缨说。

陈冬瞪圆了眼睛："可是，这是咱们刚租到的新住处啊！"

"那也要离开了，别忘了我们约定好的三件事。"

绝缨和陈冬约法三章：第一，不要在固定的地方停留二十四小时；第二，尽量少与人交谈；第三，沿途不要留下任何痕迹。

陈冬叹了一口气，拎起箱子：“既然如此，走吧，小姐。May I help you?”他立刻拿出一副从电影上看来的英国仆人的派头。

绝缨微微一笑，那笑容就像三月初绽的一枝新蕾，清纯得不带一点瑕疵，看得陈冬直了眼睛。

绝缨收起笑容：“你发什么愣啊？”

陈冬点头哈腰地说：“是是是，咱们走。”

他顺手带上了门。

他听绝缨轻描淡写地说“车子在楼下等着”，原本以为楼下停的是辆普通的汽车，没想到门口停着一辆外形憨厚的蓝色“甲壳虫”，而且是敞篷的。

“饶了我吧……”陈冬轻轻叹息。

绝缨用抱歉的语气说：“怎么了？是不是嫌这车档次不够？我原本想弄一辆悍马越野车，但那车有全球卫星定位锁，开出去恐怕会被跟踪。而且，在这附近也太难弄到那种车了。”

“可……可这车也太显眼了吧……”

“不会吧，很普通的车而已。我只怕不够衬身份的。”

“你……那你为什么不去弄辆‘奔驰’或者‘宝马’？！”

“太俗了。”

“‘保时捷’或者‘法拉利’呢？！”

“不喜欢那外观，不够可爱……喂，到底是你选车还是我选车。”

陈冬老老实实地闭住了嘴，打开车门准备上去。

“喂喂，作为仆人，你要先搀扶我上车，再自己上车啊！”

陈冬瞪着眼睛说：“你身体这么健康，本事那么大，连名牌车都偷得来，还用得着我搀扶！？”

“叫你搀你就搀！”绝缨嘟着嘴说。

看到她这副娇嗔的样子，陈冬不觉心中一动，不由自主地走上前去，搀着她走进车子。

刚在座椅上坐定，绝缨嬉皮笑脸地说：“其实我就是想体验一下当富家大小姐的感觉而已。”

蓝色的“甲壳虫”在旅馆前的白沙地上打着滑，轻松驶上了公路。绝缨在便携式电脑上敲击着键盘。陈冬一边驾驶着汽车，一边问：“我们这是要去哪里？总得给我个方向吧，不然我只能在城里绕圈了。”

“沿着高速公路走，向北，一路向北。”绝缨低声说。

“那是什么地方？”

“是我的家乡。”绝缨闭上了眼睛。

家，亲爱的家，我回来了。

六爷从他那辆凯迪拉克上走了下来，旁边的随从赶紧递上一根烟，恭恭敬敬地为他点上。

六爷叼着烟卷，扫了一眼那山洞，漫不经心地问道：“确定那丫头来过这里？”

那随从说：“没错。

六爷眯起了眼睛：“有意思。你们进去确认过没有？”

“还没有，我们查到信息之后就先通知了六爷您，还没来得及进去检查。”

“走。”六爷丢掉烟卷，戴上了白色手套，“对了，把我的防毒面具和防弹背心拿来。”

那随从是“犬”组的人，听了六爷的话，感觉有点奇怪，但他还是照办了。他去拿面具和背心的时候，心里嘀咕着：“不过是检查人家住过的山洞，至于如此谨慎么？大概是这位六爷身居高位久了，胆子也变小了吧。”

六爷全身武装，把自己捂得严严实实的，他转身一看那随从：“啊？你难道不穿一件防弹衣？”

“这……用不着吧？”

“那可别怪我没提醒你。走，进去。”

山洞里空荡荡的，地上还留着半碗水，似乎主人走得很匆忙，连水都没来得及喝完。

六爷努了努嘴，招呼手下们进去。

洞内空间狭窄，只进去了两个人，他们小心翼翼地检查着洞穴里的一切陈设。

有人从地上捡起一根长长的头发，递给六爷，六爷把它捏到鼻端：“嗯，没错，应该是绝缨的头发……”

先前那个随从看到那盛着水的碗，心想，可以从这碗上取些指纹的样本，于是便将手伸了过去。

没想到他的手刚碰到碗，就听到旁边“咔哒”一声响。

六爷本来一只脚踩在洞口外，一只脚踩在洞里，他手疾眼快，一听到那声音，大喊了一声“快闪！”自己已经跳了出去，就地连滚了两下，趴在地上。

其他人也赶紧卧倒。

只有那随从根本来不及反应，只觉得耳边“扑扑扑”连响了三次，胸口一麻，手里就没了力气，那把格洛克手枪连一枪都未来得及发射，就从他手中滑落。

他躺在地上，嘴里只有进去的气，没了出来的气。

众人看得清楚，只见他胸口上钉着三样东西，那竟然是三根竹签！

绝缨竟然将竹签设置成机关杀人！

六爷从地上爬起来，迈步来到那随从跟前，用惋惜的语气说：“我早说了让你穿防弹衣，你就是不听。唉，你太不小心了。老三那家伙教出来的小花，哪朵不是带刺的呢？”

那随从瞪着眼睛看着六爷，嘴里呼噜呼噜直响，却说不出话来，最后终于忍不住，将一口血吐了出来。

“收队，这里没什么可查的了。”六爷转身出了洞。

损失了一名随从，他脸上却没半点不高兴的样子。

那驾驶凯迪拉克的司机问道：“六爷，咱们刚才可折了人啊，您还有什么可高兴的？”

“第一，确认是绝缨那丫头来过这里，我要找的就是她，眼下有了她的线索，我不该高兴？第二，你可知道那刚才被杀的是什么人？”

“我只知道他是‘犬’组的人。”

“我告诉你吧，他是‘犬’组的副组长，也是老八那家伙带出来的人。现下他算死在绝缨的手里，无论是‘犬’组，还是老八，都不会放过绝缨的。等着瞧吧，有的是好戏看咯！”

第十二章　八爷之怒

三爷稳稳当当地坐在椅子上，手里玩着两只铁球。

他面前站着一位中年男子，这人个子不高，留着络腮胡子，上半身穿了一件搏击背心，手臂上肌肉虬结。这男人正暴跳如雷，显然很不高兴。

这人正是八爷。

八爷本来是找三爷来下棋的，但刚刚六爷那里给他发来了信息，说八爷的“徒弟”被绝缨杀死，八爷本来就是出了名的脾气暴躁，这下立刻气得一佛出世二佛生天，他打算直接去找绝缨报仇，眼下他正征求三爷的意见。

“你先冷静一下。报仇还不简单？”三爷招呼老十，“去，给咱八爷添一杯茶。”

“我现在哪有心情喝茶！”八爷差点把茶杯掀掉，但给他敬茶的毕竟是自己兄弟，他不能不给人家面子，于是他便把茶接了过来。

“你准备如何对付绝缨啊？”三爷慢悠悠地问。

“杀了！把她的亲朋好友也都杀了！杀得干干净净才能出我心中这口气！”八爷恶狠狠地说。

“唉，眼前就有一个，你杀不杀？”三爷问。

“眼前就有？谁，告诉我！”八爷的眼里透出了杀气。

“我啊，是我把绝缨培养大的，正如犬组的副组长是你的学生一样，绝缨也是我的得意门生。她的防身术全是我教的。我是她的老师，也算是她的半个父亲。她杀了人，我就要负责的。所谓养不教父之过，教不严师之惰。来，你先杀了我吧。”

八爷傻了眼：“这……三哥，你……”

“唉，老八啊。你就是这么个炮仗脾气，别人一扇风点火你就炸了。”三爷离开座位，慢悠悠来到八爷面前，扶住他的肩，“你先别着急，容三哥我给你讲些事情。”

“十年前，咱们兄弟十个结义。现在，大哥常年在国外；二姐负责组织的各种交易，平常也不怎么回来；老四、老五被老二带走了；老七精神分裂，行踪不明，生死未卜；老九是国际刑警派过来的卧底，已经被咱们‘处理’掉了。现下国内只剩下了你、我、老六跟老十。

此前我将权力转交给老六，其实这也并非完全出自我的本意，不久之前，我收到了老大发来的密令，让我将基地的指挥权交给老六。我已经成了没了爪的螃蟹，最多不过还教教徒弟，或者和老十唠唠嗑，和你下下棋，过一阵子可能还要出去一趟。事实上，现在国内能和老六分庭抗礼的，也就只有你一个了。

眼下五大老分配给老六的第一个任务，就是捉拿逃走的绝缨与小雪。就老六那点小聪明，想抓她们俩，还是有些困难的。他早年确实受过特种兵训练，但近些年，沉溺酒色，连脑子都不好使了，他培养出来的亲信也是良莠不齐。血钻所属的项目是由他负责的，但现在连血钻也已经逃出组织的控制，还伤了人。他眼下只有请你出山，一方面，可以帮他解决难题，另一方面，可以借助你和绝缨、小雪交锋的机会，削弱你的力量。如果你擅离职守，抛开总部的安全不顾，一心去捉拿绝缨、小雪，那时候，万一大厦这里再出事，五大老怪罪下来，老六就会把责任全推到你身上。毕竟，安全事务是由你负责的。所以，你现在想去报仇，可要把后路考虑清楚了。如果你被五大老罢免了职务，国内事务可就由老六一个人来操纵了。到时候他大权独揽，想收拾你我二人，可是易如反掌。”

三爷在组织内向来有第一智囊的美誉，这下分析得果然头头是道，不由得别人不服。

八爷脸上露出了恍然大悟的神情，他把茶放在一边，握住三爷的手：“谢三哥！要不是你来点拨，光靠我这笨脑子，这回可就栽定了！”

“你也就是太轻信人了，做事不考虑后果，所以经常吃亏。下次和老六打交道，可要小心谨慎。我的性命，事实上也要靠你来保全哦。”三爷慢慢走回自己的座位。

“三哥，您可别这么说。小弟惭愧。”八爷脸一红。“我先去给老六回个电话。”

他急匆匆离开了房间。

三爷的墨镜后射出两道逼人的寒芒，他一招手，老十走了过来。

“去，调查老九之前负责的项目。所有资料都给我找回来。就算已经被人烧成了灰，也要把那灰给我带回来！”三爷声音很低，而且微微发颤。

老十微微躬身，退入了黑暗之中。他还从来没有见三爷这么激动过。

房间里只剩下了老三一个人，他重新坐回椅子上，陷入了沉思之中。

陈冬和绝缨已经驾车行驶了几百公里，他们已经渐渐远离了混乱地区，来到了相对安全的地方。

当天晚上，他们来到了一片丛林的边缘。这里前不着村后不着店，绝缨已经感到非常疲倦，她向陈冬建议，就在这林子里休息。

陈冬说：“你不怕那些人追上来么？”

“那些人应该来不了那么快，你可以把车开到树林里，用芭蕉叶盖上。”

陈冬决定听绝缨的，毕竟，开了这么久的车，虽然燃料还有富裕，但汽车的发动机已经过热，需要休息一下。另外，长时间的驾驶，会使人过度疲劳。

陈冬和绝缨在林子里收拾出一片空地，把车开了过去，稍微加以掩饰，至少让人看不出这里藏了一辆汽车。

两人在车里躺了下来。这里气候湿热，蚊虫颇多，绝缨却浑不在意。她把买来的防虫药撒在身上，随后和衣而睡。

没过多久，绝缨就发出了轻微的鼾声。

陈冬不禁哑然失笑——这孩子也睡得太快了吧？

他哪里知道，如果是在平时，绝缨绝不会睡得这么沉，但自从和陈冬在一起之后，绝缨的心里就多了一层安全感，无论在什么情况下，只要是和陈冬在一起，她就能睡得踏实。

陈冬却辗转反侧，折腾了很久才睡着。

在梦里，他似乎又回到了过去。

似乎是在某个医院里，穿白大褂的人在身边走来走去。陈冬坐在一张长椅上，而在他旁边的，却是一个年轻男子——陈东记得，这人似乎在之前的梦里出现过，他的名字是“向南”。

向南焦虑地朝走廊的尽头看了一眼，那里有个房间，上面写着“手术室”。

向南朝陈冬望了一眼，随后过来握住他的手。

“哥，嫂子的事……你别难过，你是咱们队里的主心骨，你要是垮了，咱们队里……”

急促的脚步声从走廊的另一头传来，陈冬和向南朝那边望去，只见两名身上缠着绷带的老人朝这边跑来，这两名老人的脸上都带着怒气。他们过来抓住陈冬，破口大骂：“你这丧门星！我们闺女遭了什么罪，居然要跟你这种家伙扯上关系！！刚开始我们就不同意，她还非要嫁给你，结果现在把自己命都搭上了！你还我闺女！”

向南上前劝阻：“伯父伯母，你们别这样……陈哥心里也不好受的！”

老人们依旧不依不饶：“姓陈的，你还我闺女！”

陈冬眼前的视角混乱，老人们对他拳脚相加，他却连挡都不挡，眼前忽然一花，似乎是打在了他的眼睛上，他依然没有躲。

“住手！”一个女人的声音响了起来。

手术室的门开了，一名女子在医生的搀扶下走了出来。

那两名老人看到这女子的模样，吓了一跳，紧抓着陈冬的手也松开了。

陈冬转向这女子的脸，随后也吃了一惊。

这女子正是蒋丽欣，但此时的她，头发、眉毛都已经被火烧掉，半张脸都被包扎着，显得说不出的怪异。

蒋丽欣一字一顿地说："伯父，伯母，你们俩的心情我可以理解，别人家的事儿我不想搀和，不过，你们现在打陈哥，就算把他打残废了，打死了，对你们来说，有什么好处么？陈哥现在心里也不好受啊！死的是你们的女儿，也是他的未婚妻啊！"

她顿了顿，又说："如果你们还信得过我们警察，就请再给我们个机会，我保证，一定会把那帮家伙抓回来，我发誓！法律会给他们应得的惩罚！"

向南的手机响了起来，向南接通电话，脸上露出了激动的表情："什么？有线索了？！好！我马上去……对，陈队也在这里，我把他也带上么？……什么？这次不让他参与？"

陈冬一把夺下向南的电话，冲电话那头的人大吼道："为什么不让我参与？！局长，这次的任务我一定要参加！就算是上刀山，下火海，我也要参加！"

陈冬醒了。

脸上湿漉漉的，他抹了一把，不知道是眼泪，还是汗水。

刚才的一切，难道是梦？

身旁的绝缨还在酣睡。

不知从什么时候开始，她靠在了陈冬的身上，两个人之间的距离很近，陈冬似乎都能听到她轻微的鼾声。

他担心她会着凉，干脆脱下自己的外套，轻轻搭在了她的身上。

随后，他斜靠在座位里，祈祷自己能再次入睡。

第十三章　黑暗降临

小雪觉得额头发烫，脑子里好像有无数小虫在钻来钻去，小腹里像被塞进了无数热乎乎的软面团，十分难受。

她已经全身无力，捂着肚子坐在了地上。

“你怎么了？”那个叫向南的男孩发现了不妥，伸手在小雪的额头上试了一试，然后将她扶了起来。但小雪已经全身脱力，刚站起来就又坐倒在地上。

“残余的东西又在起作用了！”向南急了，他不由分说，一手环住小雪的腰，一手从她的腿弯下托住。

小雪虽然昏昏沉沉的，但也知道发生了什么事情，她的脸一红，想推开向南。

“别乱动！”向南抱着她，将她轻轻地放到了手术台上。

“接下来的事情会很难受，我希望你能撑住，我要给你处理一下。躺好！”

小雪迷迷糊糊地应了一声，然后就看到黑暗降临。

她迷迷糊糊地觉得向南做了很多事情，也不知道时间过了多久。

总之，当她再次醒来的时候，窗外已经黑漆漆的了，屋子里只有门口上方的应急灯亮着，散发着绿莹莹的光，模糊中可以看到向南坐在身旁的椅子上，头歪向一边，已经睡着了。

小雪只觉得嗓子里干到冒烟，她看到旁边桌子上放着一瓶矿泉水，瓶子的盖子掀开着，里面的水只剩下了一小半，她想也不想，拿过来就喝了下去。

那水尝起来有些怪味，小雪渴极了，也没多想，就把它全喝了下去。

她回到手术台边上，只见向南睡得正酣，心想，这个大男孩很有意思。只可惜现在自己正在逃亡之中，不然，一定要回来和他交朋友。

她看到房间的衣服架上挂着几件衣服，想来应该是向南的，虽然是男式衣服，也比自己现在穿的好得多，自己的衣服经过刚才的折腾，又弄脏了。

她换好衣服，走到门口，又转过身来，瞅了瞅沉睡未醒的向南，忽然脸一红，朝他抛了个飞吻。

她决定要走了，但还真有点恋恋不舍。

正在这时，门外传来了脚步声。

小雪心里一慌，此时门锁上已经有了响动，像是有人把钥匙插进了锁里，正在转动。小雪急中生智，飞跑到向南身边。

门外有人吆喝道："向南，交给你的任务完成了没有？怎么还不向上级报告……”门开了，那人走了进来。

但当那人进来的时候，呈现在他面前的是这样一幅情景：

向南瘫坐在椅子上，睡眼惺忪，他怀里坐着一个十分可爱的女孩，那女孩穿着向南的衣服，搂着他的脖子，看样子正要与他接吻……

那女孩看到有人进来，赶紧停住，看样子很害羞的。

那人在门口呆立了三秒钟，样子十分尴尬，他忽然转身，准备离开。

向南已经迷迷糊糊醒了过来，他看那人要走，赶紧说：“是东哥吧？别走啊，啥事找我？”

那“东哥”嘻嘻笑道：“我不知道你正忙着，我两小时后再回来吧？”

向南这才意识到自己怀里还抱着个人，脸立刻红得像熟透的番茄，他赶紧把小雪放下，心里暗想：“我们发展到了这种程度？怎么我一点儿都不知道？”

他对东哥说：“稍等。”然后他赶紧低声问小雪：“你怎么坐到了我腿上？”

小雪眨着眼睛，低声说：“我怎么知道，我正睡得香，你自己抓过来的呗！”她有心逗逗向南。

“糟了！竟然做出这么失礼的事。”向南的额角上见了汗。

“你们两个嘀咕什么呢？是不是有我在不方便？”东哥坏笑着。

“没事。我先来介绍一下，这位是东哥，这位是小雪。”向南赶紧跑到东哥身边，“东哥，今天的事可别说出去，如果让领导知道……”

“放心，我的嘴很严实的，不过你小子艳福真不浅，我听说你上次还跟两个女记者不清不楚的……”

“谣传，绝对是谣传！”

“眼前的可不是谣传了吧！”

向南不好意思地摸了摸后脑勺：“这个，我也不知道……”

“少废话，老哥我是来找你要东西的，要完我就走。你俩该忙啥接着忙。你经常去那片被污染的区域？领导担心你体内的有害物质超标，对你造成影响，指定我们体检处对你进行体检。现在要你一份尿液样本，我助手说已经通知了你，你准备好了没有？”

“尿液么？我已经准备好了。我还怕干了，特意存放在水瓶里……”向南回身去桌子上看了看，“咦？我明明记得装在这个瓶子里的……”

小雪见他很着急的样子，便问：“你在找什么？”

向南红着脸说：“体检处要检查我的……某种体液，我记得放在这个纯净水瓶里了……”

“什么体液？”

“这个……这个……”

向南支支吾吾了半天，总算说了出来：“是尿液……”

小雪瞪圆了眼睛：“你是说，这瓶子里面的液体，是你的……”

“嗯，你有没有看到？不会把它倒掉了吧？”

小雪只觉得一阵天旋地转：“啊……好像不小心倒掉了。是不是很要紧？”

东哥连忙说：“不急不急，下次给我也好。”他暗地里使劲一捏向南的手，低声说：“回头把你泡妞的诀窍教给我哦。”然后他朝小雪笑了笑，摇一摇手，关门走了。

向南唉了一声，自言自语道：“真希望这个大嘴巴别把今天看到的说出去。”

小雪忽然问他：“洗手间在哪里？”

向南说：“右手那边。你怎么了？”

“我想吐……”小雪捂着嘴跑进了洗手间，紧接着，整个走廊里都能听到她歇斯底里的呕吐声。

向南暗想，莫非是自己治疗的技术还不到家，她体内还残留有毒素，所以才吐得这么厉害。于是摇摇头，翻身去书架上找了本书，继续学习怎样祛除毒素。

小雪从洗手间回来的时候，面色苍白如纸，她狠狠瞪了向南一眼，然后说：“你打算怎么办？”

“什……什么怎么办？”

“能不能给我找个住的地方？”

“你没有家吗？我送你回家。”

“笨，看样子也知道我是离家出走的啊。否则怎么会大半夜的跑到杏子林那里！我跟父母吵架了，暂时不想回去。”小雪撒谎道。

“这，城里有旅馆——你不喜欢？那……我自己在附近有个住处，里面有空房间。如果你不嫌弃的话，可以住在那里。”

小雪点了点头，算是同意，她现在不大想说话，怕一说话又会吐出来。

半小时后，他们来到了向南的住处。

向南介绍说，这里是一个朋友的房子，因为周围的环境太混乱，那朋友就暂时去别处住了，房子就空了出来。

这房子里有两室一厅，向南占了一间卧室，就把另一间卧室让给小雪。

小雪看到房间里摆着电脑和游戏机，不由得叹道：“你的生活真是舒服。”

“那不是用来玩的。”向南小心地说，“我在研究如何将掌上游戏机做手机用。这是我自己申报的项目，如果完成的话，可以申请专利的。”

“呀！看来你还挺聪明的。”

“当然！”向南说，他将游戏机启动，里面立刻出现了手机通话界面。

“我将游戏机的触控屏程序进行了替换，在它上面加装了中国的‘北斗’导航系统，现在还有一些程序没有解决，如果解决掉了，就可以用移动、联通或者电信的网络进行视频通话，还不影响游戏机的其他功能。我希望以后人人都有这样方便的通信设备。它比平常看到的智能手机要便宜，功能却更多。”

小雪不由得啧啧称奇，心想组织没有把向南这样的人吸收进去，算是他们的一大损失。

“对了，你有什么心愿没有？”

“心愿？”向南的脸微微一红：“我要去找一个人。”

“什么人？男人还是女人？”小雪的好奇心很强。

“是……是我一个很要好的朋友。”向南低下了头。

屋内的气氛忽然变得很尴尬，两人都不知道说什么好。就这样对峙了几分钟，窗外的苦柏叶簌簌而落，两人的心却再也静不下来。

小雪忽然说："我想出去走走。"

"要我陪你吗？"向南问道。

"不用了。"小雪的口气变得冷冰冰的，与跟她刚才热情的态度判若两人。

向南目送着小雪走出房间，摸着后脑勺，心想，莫非是自己刚才说错了什么话？

小雪走在公寓外的草坪上，望着头顶皎洁的明月，长长叹了一口气，自己不知道怎么了，为什么听了向南的话之后，心里会变得酸酸的呢？莫非是妒忌他的那个朋友？

习习的晚风拂过草坪，掀起一阵轻微的波澜，正如小雪此刻的心。

她忽然想起件事情——不知道绝缨那里怎样了。

而在小雪离开之后，向南启动了手里的机器，显示屏上出现了一个通信界面，界面上有两个人，一个写着"蒋丽欣"，一个写着"陈冬"。

"陈冬"的头像是黑着的，系统提示：无法与之取得联系。

而"蒋丽欣"的头像上，有邮件的小图标。向南点开小图标，一封邮件的内容出现在他面前——

向南：

我是丽欣，我已经在线人的帮助下，混进了组织，并取得了一些人的信任。目前，我正在调查关于"那起事件"的信息。

根据目前掌握到的情况，在陈哥婚礼那天出现的无人机，应该是由该组织的某人操纵的，他们在婚礼现场投下了炸弹，目的是向我们报复。

至于袭击到底是谁策划的，还有待进一步的调查。

另外，目前我还没有和陈哥取得联系。

之前，我和陈哥分头行动，陈哥的线人那边似乎出了问题，导致陈哥和派去的另一名本地警员没能进入目标地点。而且，他们还被犯罪组织的哨兵袭击——但袭击他们的哨兵也死了。陈哥目前生死不明，不过我感觉他应该还活着。我看了哨兵的尸体，应该是陈哥下的手。

他们还在设法寻找陈哥，但现在还没有找到。

你可以在外界寻找关于陈哥的消息，我现在还是很担心他的安全。

——丽欣

向南删除邮件，并关掉了机器，把它锁进了一个较为隐秘的角落里。

随后，他叹了口气。

那天的事情，是对方的报复，关于这一点，他一点儿都不奇怪。

毕竟，对方的“老大”，是他们联手拿下的，这件事还上了报纸，无论是国际刑警组织，还是本地公安系统，都对他们提出了嘉奖。

可惜的是那位没过门的“嫂子”。无辜的她，居然也会被卷入这次的事件当中，一想到这个，向南就攥紧了拳头。

他一定要把整个犯罪组织打垮！把陈哥找回来！

不过，这应该并不简单。

当时，如果不是陈冬在场，仅凭他和蒋丽欣，估计是绝对抓不到对方那个“老大”的。

向南思绪飘忽，他的记忆又回到了几个月之前。

那天上午，陈冬把他和蒋丽欣叫到了办公室，交给他们一个标有“机密”的文件夹。

向南好奇地问道：“这是什么？”

陈冬解释道：“这是一个犯罪组织的资料。他们的老大是一个叫作‘吸血伯爵’的人。根据国际刑警提供的消息，这个犯罪组织的几名骨干分子，将于一周之后抵达我市，具体目的还不清楚。国际刑警方面表示，他们希望能得到我们的帮助。毕竟‘吸血伯爵’已经在国外销声匿迹多年，这次居然会突然来我们这里……”

向南抢着说：“这是一个抓他归案的绝好机会！是吧？！”

陈冬点点头：“不过，我还有些疑虑，这些人毕竟已经在国外潜伏多年。这次突然要来我们这里，肯定是因为这里有他们需要的东西。”

蒋丽欣也点点头：“贼不走空。他们既然敢冒风险来咱们这儿，肯定是咱们这儿有他们迫切需要的东西。”

向南问：“他们这个组织之前是干什么的？”

陈冬说：“资料上有写。他们这个组织，从制毒、贩毒，到自制军火、走私军火，全都干过。此外，他们还参与过几次抢劫豪华游轮的事件……”

向南一拍脑门：“这么高级别的犯罪组织头目，肯定不是为了藏毒运毒而来咱们这儿吧？那么咱们这儿能吸引他们注意的，会不会是本地西边军事基地里新换防的高科技武器呢？”

蒋丽欣说：“有这个可能。咱们国家的武器，虽然不能说世界顶尖，但肯定是亚洲一流水平了。如果他们是冲这个来的，倒是很符合他们的一贯作风啊。”

陈冬略加思索，说：“军事基地里的警戒措施非常严密，就算他们是著名的犯罪组织，也未必敢对这个下手，试想一下，还有没有别的？”

向南说：“那可就多了去了。东边的东湖高科技基地，现在要成立某个著名公司的无人机研发实验室。此外，H牌通信器材公司，现在也在东湖高科技基地建立了研发中心。西边的博物馆，近来要展出汉墓里的王族陪葬品……这些我感觉都是很能吸引人的东西。”

“还有没有别的？”

蒋丽欣插嘴道：“西城的国立印刷厂，要引入新版人民币的印刷器材，开始印刷新版人民币了。”

陈冬一震：“这个消息可靠么？”

蒋丽欣答道：“这个消息属实，市里的报纸都登载过了。即将在本月月底开始印刷。”

“恐怕就是它了。”陈冬深深地吸了一口气：“我感觉，只有它才够让那帮人出手。”

向南问：“那么，咱们接下来该怎么安排？”

陈冬答道：“先去印刷厂，和那里的领导谈谈，了解一下情况。”

到了印刷厂之后，他们对该厂的情况进行了详细的了解，向南等人才发现，自己之前的想法，有些太简单了。

首先，这个印刷厂的安保措施非常完备——自从新中国成立开始，这个厂就陆续承接过多个版本的人民币的印刷工作，这里的安保设施非常完备，而且每过一段时间，就会进行升级。现在该厂的安保设备，已经达到了国内先进水平。

四面围墙上，都装有监控设备，无数的摄像头盯着进出厂区的路线。除此之外，还有红外线感应装置。几乎可以达到三百六十度无死角的覆盖，连地上的一只蚂蚁都不会放过。

除此之外，进出该厂的员工，也必须经过周密的检查，方可以允许进出。

总而言之，任何身份不明的人都无法从地面进入这个印刷厂。

至于印刷出来的纸币，则是通过空运的方式直接送出去，根本不会在本地停留。

众人又赶往西边的博物馆进行调查，这里的情况和印刷厂的情况类似。由于本地博物馆经常展出较为珍贵的文物，因此，安保措施也比较完备。除此之外，博物馆距离该区公安局只有不到一公里的距离，陈冬认为，即便犯罪分子的胆子再大，也轻易不会打这里的主意。

另外，根据博物馆馆长的介绍，虽然号称“古代文物展”，但本次展出的展品，多为仿造品或复原物，而非原物。

听了这些之后，陈冬稍微松了口气，基本上可以确定，犯罪分子盗窃这里物品的概率非常低。那么只剩下东湖高科技基地了。

东湖高科技基地，毗邻雄安新区，占地面积较大，除了完善的厂房设施之外，还有与之配套的住宿区、物流区、库房区等。

向南驱车，带着陈冬和蒋丽欣，在园区里开了一个多钟头，愣是还没到达目的地，向南忍不住咕哝道："这地方可真是太大了。犯罪分子要是想藏在这里，咱们轻易可找不出来。"

蒋丽欣说："人家也未必要躲在这里。"

向南说："其实我觉得，犯罪分子的目的也未必是在咱们这个城市。也许是在临近的其他城市呢？比如北京，不就在咱们边儿上吗？"

陈冬摇头："根据国际刑警方面提供的消息，那些人的目的地就是这里。"

向南正要说什么，蒋丽欣忽然喊道："小心前面！有东西！"

向南赶紧踩下刹车，车在前方障碍物前堪堪停住。向南吓得抹了一把冷汗，蒋丽欣一个劲儿抱怨："你开车的时候就不能专心点儿吗？！这要是出了事儿，谁负责啊？！"

向南争辩道："这是公路啊，前方施工或有障碍物的话，应该在道路前方树立路障和警示标志！要不然我怎么会没有心理准备呢？！"

陈冬瞄了一眼，前面出现的是一个四四方方的，类似集装箱的东西。这东西是带有柜门的，但柜门上上了锁，不知道里面是什么。柜门上带有"大河无人机公司"的字样。

远处有一辆车疾驰而至，陈冬等人一看，那车上也有"大河无人机公司"的字样。车里坐着两名身穿白大褂的年轻人，这两人的表情都显得很紧张。

他们把车开到这"集装箱"旁边之后，就赶紧跳下车，问陈冬等人："你们没事儿吧？没有人被砸伤吧？"

向南愣了一下："这集装箱是你们的？"

其中一个白大褂点头：“我们制造的一架无人运输机，忽然自动起飞了，还把上面搭载的货柜抛了下来……我们是顺着无人机飞行的路线追过来的。”

向南迅速望向陈冬：“队长，这会不会是那帮人干的？！”

陈冬冲那两位白大褂亮出证件：“同志，我是公安局刑侦大队的，你们失踪的那架无人机，是在什么时候起飞的？”

一名白大褂答道：“也就十来分钟以前吧。我们也刚追出来不久。”

“这货柜里装了什么东西？”

“空的。这就是个实验用品。那架无人机目前还在试制状态。目前连试飞的资格都没有。”

“既然没有试飞的资格，那它怎么飞起来了？”

那白大褂解释道：“在那架无人机上，装备了一套自动驾驶系统，只要把电子密匙输入，再把飞行目的地等参数输入，自动驾驶系统就可以操纵无人机起飞，飞向目的地。后天就是正式试飞的日子。目前，我们刚递交了试飞的申请，上面还没批准我们进行试飞，因此我们的人都不敢启动它。为了保险起见，无人机已经被我们用锁链固定在地面上了。而且，今天园区停电了，我们的设备都无法工作，也不知道那无人机是怎么起飞的……”

蒋丽欣嘀咕道：“不会是被人家入侵了无人机的网络系统吧？”

那白大褂转向蒋丽欣，解释道：“这也不大可能，毕竟，那飞机的电子密匙在我们手里，只要电子密匙没有插入，飞机的自动驾驶系统就不能启动……”

陈冬问：“那无人机上有能给自己供电的电池吗？”

白大褂说："有，它是一架全电动的无人机。里面的电池可以供它飞行三十分钟。但驾驶系统里还没有输入飞行参数和目的地坐标，不知道它是怎么起飞的……"

陈冬想了想，说："你们这架无人机，是在有人驾驶运输机的基础上制造出来的？"

白大褂点头："是的，它原本的机身，来自一架我们公司生产的全电动运输机。"

"里面的人工驾驶系统拆除了没有？"

"没有，就连座椅也都还在。我们只是在座椅上加装了一套无人驾驶系统……"

"停电是什么时候发生的？"

"大概一个小时以前吧……"

"你们没有备用电源？"

"没有。"

"如果有人把固定无人机的锁链拆除，并潜入了飞机内部，挪开座椅上的无人驾驶系统，是不是就可以通过飞机上原来的操纵系统，驾驶它上天？"

那白大褂愣了一下，随后点头："是这样的。"

陈冬告诉向南："通知一下分区公安局的人吧。让他们派些人过来。咱们去无人机之前停放的地方看看。这可能是一起盗窃高技术产品的盗窃案。"

进入了大河无人机公司的厂区之后，白大褂领着陈冬等人，赶到了一个类似机场的地方。这里有大约两公里长的跑道，从一个机库的门口开始，一直延伸到远方。

陈冬看机库的门开着，就问："无人机之前就是停在这里吗？"

白大褂点头："就是停在这里。"

门之前是开着的？

"是的。因为今天停电，库里的空调机无法工作，我们就打开门窗来通通风。"

陈冬领着向南等人进入机库，只见在机库的内部，有几个巨大的固定栓，在固定栓旁边，还有几截断开的锁链。

蒋丽欣拿起一截锁链，皱了皱眉："这好像是用高温切割过的，对方应该是携带着高温焊枪之类的东西进入库房的。"

陈冬问白大褂："你们这里有焊枪之类的东西吗？"

那人回答："有倒是有。但是，库房这边没有。维修车间那里应该是有的。要把焊枪之类的工具拿出来，要有领导的签字。"

正说着，一个胖胖的中年人气喘吁吁地跑了过来："警察呢？警察来了没有？"

白大褂赶紧说："经理！这位是刑警队的陈队长。"

"哎呀！可算把你们盼来了！"那经理过来，一把握住陈冬的手。他激动地说："我们这飞机还没上过天呢！就被别人给偷走了！你们可要好好帮帮我们啊！"

"我先了解一下情况。"陈冬转向白大褂："这无人机上面有没有安装定位系统？"

白大褂的脸上露出哭笑不得的表情："装是装了，但定位系统正好是安装在货柜上，飞机把货柜抛下之后，就等于把定位装置给拆除了。目前我们无法给它定位。"

“飞机起飞之后，是朝着什么方向飞的，你们都看清了吗？”

白大褂答道：“是朝着你们来的方向。”

陈冬觉得奇怪：“也就是说，那飞机是从我们头顶飞过去的？为什么我们都没听到它的声音？”

“它采用的发动机技术非常先进，噪声很低，而且，它从你们头顶经过的时候，应该已经飞得很高了，你们没听到，没看到，都是正常的。”

陈冬取出地图，在上面画出一条线：“这里是飞机飞去的方向，你们说它能飞半个小时，它的时速是多少？”

“五百公里左右……”白大褂想了想，又说：“它抛掉了货柜，那么时速可能会达到六百公里。”

“照这么说来，它少说也能在十多分钟的时间内飞出一百公里了？”陈冬感觉一阵头大：“这搜索范围可就大了……”

“不！它飞不了那么远！”一个戴金丝眼镜的男人快步走了过来：“我叫李明刚，是负责那架无人机的工程师。”

陈冬问李明刚：“李工程师，您为什么认为它飞不了那么远？”

李明刚答道：“这架无人机还没有正式拿到上面的飞行许可，因此，电池的电量并没有给到最高。昨天半夜，我们还进行了发动机方面的调试，用的就是电池内储备的电量。我记得在关机之前，电池的储备电量，只剩下百分之十七……”

“专业知识我是不懂的，您大概推算一下，如果抛掉了货柜，这架飞机还能飞多远？”

李明刚问那两个白大褂：“它飞走的时候，飞行速度大概是多少？你们有没有记下来？”

一名白大褂答道：“仪器上显示，它起飞之后爬升到了400米左右的高度，大概是以时速270公里的速度飞走的。”

李明刚又问：“无人机已经把货柜抛掉了，上面还有没有其他载荷？”

陈冬忽然插了一句：“上面可能搭载有一名乘客。这人身上应该还携带了降落伞和一些工具。”

李明刚点头：“现在假定，这人连同他的装备一共有一百公斤的重量。我把今天的天气情况，尤其是现在的风速也输入到电脑里，计算一下。”

他拿出自己的平板电脑，在上面输入了这些信息，过了一会儿，他对陈冬说：“这架无人机如果持续以270公里左右的速度飞行的话，那么最多也只能飞出19公里。”

“19公里？！”陈冬的眼睛一亮：“如果真是这样的话，它连咱们的二环路都飞不出去！向南，你去查一下，根据那架无人机的飞行路线，它在19公里之内能飞到哪里。”

向南点头，在设备上调出电子地图，查了一阵，忽然，他打了个冷战。

“陈队！情况有点儿不对劲啊！如果这架无人机照这个方向飞下去的话，只需要飞14公里，就可以飞到西城的印刷厂了！”

“印刷厂？！”蒋丽欣一惊：“陈队，这个时间段，不正好是印刷厂那边接收新的纸币印刷设备的时候吗？！”

陈冬默默念叨着：“任何身份不明的人，都无法从地面进入印刷厂，这回可不是地面啊……”

外面传来了警笛声，分区公安局的人已经乘警车过来支援了。

陈冬马上对那些人说:“大家兵分两拨，一拨留在这里，检查可疑的痕迹。蒋丽欣，你把监控录像调出来看看。另一拨跟我走，我们去西城的印刷厂，那边可能会有大事发生!”

向南和陈冬在同一辆警车上，在前往西城印刷厂的路上，向南的眼皮突突直跳，他总有一种不祥的预感。

陈冬则显得颇为冷静。他盯着地图，若有所思。

向南的手机响了，是蒋丽欣打来的。蒋丽欣告诉向南:“监控录像已经看过了，有一个可疑的人，穿着大河公司的工作服，戴着口罩，于昨天凌晨时分出现在大河公司的内部，在库房附近也拍下了这个人的图像。我把图片给你和陈队发过去了，你们……”

忽然，电话断线了。

向南重新给蒋丽欣打电话，却拨不通。

他看了一眼自己的手机，手机信号是满格的，但就是无法和蒋丽欣取得联系。

警车上的对讲机响了，蒋丽欣的声音传了过来:“喂!向南，你的手机为啥打不通了?!我跟陈队打也打不通。”

向南拿过对讲机，解释道:“我也不知道啊!”

陈冬拿过对讲机，正要说什么，忽然，他的手机响了起来。

他略微一怔，拿起手机一看，收到的是一条来自省内发布的【防火避险提示】短信。不过，发布时间是在十分钟以前。

陈冬自言自语道:“十分钟之前发布的短信，现在才收到?这倒是怪了。”

向南对他说:“刚才咱们的手机都没法接收短信，小蒋的电话也打不过来。”

“看现在的情况，似乎已经恢复了。”陈冬望着自己身后远处的园区：“怪了，这到底是怎么回事？”

一通电话打了过来，陈冬接了电话，是西边的印刷厂打过来的。印刷厂那边果然遭到了“入侵”，一架无人驾驶的飞机从天上掉了下来，一头扎进印刷厂的园区，离仓库区只有不到三十米。

印刷厂的人已经报警，现在已经有警员赶到现场，对飞机进行检查。

不过，这架飞机的座舱盖已经打开了，驾驶舱里空无一人。

向南问陈冬：“队长，咱们还要去印刷厂吗？”

陈冬思索了片刻，忽然对驾驶警车的向南说：“调头，我们回园区！”

“回园区？”向南不解，不过他还是开始调转方向。“陈队，咱们是要回大河公司，继续查那里遗留的线索？”

“不！”陈冬喊道：“我们去那个通信器材公司的实验室！”

虽然还不理解这番话的意思，但向南还是照着陈冬的意思，驾车向那通信器材公司驶去。

陈冬用对讲机对蒋丽欣说：“叫上你身边的人，到通信器材公司的实验室去！人越多越好！动作要快！”

他放下对讲机之后，又拿起手机，此时警车已经回到了园区之内，陈冬用手机拨了个号码，却拨不出去了。

“嘿，果然是这样。想要调虎离山啊。可惜了，这个信号屏蔽的措施，却是画蛇添足了！”陈冬双眼放光：“我们今天大概能把他们‘一锅端’吧！”

“什么！？真的吗！？”向南显得极为激动：“您是怎么判断

的……”

“那个无人机公司的设备我看了一下，大概也能猜得出，那无人机里面的东西虽然先进，但相对而言，在国际上算不上一流技术，只不过是无人驾驶系统罢了。和大疆公司的相比，好像也高明不到哪里去。这种民用级无人机技术，应该不是那个犯罪组织想要的东西。他们的目标，应该是别的。”

“那他们为什么要偷那架飞机呢？”

“因为那是可以通过无人驾驶模式设定航线并自主飞行的飞机。盗窃了它之后，就可以让它自主飞行，一头扎进印刷厂的厂区。由于那个厂区是非常重要的纸币印刷地点。该厂的地面警备措施非常完备，但要从空中突入的话，还是相对比较简单的。如果有飞行器从天空飞入，印刷厂的人肯定会手忙脚乱，并向警方报警。这时就要有大批警力赶赴印刷厂，在那里展开调查，搜捕可疑人员。此外，还要分一批人，来无人机公司进行调查。本地警力本来就有限，如果在此期间，城里再发生什么意外的话，警方就很难再抽得出手去了。”

“所以，这些都是障眼法？！”

“是的。无人机上的技术不值得偷。印刷厂里的印钞设备，即便能偷到手，也带不出去。因此，对这两个地方的‘出手’都是佯攻，他们的目的，其实在别处。”陈冬扬了扬自己的手机：“我们的手机信号都是满格，但都无法用手机进行通话，为什么？因为这里已经进行了通信信号屏蔽！犯罪分子要在这里展开下一场行动，他们要拿的东西，就在这个园区当中。”

“难道是那个通信公司实验室里的东西？”

“没错。我听说，那个实验室里在研究的东西，是远远超过他国通信技术水平的。虽然说目前还是雏形状态，但已经投入了试运营。一旦正式投入使用，我国的通信技术水平，要比其他国家领先至少三年！这才是犯罪分子们真正感兴趣的东西！他们现在展开了信号屏蔽，意味着他们已经开始对那个实验室动手了，屏蔽通信信号，是要让那里的人无法用常规手段报警！”

正说着，他们已经来到了通信器材实验中心的门口，大门紧闭，里面似乎还上了锁。

陈冬和向南在离大门还有一段距离的时候停了车。向南正要从大门进去，陈冬摇了摇手。

“我们先绕一圈儿再说。”

“绕圈儿？这都什么时候了，还要绕圈儿，陈队您没开玩笑把？！”

“你看我像开玩笑的意思吗？！”陈冬板着脸：“‘大鱼’不会在里面的。这附近一定还有一辆装有信号屏蔽装置的大型车辆，我们四处转转。”

果然，两人刚走出一百多米远，就看到在附近的墙角处停着一辆货车，这辆车的侧面上写着“快餐供应”字样，车顶上还带着一个形似卫星电视天线的装置。

“嘿，快餐车顶这么大号的天线，这破绽有点儿大，所以才会停在角落里吧。”陈冬招呼向南，两人悄无声息地摸到了卡车旁边。

卡车驾驶室里没人。两人绕到卡车后面，卡车上还有几个类似空调风扇的装置，正在嗡嗡地轰鸣着。

向南明白了，这里面应该就有信号屏蔽装置，只不过那装置的发热速度惊人，需要用设备为其降温，所以这车上才装了这么多“空调风扇”。

向南问陈冬：“咱们的人不够吧？这车里万一都是人……咱们能应付么？”

陈冬点头：“没问题。”他拔出警枪，来到车的后门旁边，忽然，他对准车的一只后轮胎，开了一枪。

车轮胎迅速瘪了，车身向一侧歪斜。车里似乎传出骂骂咧咧的人声。

陈冬向着车厢吼道：“你们已经被警方包围，快放下武器，向警方投降，可以争取宽大处理！”

车里安静了。

陈冬等了几分钟，车里依然没有人出来，陈冬索性又喊道：“我再数十秒钟，如果你们还不出来，我们就会用机关枪扫射这辆车！”

“别开枪！”里面有人喊：“我们投降！”

车后门有响动，似乎有人要把门打开。

陈冬吼道：“停！你们只能把门打开一条缝，先把武器都丢出来！”

里面的人似乎很乖，门开了几公分宽的一条缝，里面有人把武器一件件丢了出来。

向南看着那些武器，不由得咂舌——除了三把手枪之外，还有冲锋枪和卡宾枪，全是进口武器。里面的人绝对不是善茬！

枪全都扔出来之后，里面的人喊道：“我们没有枪了！”

陈冬捡起地上一支冲锋枪，打开保险，喊道：“里面的人，一个一个地出来，首先是你们里面级别最高的人！”

随后，他示意向南在车的下面藏好。

里面的人把车门的缝隙开得更大了一些，接着，一个中年男子探头探脑地从里面钻了出来。

这人双脚刚一落地，陈冬就朝向南打了个手势，向南迅速把那人的双脚抱住，把他拖到了车底下。

那人还没反应过来，就被向南捂住了嘴，上了手铐。

车里的人慌了，大喊：“外面是怎么回事？！老大？！老大你在哪儿？！”

陈冬喊道：“他没事，后面的人一个接一个跳下来！”

第一个被抓的人，迅速扫了周围一眼，当他明白周围只有陈冬和向南这两个警察的时候，他的脸上露出了愤怒的表情。

他明白，自己被耍了。

其他人也依次跳了下来，现在武器已经被别人夺了，老大也已经被抓，群龙无首，他们也只能乖乖投降。

而进入实验中心的犯罪分子，已经通过联络装置，得知了老大被抓的消息，在失去指挥的情况下，他们惊慌失措，连逃跑和反抗的勇气都没有了，只能出来投降。

就这样，陈冬和向南两个人，抓到了“吸血伯爵”和他的手下们。

向南被这个“战果”震撼了，这是他自加入警队以来，所拿下的最辉煌的成绩。

陈冬也很高兴。队里的所有人都感到很高兴。

然而，如果他们知道，不久之后，陈冬就会因此而受到残酷而血腥的报复，估计所有人就都笑不出来了。

向南理了理自己的思路，重新开始调整机器。

在陈冬被派出去之前，已经被植入了某种定位装置。

只是这定位装置的信号比较弱，向南一直无法找到陈冬的位置。

现在他这么做，也只是碰碰运气。

不过，他宁可去碰运气。也总比干等着要强得多。

绝缨紧紧攥着拳头，眼睛望向车窗外。

他们已经离开了原来的住处，眼前只有一条平整的公路笔直地通向远方，路两侧可以看到绿油油的西瓜地。

头戴斗笠的瓜农一面用蒲扇搬大的西瓜叶子扇着凉风，一边招呼客人买瓜。刚摘下来的西瓜被一切两半，摆在竹片砌成的案子上，水津津亮晶晶的瓜瓤像红色的玛瑙一样诱人，连上面的瓜籽都成了可爱的点缀。

陈冬放慢了车的速度，说："要不要来一些西瓜？刚摘下来的西瓜好吃得很，这里的西瓜也很便宜。"

绝缨点了点头。

车子停了下来，绝缨跳下车子，她的美貌让那些瓜农们眼前一亮，有人甚至想把自己的收获全部免费送给她。

绝缨来到一名瓜农面前，那瓜农是个老婆婆，头上戴着一顶麦秆编的草帽，草帽上的图案是月亮和星星。

绝缨问："西瓜多少钱一斤？"

那瓜农笑呵呵地说："我们这里论个儿卖，不论斤卖。你们是远道而来的吧？随便拿一个解渴吧，不收钱。”

绝缨不知说什么好，她想把钞票塞进瓜农手里，无奈那朴实的婆婆就是不肯收。这时候，陈冬走了过来，他对那瓜农说，钱一定要收下，那不是买瓜的钱，他指了指婆婆头上的草帽，说，我们还想要这个。

甲壳虫轻飘飘地开走了，卖瓜的婆婆呆呆地坐在原地，她手里被塞了一把粉红色的钞票，这钞票足够买下她所有的西瓜，外加一百顶帽子。

绝缨将头上的遮阳帽摘了下来，扔到一旁，将刚刚那顶草帽戴在头上。哼着不知名的小调，望着车窗外一望无际的田野，呆呆地出了神。

她感觉好像回到了自己的童年，戴着母亲用葡萄藤和野生雏菊为她编的花冠，和小伙伴们跑到田野里，扑蝴蝶，捉蚂蚱。或是窜进池塘里，用巴掌大的小网子去捉蝌蚪。等到衣衫上都沾满了黑乎乎的泥巴，才恋恋不舍地爬上岸来，回到家中，大人们虽然要责备她几句，却也要被她的顽皮逗得哈哈大笑。

还有，爬上那十几米高的大树去掏鸟窝……

还有，和伙伴们一起去点起篝火，将地瓜和玉米丢进篝火的灰烬里，捂得半焦之后再刨出来吃……

还有，盛夏时节那小贩们叫卖的，凉丝丝香喷喷酸溜溜的饮料……

还有，隆冬时节和朋友们一起堆起的，一米多高的大雪人，那雪人身上的帽子和手套还是妈妈用毛线织的呢……

还有……

还有……

绝缨的眼前不知何时模糊了起来，当她明白过来的时候，她发现自己眼眶已经湿润了。

家乡，爸爸妈妈，还有那些久违了的小伙伴们，我回来了。

公路前方出现了一个小镇子。

地图上显示，这个镇子叫“晚亭”，很奇怪的名字。

“再向前走是条已经干枯的河。以前这里是有水的，每当下了雨之后，上游就会有水，河床底部都会形成一条细细的小溪，里面有鱼和虾米，不用网子，用手就可以捧得起来，那些鱼虾的身体都是透明的，用手捧满一碗，就成了晚饭的点心……

她滔滔不绝地说着，这会儿是她话最多的时候，平时寡言少语的她连续说了好几个小时。直到嗓子干渴才停下喝一口水。陈冬听她讲起那些镇子上的趣闻，心思仿佛跟她一起飞去了童年时代。自己恍然也成了她当年的小小玩伴，与她一起捉蝴蝶，摸虾米。

“然后你是如何被那些人弄走的呢？”陈冬忍不住问。

绝缨的眼神黯淡了下去：“那是在我上小学的时候。我记得那天放学之后，我和朋友们照常去田野里捉蟋蟀，这时候，来了一辆大卡车，从上面跳下来三个大人。”

镇子上对待陌生人从来都是好客的态度，因此，尽管那三个人穿着和举止都很奇怪，但孩子们都并不怕他们。他们以为这三个人只是在乡间迷了路，想找他们问路的。

为首的人是个又高又瘦的人，他穿着一件夹克衫，手里捧着一只纸杯："小朋友们，能不能告诉叔叔，哪边是北啊？叔叔好像找不到方向了。谁能告诉我，我就把这冰激凌给他。"

冰激凌当然是孩子们最喜欢的东西，于是所有孩子都一起用小手指向北方。

那又高又瘦的人摸出一副眼镜戴上："呀，好像所有的小朋友都在给我指路，这样吧，你们俩去把那箱子抬出来。"

他的两个同伴抬了一只巨大的冷藏箱出来，里面竟然全是冷饮，甜津津的冷饮。看上去花花绿绿，包装上面带着卡通人物。

"每人一个，不要抢。"那戴眼镜的人笑眯眯地说。

孩子们每人都得到了一个冰激凌，性子急的当场剥开包装大口吃了起来。

戴眼镜的人又让同伴们抬了两只箱子下来。

孩子们瞪大了眼睛盯着戴眼镜的人，不知道他又要拿出什么好吃的来。

"冰激凌暂时就那么多。"戴眼镜的人摊摊手，"但是叔叔这里有好玩的东西。"

他打开一只箱子，从里面取出一只魔方："这个小东西想来你们都见过，现在箱子里有几十个魔方，它们都被我打乱了。如果谁能用最快的速度把它摆好，我就给他一件小礼物。"

他变魔术般从身后拿出一盒巧克力。金色的包装，上面还带着绸带。毫无疑问这盒巧克力来自国外，价值不菲。

每个孩子都分到了一个魔方。戴眼镜的人摸出一只怀表："好，开始。"

不多一会儿，绝缨将手里的魔方交了上去。

“才两分十四秒……你……你确定你弄好了么？”那人眼镜后面眼神中透出诧异。

小绝缨点了点头。她眼睛紧紧盯着那人手里的巧克力盒子。金色的巧克力盒子，在她的眼睛里，美得就像一个梦。

“两分十四秒，最快纪录……”那人一边将那数据记在一个本子上，一边将巧克力递给绝缨。绝缨并不急于打开吃，她想带回去与爸爸妈妈分享。

半小时后，测试结束了。有一部分孩子完成了魔方的复原，有一部分还没有来得及。戴眼镜的人把数据全部记录了下来。接着，他又从卡车上搬出一只箱子，还没等他把箱子放好，孩子们就窜了过去，围住箱子。

“呀，这里有变形金刚！”

“还有遥控飞机！”

孩子们七嘴八舌地叫着。戴眼镜的人摆摆手，吩咐同伴拿出几只拼图。

“刚才有几个小朋友完成了魔方的复原，现在给你们新的游戏内容——玩拼图。谁能在最短的时间内将拼图做好，这箱子里的玩具就都是他的！”

“全部玩具都是他的？”所有孩子都惊呆了。

“是的，叔叔说到做到，当然，这些玩具可能太重了，没关系，叔叔会负责把玩具搬到那个小朋友的家里去！”

那几个获得玩拼图资格的孩子喜气洋洋地盯着那玩具箱子，其他孩子则妒忌地望着他们。有几个不服气的孩子眼角已经带了泪花，是啊，这太不公平了。在其他方面可能他们并不如自己，但这戴眼镜的叔叔偏偏只考魔方跟拼图！

那人又摸出了那只怀表："好，开始吧。"

绝缨用最快的速度扫了一眼所有的拼图碎片，当别人急着将拼图拼起来的时候，她并不着急，而是闭上眼睛……

戴眼镜的人眼睛一眨不眨地盯着她。

当绝缨开始拼的时候，旁边已经有孩子完成了四分之一。

绝缨很快赶上了他，她使用的方法与那孩子不同，那孩子是先将四周完成，再向中间拓展，而绝缨每看到一片拼图，就将它放在她认为是正确的位置上。

"她的想象力与观察力都非常好。刚才她在沉思的时候，应该将拼图内容在自己的脑海里完成了一次重组。这证明她的记忆力也不错。"戴眼镜的人与自己的同伴在评头论足。

那位同伴说："看上去她的智商远远超过了其他的孩子。"

当绝缨完成拼图的时候，她身边的人还在对着只完成一半的作品苦苦思索。

"那边有大人过来了。"戴眼镜的人忽然紧张起来。远处有几个扛着农具的人影在向这里靠拢。

绝缨正要伸手去要玩具，忽然发现那戴眼镜的人将自己抱了起来。

"喂，叔叔你要干嘛？"

"叔叔这是要送你回家啊。"那人脸上依然带着笑容。他连地上那些拼图也不要了。另外两个人将玩具盒子朝绝缨手里一塞，转身跳上驾驶室。

"快点，那些人近了！"戴眼镜的人尖着嗓子催促道。

“我家在镇子的最西边。沿着村里那条路走就可以了。”绝缨紧紧地抱着玩具箱子。生怕别人会抢走。

其余孩子呆呆地望着她，目送着这辆卡车发动，渐渐远去。

绝缨渐渐地发现不对劲，卡车驶向与镇子相反的方向，她瞪大眼睛问那个戴眼镜的人：“叔叔，你们走错路了吧。”

“没走错，叔叔三天前就来过这里，这里每一条胡同我都摸透了，你们上学放学的路我都知道的一清二楚，你叫绝缨，二年级，没有兄弟姐妹，你爸爸以前是一家公司的大股东，你妈妈是高级会计师，他们是厌烦了大城市的生活，才来到这小镇上的，对吧？放心，叔叔是他们的好朋友，叔叔这就带你去见他们……”

绝缨眨巴着大眼睛，点了点头。她想，这个叔叔知道这么多关于爸爸妈妈的事情，肯定不是坏人，一定不会伤害她的。她摸着那巧克力盒子，心想，这个好东西，一定要和爸爸妈妈分享。

于是，她根本没注意到卡车后面那几个拼命狂奔想要追上卡车的村民。那些村民后来报了警，但绝缨和那三个人就像是蒸发掉了，消失在了这个世界上。

“那个组织，每年都会这样将小孩子拐骗来么？”陈冬问道。

“差不多，但每次都会使用不同的手法，而且，他们每次带回来的小孩数量有限。我听六爷说，如果遇不到智商足够高的孩子，就选择放弃。智商低的孩子带回来也没用……”

“原来如此。前面就是镇子的尽头了。你要不要下去看看？”

“就在前面！停在那座大房子前面，就是那爬满葡萄藤的房子！”绝缨叫了起来。她的声音中充满了激动。

车子停下了，她不顾一切地跳下车子，朝着那房子跑了过去。

红砖，灰瓦，挑檐，四周的篱笆墙上挂着葡萄藤，这样的墙似乎并不能防盗，甚至都不能防止猫狗的潜入。院子的正前方是朱漆的大门，这正是昔日家的样子。大体上竟然没什么变动，只是房子显得老旧了，挑檐上多了些缺口，墙上那些葡萄藤也更茂盛了一些。

绝缨的心怦怦跳个不停，家人是否还记得自己？自己以这个形象出现在他们面前，是否太唐突了？

这时，从房子里传出一阵说话声。

第十四章　六爷撒网

六爷面前摊着一张地图，嘴里衔着一根香烟。香烟简直是他的第二生命。尽管组织里的人都劝他戒烟，他却始终不想戒掉。他说，为什么要戒烟，抽烟是为了找乐子，拿自己的命换乐子，我心甘情愿，人生就这么几十年，如果连烟都不抽，活着还有什么意思，还不如让我抽个痛快，即使少活几年也没什么。

他的口号就是：及时享乐。

他的凯迪拉克里常备着许多好烟——注意，是好烟，而不是名烟，有名的东西不一定是好的，好的东西也不一定是有名的。

当然，他的车里还经常带着脂粉味，这是六爷的另一个嗜好。除了烟之外，他还爱女人。

不过他现在可没心情享乐了。现在五大长老催他赶紧将叛逃者抓回来，严加处理，否则，他的位置就坐不稳当。

五大长老认为，叛逃者能从他们经营多年的防御体系里顺利逃脱掉，肯定不是单纯的运气好，内部绝对有他们的同党，如果同党不除，还会有第二批、第三批叛逃者。如果天天都有人叛逃，组织的生意可就做不下去了。

于是六爷这段日子急得没心情找乐子了。他也不敢再喝酒，酒会伤神，影响他的判断力。

只有烟草还忠心耿耿地陪伴着他，困倦的时候唯独烟草可以提神。

六爷问他的司机："你认为绝缨他们会跑到哪里去？"

"如果是我，我会联系当地的各种渠道，向国外逃亡，周围地广人稀的地方很多，找个大山窝子一躲，十年八年不出来都没问题。他们已经取得了足够的资金，绝缨自己又有麻利的身手，生活不会成问题。"

"你说的有理。犬组的人已经找到了他们第二个临时居住点。在那里发现了一些用来改变相貌的东西，绝缨很可能已经改变了自己的外貌。唉，现在这个世道真的很难找人了。身高可以改变，发色、肤色、腰围、胸围、鼻子高度、虹膜颜色，甚至连性别都可以改变。只要你有钱就可以。拿咱们身边的女人来说，有几个是百分之百的'纯天然'美女？老子在风月场上见得多了。"

他又补充了一句："每一个善于化妆的女人都是易容高手。"

"那我们现在的搜索范围就不能仅限于小女孩跟卖烧烤的中年男子了。"

"是啊，唉，要是老三那个混账肯帮我就好了，但他现在跟缩壳儿乌龟似的，也不知道在搞些什么名堂。五大长老和大哥都有意将他调到美国，我正在劝说他们，先让我用老三几天，等解决了叛逃者的事情再说。如果五大长老跟大哥那里开口让老三帮我，到时候看他还敢不答应。”

“如果三爷肯帮忙，叛逃者自然就容易抓回来了。”

“关键在于，他现在还是不肯出山。美国那边也没了回音。眼下只能靠我自己。”老六盯着地图，“他们最后出现的那个地方，距离‘边线路’很近，我在想他们会不会顺着高速公路走了。”

“有可能，可是上了高速公路还不如顺着山路北上，越过边境他们就更安全了。”

“我总感觉他们不会走那么远。就现在他们留下来的痕迹来看，小雪还没跟他们会合。绝缨那家伙不会丢下小雪不管的，她们情同姐妹。这是她的弱点。”

“可他们会在什么地方会合呢？”司机问道。

“这也正是我想知道的。根据目前查到的消息，这俩人应该已经弄了辆车，但不知道是什么样的车——绝缨和她的同伴是清晨时分离开的，那时候大部分人还没起床。因此那些人只听到外面有马达声，却不知道他们是乘坐什么车走的。小兔崽子溜得倒快，如果知道是什么车就好了。”

“可以去现场勘察。”

“现场已经一团糟了。没主儿的房子，很快就会有流浪汉进去，什么痕迹都被弄乱了。而且，我们不知道绝缨和那家伙化装成了什么样子，貌似他们刚化装好就离开了……时间扣得可真紧，他们不给自己一点休息的时间，这就加大了我们的追踪难度。对了，血钻那里有没有消息？”

“蒋丽欣他们还在找，但那家伙的速度太快，智商也高了起来，已经混进了城圈，蒋丽欣他们虽然发现了它的行踪，但不敢贸然靠近。血钻显然也是沿着绝缨他们逃走的路线追下去的。”

“我们倒也可以指望血钻，那家伙的嗅觉远超一般的犬类，一定可以追上他们，叫蒋丽欣他们追得缓一些，血钻觉得没人在跟踪它，就能够更专心地追上去。”

“这样不怕跟丢了吗？”

“那家伙现在已经完全变了一副样子，想得不到它的信息都难！”六爷嘿嘿地笑了起来，“想必血钻这时候正在哪里为了食欲而大开杀戒吧。”

他一想到血钻，不由得兴奋起来，血钻每次大开杀戒，都给组织的人惹来麻烦，但六爷却把这看作血钻的成长。他期待着血钻成为更强更大的猛兽。

他忽然一拍司机的肩膀："走，找乐子去。"

“去哪儿？”

“老地方，先接人，再去娱乐城。”

“好的，我这就联系她们。”司机拿起了手机，“六爷，咱们今晚就不回家了吧？”

“家……家……别忙！”六爷忽然示意他噤声。六爷低着头，样子像是在沉思什么。

过了片刻，当他抬起头来的时候，他的脸上挂着笑意："你刚才提到了家。我的脑子里闪过一丝灵光。绝缨那丫头会不会跑回家了呢？"

“不会吧，组织在吸收小孩进来的时候，他们的年龄都比较小，还会记得自己的家么？”

“其他的孩子我不知道，但绝缨这孩子我一早就注意到了，她的记忆力很强，而且重感情，说不定现在她还记得自己家的位置。联系犬组的人，马上去绝缨的家一趟。快快快，给我把电脑拿来，我要找那丫头家的位置！”

“我们还来得及吗？她如果现在到了家，和家人相认之后，不就该带着他们远走高飞了？”

“你大概加入组织之后一直在我身边当司机，所以不知道其他任务的内容。因此你也不知道那些孩子被拐来之后，他们的家人将遇到什么情况。”六爷眯着眼睛，“绝缨带不走她的家人的，绝对带不走！”

绝缨望着眼前的院子，心潮澎湃。

终于到家了。

这院子的篱笆前种着几丛灌木，上面开着花，粉色的，红色的，黄色的，三种颜色的花朵点缀在绿森森的叶片之中，大概刚浇过水，娇嫩的花瓣上还挂着晶莹的水珠。

在绝缨的记忆里，自己小时候曾经提着喷壶，在这花丛中洒水。

长藤从篱笆上垂下来，那上面嫩绿如碧玉一般的丝络，轻轻点击着花瓣。

驾驶室里的陈冬觉得自己的心渐渐进入了一种宁静的状态，面前静谧田园的景象使得他脑海中最后一点尘世的喧嚣都飞去了九霄云外，他耳边只剩下了小鸟的吟唱，鼻端只剩下了花儿的芬芳。夏日的煦风仿佛将古天竺的梵音与迦陵鸟的歌声一起送了来。

他舒缓着四肢躺在皮椅上，感觉自己的神经从来没这么放松过。

从那屋子里一直传出细微的人声，绝缨屏住呼吸仔细辨认着，但那声音很低，她颤颤巍巍走上前去。此时，门开了，从那青瓦房里走出一位中年妇人，她戴着眼镜，面目慈祥。

妈妈，这是妈妈！绝缨激得地几乎瞬间就要喊出来。面前那妇人正是自己的母亲！与自己离开前相比母亲明显苍老了许多，皱纹爬上了她的额头，青丝中也已夹杂着白发，看上去像是五十多岁的人。

绝缨整了整衣服，正要上去和母亲相认，这时，屋里传出男人的声音："孩子她妈，帮我把孩子抱出来吧。"

"孩子？"绝缨愣了，从那声音上判断，那肯定是自己的父亲，只不过声音沙哑了许多，不过她还是能认出来。但父亲为什么要说"把孩子抱出来"？那孩子是谁？莫非他们在绝缨被拐跑之后，又有了新的孩子？

只见一名中年男子倒退着从屋子里走了出来，从背影上判断，他骨架很大，年轻的时候肯定经常锻炼，但现在也显得有些枯瘦了。他小心地转过身来，只见他怀中抱着一个女孩，他将女孩交给自己的妻子，然后从屋里拽出一个轮椅，接着他们夫妇二人将那女孩安置在轮椅上。

绝缨满腹狐疑——那女孩子是谁？

从相貌上看，那女孩子像极了小时候的自己，但表情痴痴呆呆，眼睛木然地盯着前方，五官上不带一丝灵气。

这是怎么回事？

陈冬不知何时来到了绝缨身边，他将绝缨拉回到车旁：“你先别过去，让我先去问问吧。”

绝缨点点头。

陈冬的脸上带着微笑，他手里提着一只空壶，走近了那院子：“对不起，我的车上没有水了，请问能给我点喝的吗？”

男主人带着笑，友好地向他打了个手势，上前打开篱笆上的门，让陈冬走了进去。

绝缨此时心中如同火焚一般，但长期以来的训练已经磨炼出了她的忍耐力，她知道这个时候一定要冷静。

妇人推着轮椅，站在门口。陈冬跟着那男人走进房子里。

他之所以主动过来，是有原因的。

这一路上，太顺利了。他觉得有些不对劲。

之前绝缨不是一直都在躲避对方的“追捕”吗？

在这一路上，他都在做着“和敌人周旋”的思想准备，但他没想到的是，从出发的地方，到绝缨的家，这么长的一段路，居然顺利地开过来了，中间一点儿波折都没发生。

简直顺利得让人不敢相信。

陈冬起了疑心。

一切不正常的事情，背后都有问题。

因此，他没让绝缨过来，而是自己先来探探虚实。

在走进门口的那一瞬间，他忽然闻到了一股味道。

陈冬皱了皱眉头，他想不起来那是什么味道，只觉得那味道挺好闻的，而且，好像在什么地方接触过。

是在什么地方呢？这到底是什么味道呢？

该死的脑子，又什么都想不起来了。

陈冬正在懊恼，男主人已经从他手里拿过壶，先进了屋，去里面倒水。

陈冬一怔，刚才把壶交出去的一瞬间，他已经看到了男主人的手。

那手的虎口部分带着一圈茧，皮肤都被磨得有些发亮。

陈冬脑子里忽然闪过那个教官的影子。

教官用严肃的声音对他说："记住，注意观察人的手，这会带给你很多线索。注意，经常握枪的人，手比一般人稳，虎口处的皮肤由于经常摩擦，会有老茧。"

又是教官的声音，陈冬不明白，为什么这个教官的"影像"总在特殊的时候出现，而自己想要刻意回忆起关于他的什么信息的时候，却一点儿也想不起来。

眼看着那男人已经走进了屋子，拎起桌上的水壶，开始倒水。

仅凭手上的老茧来判断对方的身份，其实并不合适。万一人家是某种手工艺人，或者常年干粗活的人呢？

陈冬迅速扫了一眼这屋子里的陈设——这房子里一共有三个房间，左手边似乎是卧室，里面有一张双人床，床头放着两套带着民间绣花的被褥，叠得整整齐齐；右手边是厨房，锅碗杯盘一应俱全，看不出有什么问题。

但是，看不到农具，也看不到其他做手工制品的器械。屋子里的家具陈设都显得非常简单、整洁、干净。

陈冬的目光落在了旁边的一张桌子，以及摆在它周围的椅子上。

他骤然紧张了起来。

此时，男人端了水壶出来，微笑着对陈冬说：“水灌满了。拿好。”

他一边说，一边把水壶递了过来。

陈冬伸手去接，当他的手刚碰到水壶的时候，忽然手腕一颤，水壶没有抓紧，直接从手中掉了下去。

陈冬似乎非常惊慌，大喊了一声：“糟！”

经他这一喊，那中年女人，连同轮椅上的少女，一起颤了颤，往这边看了过来。

那中年男人迅速地将手臂往下一沉，手稳稳地抓住了水壶。

只不过，这似乎完全是出于条件反射，当他抓住水壶之后，脸色骤然变了，手一松，水壶从他的手里掉了下来，摔在了地板上，里面的水汩汩地流了出来。

“哎呀，洒了一地，真可惜。”陈冬似乎没发现什么问题，一弯腰，伸手去捡水壶。

中年男人的脸上露出了一股阴霾，他的手开始伸向口袋。

而在陈冬的身后，中年女人也开始动了，她将手伸向轮椅的靠背，从里面抽出一把小巧的电击枪。

而轮椅上的少女，则从衣服里掏出一根黑色的，形状像长笛一样的东西。

陈冬虽然看上去是弯腰去捡水壶，但他的手距离水壶还有三公分的时候，他忽然开始往前冲！

在他正前方的中年男子没有提防，被陈冬低头撞了个正着。他身体后倾，后背重重地撞到了墙上，口袋里的东西也只掏出来一半，就被陈冬死死地摁住。

陈冬一招得手，完全没有见好就收的意思，他用头死死顶住对方的下巴，左手按住对方的右手，右手上扬，扣住了这中年男人的喉咙。

在他身后，那中年女人已经抬起了电击枪的枪口。

“啪！”

电击枪射出了漆黑的影子，朝陈冬激射而去，在那影子的后面，拽着一根长长的细线，这影子的前端带有针头，只要刺中陈冬，就会把高压电带到陈冬的身上，瞬间将他麻痹。

然而，陈冬就算背朝着她，依然察觉到了这次攻击，他迅速往下一压身子，电击枪射出的东西被他躲了过去，正好打在了那中年男人的身上。

中年男人发出了一声怪叫，随后，双眼翻白，口吐白沫，身子不住地哆嗦起来，他身上被电击枪命中的地方开始冒出烟来。

中年女人见没有打中陈冬，气得甩掉电击枪，从袖子里抽出一把刺刀。

而轮椅上的少女突然将那根黑色长管对准了陈冬，只听“砰”的一声，从里面射出一股白烟。

但陈冬还是躲开了。

他不但躲开了，还顺手从中年男人的口袋里，拽出了一件东西。

那东西拥有两根并排的枪管，看上去很像是手枪。

陈冬在地上连滚了两下，躲开少女那黑色长管里射出的东西，与此同时，将手里的“双管手枪”对准了她。

在他扣动扳机之后，“双管手枪”里并没有发出像普通枪械一样的枪声，而只是发出“噼”的一声脆响。

紧接着，一根带有长“尾巴”的短箭，从枪口里射了出去。

中年女人迅速向旁边跳开，而那少女还坐在轮椅里，行动不便，短箭正好射在了她身上。

少女的脸上露出了惊恐的神色，那一箭并没有使她死去，甚至连血都没流出来。她咬着牙把短箭拔出来，刚要说什么，忽然身子一歪，重重地栽倒在轮椅里，不省人事。

陈冬明白了，这“双管手枪”其实是一种麻醉枪。

从对方手中持有的武器来看，都是非致命性武器，很显然，他们并不打算杀人，而是想活捉。

现在，还剩下中年女人一个，她似乎还打算负隅顽抗。

陈冬靠着墙，把部分身体掩藏在墙后，仅露出上半身。他举枪对准中年女人，喊道:“放下武器，我不会伤害你！”

中年女人咬牙切齿地瞪着陈冬，她一只手握着匕首，另一只手伸向口袋。

她还没把东西掏出来，就觉得后背上一麻。

她惊愕地转过身，正好看到绝缨那张冷若冰霜的脸。

绝缨的手里攥着从少女手里拿来的短箭，箭头上蘸的麻醉药虽然少了一些，但依然具有麻醉效果。

中年女人软软地倒了下去。

绝缨将手伸进女人的口袋，从里面掏出一只对讲机。绝缨叹了口气:“数字对讲机，还是军用型号。这三个人是来抓我的。”

她在中年女人的脸上抓了几下，这人的“脸皮”掉了下来，她之前的模样，都是化装出来的效果。

陈冬把只剩一发“子弹”的麻醉枪，少女手中的黑色长管，以及中年女人所持有的电击枪、匕首都收了起来。他对绝缨说：“我们走吧。这三个人应该还有帮手，如果我们不赶紧离开，就会被包围的。”

绝缨还在犹豫。

陈冬拽了拽她的胳膊：“别担心你的家人了。屋里没有血迹，你的亲人应该没受伤，只是被他们带走了。现在你该担心自己了。”

绝缨被他拽出屋子。两人上了车，陈冬正要发动汽车，绝缨忽然又跳下车，她跑回屋子，把那少女扶了起来。陈冬叹了口气，帮着绝缨把那少女抱进车内。

发动机启动了，汽车绝尘而去。

第十五章　同类相残

少女醒来的时候，发现自己已经被带到了一片树林里，绝缨和陈冬一边一个，把她夹在中间。

她摸了摸身上，伤口已经被包扎好了，但武器也已经被收走。

“你在找这个么？”绝缨亮出手里拿着的短刀：“这是在你身上发现的，我猜，这该是你最后的武器了。”

少女冷冷地说：“你们为什么不杀了我？！”

“我们还有问题要问你。”绝缨问道：“是什么人派你来的？”

“这还用问吗？你是组织的叛逃者，我们当然是被‘清剿部门’派来的。”

“你撒谎。”陈冬忽然插了一句嘴。

绝缨转脸问陈冬：“你怎么看出来的？”

陈冬指了指那少女：“她不停地搓手，说话的时候还总是抿嘴，这说明她对自己的话缺乏自信。”

绝缨感到很好奇："你怎么会知道这些？"

陈冬苦笑道："我也不知道……我的记忆还没完全恢复。但这些技能，却能在我需要的时候，从我大脑的深处蹿出来。"

绝缨转向少女："你还是说实话吧。这位先生不好惹。"

少女咬了咬牙："好吧，我不是你的组织派来的，我的顶头上司是六爷的人。"

绝缨不由得感到奇怪："你是六爷的人，为什么还不属于我们的组织？难道……"

"六爷一直在暗中培养自己的人。这从三四年前就开始了。在你们的'大老板'被捕之后，他就变本加厉了起来。你们组织内部的经费、设备，经常被他挪用。"少女叹了口气："这事儿，肯定连你们自己都不知道吧？"

绝缨看了看陈冬，陈冬点头："她在回答你问题的时候，眼睛是朝左下方看的，这代表她在回忆。这说明她说的是真话。"

绝缨又问那少女："为什么六爷不让组织的人来追击我们，而派出了你们？"

少女回答："组织的人也派出来了，不过，他们的速度比我们慢得多。六爷急于抓到你，所以就派出了我们，而且，六爷认为，借这次抓你的机会，还可以检验一下我们的实战能力。可以说是一举两得。"

"明白了。"绝缨点点头。

少女望着她："你会怎么处置我？杀了我，还是……"

绝缨摇了摇头："为什么要杀你？你又不是我的仇人。我再问你一个问题，如果你能告诉我答案，我就放了你。"

“……真的?!”少女似乎觉得不可思议。

“我的家人呢?!我真正的家人去了哪里?!”一提到家人，绝缨的口气就显得有些激动。

“我不知道。”少女说:“我们是专门被挑选出来，在这里对付你的。至于你的家人，我不知道他们在哪里。”

绝缨问陈冬:“她说的是实话吗?”

陈冬点点头:“是实话。”

绝缨冲那少女说:“你走吧。”

少女站了起来，向远处走去，她刚走出几步，绝缨又喊住了她。

少女问:“怎么了?你又不打算放我走了?”

绝缨说:“建议你不要再回六爷那里了。他不会容忍自己的队伍里有失败者。另外，你是个女孩……你明白我的意思吧?”

少女犹豫了一下，点了点头:“好吧。我明白你的意思。我不会再回他那里了。”

之后，她头也不回地离开了。

少女离开之后，绝缨问陈冬:“你是不是在进去之后就瞧出这些人不对劲了?”

陈冬点头，他把进去之后看到的情况告诉绝缨，然后补充道:“屋子里的陈设更适合两人居住，此外，屋内的被褥被叠成了整齐的‘豆腐块’，正常老百姓哪会那么叠被褥啊。这帮人应该是为了怕我们看出马脚，特意在屋子里收拾了很多次，结果画蛇添足，弄巧反拙，露了马脚。”

绝缨叹了口气:“你觉得我家人还在这里么?”

陈冬摇头:“我看不像。”

“欸?为什么?”

“院子里的杂草太多了。”陈冬叹了口气:“明明有收拾杂草的工具，却没有收拾杂草，证明这里已经被原来的住户荒废一阵了。绝缨，你的亲人应该已经搬离这里了。”

“他们不会是被抓了吧?!”绝缨猛一激灵:“会不会是因为被抓了，所以才把东西都丢在屋里没拿走?!”

“家里的东西都是新的，是那帮人刚买回来的。被褥、碗筷都是。你的家人应该是搬走的。”陈冬和颜悦色地安慰绝缨:“放心吧，照我的推测，他们离开的时候不像很匆忙的样子，应该不会有事。”

绝缨这才松了一口气。

然而，她又很快担心起来——如果自己的家人不在这里了，他们又会在哪里呢?

傍晚时分，一个巨大的身影出现在城南垃圾场。

它的鼻子在地面上嗅着，时间不长，它凑到了一个黑色塑料袋旁，用鼻子拱了拱，然后用牙齿撕开袋子。

里面掉出来一些包装纸，正是绝缨他们前些日子在旅馆居住时，用来包装食品的。除此之外，还有一些化装用剩下的东西，他们将东西扔到这里，防止组织的人找到。

但没想到的是，血钻的嗅觉远超人们想象，没费吹灰之力就找到了这些东西。

血钻满意地吧唧了下嘴，这些东西证明，它已经离目标很近了。

即使他们已经离开了也没关系，它可以顺着气味一路追下去。

只不过，它现在又饿了。

现在它的身体已经停止了变大，但现有的体积也足以让人们望风而逃。血钴现在四肢着地也有一米多高，眼睛从眼眶里凸了出来，像两只通了电的灯泡。四只爪子则有锄刀般大小，任凭谁也不想被这样的爪子挠一下的。

在追来这里的途中，它为了隐藏行踪，尽量避免伤人，它吃那些垃圾桶里的残余食物，吃流浪的宠物，甚至吃垃圾站和下水道里窜出来的耗子。每一点食物它都不会放过，但即使是如此，它依然填不饱肚子。

它经常饿得睡不好。

自从不伤人以来，它已经好几天没吃过饱饭了。

它多么想再来一次杀戮，撕开人类那娇嫩的喉咙，品尝从里面涌出来的甘甜的热血！那将是多么痛快的一场盛宴啊！

可是它不敢。

只要它杀一次人，那些追兵们就会蜂拥而至。这是可以肯定的。

于是它拼命压制着自己的食欲，都要憋疯了。

正在这时候，垃圾站里响起了一阵奇异的呼唤。

血钴抬起头，它闻到有无数的气味在朝这里涌来。

它慢吞吞地挪动自己庞大的身躯，藏进了黑暗之中。

呼唤声响过之后，垃圾站里多了许多细小的身影。

这些身影或高或矮，或臃肿或瘦弱，它们身上有一个相同之处。

它们都是犬，流浪犬。

人们经常因为各种原因，将自己的宠物狗抛弃，这些狗在城市中流浪，幸运的会被其他家庭收容，不幸的，或者病死、饿死，或者被流浪汉们杀掉。

剩下的狗们逐渐形成了一支奇异的大军，它们活跃于城市的各个角落，从好心人的手中，或者从垃圾桶里找来吃的，到了晚上，它们会来垃圾站——这里是它们晚餐的地方。城市各处的垃圾都会运来这里，里面不乏各种食物残渣。连那些来此地找食物的鼠类，也会成为它们的盘中餐。

它们的首领是一只巨大的混血獒犬，这只狗身体强壮，肌肉厚实，粗大的四肢宛如四根小柱子。它以前是某豪宅的守门犬，因为性子太野，连自己人都咬，这才被主人抛弃。

这只犬王对着月亮长长地嗷叫了一声，宛如它的老祖宗——狼族所做的那样。在那一瞬间，野性的血液在所有犬的身上沸腾，流浪犬们齐声高叫起来，场面颇为雄壮。

然而，一阵怪异的嚎叫声响了起来，这声音不同于平常狗的叫声，倒有几分洪荒野兽的味道。而且，这声音显然太大了。

流浪犬们被这叫声深深震惊了，它们停止了吼叫，而犬王则朝着一个方向低低咆哮着，它弓着腰，前腿绷紧，摆出跳跃的姿势，它意识到那个方向充满了杀气。

一只巨犬从黑暗中钻了出来，它的身躯比犬王的身体还要高大许多，它的身上透着死亡的气息，尤其是它的一双眼睛，那眼睛里闪着妖艳的光。它轻轻地喷了口气，那气息里透出浓重的血腥味。

这当然就是血钻。

几乎所有的狗都被震慑住了，呆在原地瑟瑟发抖，连挪动一步都不敢。唯独犬王勉强保持着攻击的姿势。它不能退缩，它是这批犬的王者，它身上负担着责任，如果它退了，所有的流浪犬们将不战自溃。

血钻悲天悯人地看了犬王一眼，慢条斯理地向它走了过去，步伐轻松如同正在闲庭信步一般。

犬王一声大吼，全身肌肉一起发力，像一支离弦之箭一般射了出去，月光下它的姿势显得优美无比。它直扑血钻而来。

流浪犬们的眼睛亮了，只差几寸远，犬王的爪子就可以碰到血钻的额头。

血钻只是微微一侧头，犬王扑空了。它的爪子擦着血钻的耳朵滑了过去，连血钻的皮毛都没擦破。

血钻伸出前爪，如同打招呼一般，在犬王的头上轻轻拍了拍。

犬王的身子继续前扑，但它的眼睛里生命的光辉已经消失了。它的身躯飞出两米多远，然后在地上摩擦了一阵，终于停住了。

它的七孔里开始流出血来，它的颅骨已经被击碎了。

血钻眼睛里的蓝芒更亮了，它贪婪地凑到犬王身边，用舌头舔着那热乎乎的血。

这是同类的血，可同类的血又怎么样，血钻才不在乎这个。只要是能吃的东西，它都不会放过。

光靠喝血是不够的，它张开大口，咬住了犬王的身子，夜空下立刻响起了令人毛骨悚然的骨头碎裂声。

那些流浪犬们目睹着这令人惊怖的情景，不少已经被吓得屎尿齐流。一些胆大的悄悄爬了起来，准备逃走。

血钻停止了咀嚼，威严地看着它们，就像刽子手盯着即将被处决的犯人。

那些刚站起身来的狗又乖乖回到了原来的位置上。

血钻美滋滋地享用了十几分钟，犬王壮硕的身体就这样彻底地从这个地球上消失了。接下来，血钻舔了舔嘴巴，向那些正在打哆嗦的同类走了过去，它还没有吃饱呢，如果把热乎乎的食品摆在你面前，还不用你付账，你会错过吗？

这是一场盛大的免费自助餐。食客，则只有它一位。

当蒋丽欣等人沿着血钻留下的痕迹来到垃圾站的时候，眼前的景象让他们大吃一惊。

遍地都是残骸，有些已经被吃了一半，有的只剩下了森森白骨，还有一些老弱病残，很显然，血钻并不把它们放在心上。但那些狗依然老老实实地待在原地，连动都不敢动一下。蒋丽欣等人过去检查，发现那些狗都已经被吓疯了。

小黑深吸了一口气："我不知道该怎么说，这辈子我见过很多血腥场景，但同类相残，还是第一次看到……"

李锋从地上拾起一块骨骼，那是犬类的大腿骨，他推测了一下骨头的厚度，低语道："它的上下颌咬合力度实在很大，这些骨头已经完全碎掉了。"

蒋丽欣问道："如果你与它对峙，你会与它保持多远的距离？"

李锋抿了抿嘴，冷峻的面颊上现出刀割一般的纹路："能有多远就有多远！"

蒋丽欣说："眼下我们只负责跟踪和监视。但我不得不提醒一句，如果我们正式接到处决它的命令，我们就必须对它下手。但血钻的嗅觉很敏锐，一旦它想彻底摆脱我们对它的监视，会不会转过头来对我们下手？"

一阵寒意袭过三人的后背。

"这就是我们要'跟踪'的东西，一台纯粹的杀戮机器。脑子里除了杀生还是杀生，不杀生，它就没有东西可吃。"李锋忽然哼了一声，"这就是指派给我们的任务？"

蒋丽欣默然不语。

小黑插嘴道："那追击叛逃者的事情不用我们负责了？"

"嗯，六爷开始亲自插手，大概是五大长老那里催得太紧了。我们现在专门负责跟踪血钻。"

蒋丽欣忽然转向小黑，问道："你以前是做什么的？"

"我？"小黑答道，"我以前在一家拳击俱乐部，听朋友说这里的薪水高，我就到这里来了。可我没想到是这种诡异的工作。"

"你呢？"蒋丽欣转向李锋。

"我以前在欧洲生活，为一个国家队效力，后来，在比赛过程中，尿检呈阳性，大家怀疑我用了禁药，就对我进行了禁赛处罚。后来我雇了侦探去查，发现那是我的竞争对手在我的饮用水里下了药。"李锋理了理额角的发丝，"后来，我索性回到我父母的故乡，在一家射击俱乐部当教练，之后'组织'的人花高价把我雇佣了。出来做任务，还是头一次。"

"唉，吃东家的饭，就得为东家效力。走吧。"蒋丽欣站起身，准备离开。

“不是派了好多人协助我们么？犬组的人呢？”

“都已经被六爷调去围追叛逃者了。我们现在是孤军作战。”蒋丽欣的声音里带有一丝苦意。

让三个人去追捕一头血钻这样变态的猛兽，自然是不可能的，他们有可能连血钻的毛都碰不到。六爷的用意很明显，他们连血钻的“保姆”都算不上。

李锋钻进车子，对蒋丽欣说：“照这么下去，总有一天，血钻会对所有人发狂，杀掉它所能看到的一切生物，包括人。如果它碰巧出现在你亲人朋友面前，你会怎么做？眼巴巴看着它杀掉他们？”

蒋丽欣低头不语。

小黑一直站在一旁，这时候忍不住说：“蒋丽欣，李锋说的不是没有道理。我们不能让那畜生再这么疯下去……”

“那你想怎么做？”

“杀了血钻！”

“杀了它？杀了它，等于葬送了六爷的心血，那么多科研经费可就泡汤了。你将会丢官免职，一分工钱都拿不到，说不定组织还会找你灭口……”

“自从接了这个任务，看了一个又一个被血钻折腾出的血腥现场之后，我就一直在做噩梦，梦到这个怪物杀了我的家人。我还梦到那些被血钻杀死的冤魂，他们在我面前哭泣，呻吟！”李锋的声音颤了起来。

小黑也点点头：“我也担心……”

蒋丽欣转过脸去：“上边的命令，还是要服从的。另外，就算你们把自己的想法告诉上面的人，他们也只会骂你们是‘圣母婊’。”

李锋和小黑的表情都暗淡了下去。

蒋丽欣忽然又说：“不过，组织没有禁止我们自卫哦。换句话说，如果血钻袭击咱们，咱们就有借口将它除掉。”

李锋和小黑嘴角重新露出了笑意。

蒋丽欣转过身来，笑吟吟地说：“我刚才可什么都没说哦。”

“我们也什么都没听到。”小黑咧着大嘴说。

蒋丽欣在两名同伴的肩头一拍：“别以为我是铁石心肠，其实，我比你们更想除掉它。它杀掉的那个护士，实际上……实际上是我的朋友。”

她的眼角竟隐隐带着泪光。

“她去世的那天晚上，我们本来打算一起去看电影的，我口袋里至今还装着那两张电影票……”

李锋忽然道：“我需要一件新的武器，否则我对收拾血钻没有信心。”

“你要什么武器可以直接告诉我，我去找总部的人要，他们可以送来。”

“我要的武器只能定做。”

“好吧，你说，我记下来。”

“我要一支狙击武器，我听说组织有从南非一个军火商那里走私来的狙击武器，二十毫米口径……”

小黑怔了一下：“二十毫米口径？那简直不是枪，而是炮！我听过的最大口径的狙击步枪也不过是十二点七毫米口径的！”

“别打岔，听李锋说，你对武器还有什么要求？”

“枪身的后半段要用美国产的复合材料，用磷化处理过的，那样比较舒适，在握持以及贴腮的时候不会影响我的手感；瞄准镜要以色列IAI公司生产的红外夜视瞄准系统，上面要附加激光测距装置，如果没有，那就要斐佐敦公司的代替。武器弄过来之后我想亲自对它进行校准……至于弹药，我想使用美国的二十毫米口径贫铀穿甲弹，就是美军攻击机上用的那种。”

“贫铀弹！你疯了！”小黑张大了嘴。美国的攻击机曾经在海湾战争中大显神威，其亮点之一就是使用了贫铀弹。这种弹药曾经对伊拉克的坦克造成了灭顶之灾。但在战后，一些攻击机的飞行员患上了不同程度的辐射疾病，最常见的就是白血病。专家们推测这都与他们当年使用了贫铀弹有关系。

蒋丽欣想了想，说：“贫铀弹对人体有害，我建议你采用南非产的二十毫米口径脱壳穿甲弹好了。效果一样惊人。”

“那好，听你的。”李锋一副“无所谓”的样子。

蒋丽欣将资料输入电脑，发送给总部，很快组织那里就有了回音：“组织的人说这件武器二十四小时之内可以准备好。我觉得有必要提醒你的是——根据我的推算，这件武器的重量肯定很大，你一个人携带肯定不便，因此你不要离开我和小黑单独作战，另外，它在射击时的后坐力也肯定大得惊人，你确定你的身体能承受？”

李锋摇头：“我以前只试过十二点七毫米口径的枪，二十毫米口径的武器我是生平第一次尝试，不过，我想我撑得住。”

小黑又插嘴道：“那枪平时我会帮你扛着，我力气大。”

蒋丽欣用力拍了拍狙击手的肩：“如果受不了，别硬撑。我不希望我的任何一位战友倒下。”

李锋咧嘴一笑："干掉血钻之后，我们还可以申请用这把枪去追杀'叛逃者'。"

蒋丽欣怔了怔，她转过脸去，没让李锋看到她异样的表情。

第十六章　青春做伴

向南是被人揪醒的。

他睡得正香，只觉得耳朵上猛地一疼，像被火钳钳住一样，疼得他啊呀一声坐了起来，他睁眼一看，提着他耳朵的正是小雪，那丫头嘴角带着诡异的笑。

“你……你怎么不敲房门就进来！”向南疼得龇牙咧嘴，“先放开我。”

小雪松开手：“我刚才在门外敲了半天，但你这懒虫就是不起床。我没办法，只好这么叫你起床咯！”

向南看了看表：“妈呀，才五点半！有没有搞错，这也太早了吧！”

“那也不许懒着。你看你，小肚子上的肉都开始发软了，这样下去会发展成赘肉的！从今天开始，你要跟我锻炼去！”

向南黑着眼圈说：“大姐，我求求你了，昨晚我忙到了凌晨两点啊，你饶了我吧。”

“凌晨两点？那好吧，缓期半小时。让你多睡一会儿，足够了吧！”

“唉……”向南一声长叹，重新回到床上。

猛地，他像想起了什么事情，赶紧坐了起来，把被单抓到胸口：“呀，我怎么只穿着内衣呢……你你你……是不是你干的？！我全被你看光了……”

“一个大男人家的身体有什么好看！你的脏衣服臭死了，我帮你扒下来洗干净了。”小雪一撇嘴。她还想说：“你那天不是也帮我换衣服了嘛。”但这样的话她羞于出口。

“对了，你刚才两腿中间鼓起来一大块，那是什么？”小雪追问道。

向南张口结舌，脸已经红到了耳根子。他不知道小雪从小就被弄到“组织”里，在她学过的课程里虽然包括很多医学知识，但基本的男性生理常识她却不知道。此刻她的心地天真烂漫宛如孩童一般，向南又怎么跟她解释呢。

向南胡诌道：“那是我防身的家伙，不能轻易拿出来见人的。”

他想，但愿这家伙早日离开，最好走得远远的。否则，迟早有一天会把自己这点糗事全抖落出去。

经小雪这么一折腾，他睡意全无。于是他哭丧着脸披上睡衣，跟着小雪来到客厅。

“锻炼是吧？这个我还是很拿手的。”他趴在地上做了五十个俯卧撑，累得气喘吁吁，“可以了吧？”

小雪瞪了他一眼：“你闪开，看我的。”

她伏在地上，用一只手撑地，开始做俯卧撑。

向南看得目瞪口呆，他为小雪计算着，当小雪做完一百个单手俯卧撑的时候，他恭恭敬敬地递上擦汗的毛巾：“大姐，你怎么练出来的？刚才那样子帅呆了！”

小雪忽然想了起来，自己在组织中锻炼过的事情是不能轻易外泄的，否则……

她嘿嘿傻笑着说：“那都是练出来的。我以前是练体育的，改天我也把你练得跟我一样……”

“好啊好啊！”向南像小鸡啄米一样点着头。

“好了，现在帮我收拾家具。”

“家具？”向南这才注意到帐篷里多了几个大箱子。

“这是什么玩意？”他做梦也没想到，屋子里一夜之间就能多出这么多东西来。

“生活必需品！”

向南打开其中一只箱子，只觉得自己头都大了：“啥生活必需品啊，这不都是破烂么？！姑奶奶，帐篷里的空间本来就不大。您弄这么多东西干啥？”

“我平时离不开这些东西的。”小雪解释。这倒是事实，她在大厦里的“玩具”比这要多很多倍。

向南勉强点点头：“好吧，我只求到时候你别整出什么事情来。如果造成一次小事故，那咱们可就都要被赶出去的。”

“放心，我自有分寸。不过，从今天起，咱们要先立个条款。”

“什么条款？”

“从今天起，我也算是这里的一名住户了。因此我觉得，你该把这里的规矩跟我讲清楚……”

向南傻了：“你的意思是你要长期住下来？”

“是的。而且，我居住期间，我的帐篷你不能随便进来。如果你敢那么做……嘿嘿，你不想耳朵再被我揪一次吧？”

向南揉着耳朵，现在那余痛还在：“你也不会随便进我的帐篷吧？”

“不，你的帐篷我可以随便进，我进去是为了善意地提醒你该起床了，该收拾卫生了，该睡觉了。你看，今天早上我就好心好意地把你叫起来了吧？”

向南觉得自己正身处一场噩梦之中！而且貌似这噩梦还要继续做下去！他哆嗦着问小雪：“姑奶奶，您家住哪里？我求求您，还是回家吧……”

小雪诡猾地一笑：“你想赶我走么？”

向南可怜巴巴地点点头。

“有句古话：‘请神容易送神难。’”小雪一把将门关上，房间里传出她的声音，“另外，不要把我住在这里的事情告诉任何人，否则，留神你的小命！”

向南艰难地咽下一口唾沫。他觉得自己快要活到头了。

小雪开始在帐篷里做各种东西。

和绝缨一样，她也设法弄到了钱，有了钱，才能购置到这些物品。这里当然没有大商场可以供她购买这些东西，她有她的“特殊渠道”。

由于是晚上去买的，她也不怕那些卖家会记住她的脸。

有些东西是买不到的。她还有其他办法——除了买，她还可以偷。

现在是难得的休憩机会。她却觉得自己没有时间休息，组织的阴影始终笼罩在她心头，她总感觉追兵随时都有可能赶到。毕竟，她在逃亡途中留下了很多线索，她知道自己还很嫩，还不足以独当一面。

完全是好运当头，她才能混进这里，那个向南看起来也靠得住。她不能浪费时间，她要为即将到来的追兵做准备。

向南万万没有想到的是，这位“捡”回来的姑娘，正在把箱子里的那些“破烂”拿出来，组装在一起。

它们当然不是破烂，而是其他东西。

小雪之所以不允许向南涉足自己的帐篷，一来是怕向南看到这些东西之后，会察觉她的真实身份，二来是怕这些做出来的东西会伤到向南。

制作这些物品需要很多很多的原料，以及特殊的工具，制作过程也很危险。

在使用了大量二手零件之后，她不知道这些东西还能不能达到预想中的效果。

向南只听到隔壁帐篷里叮叮当当直响，时不时还有灼烧什么东西的怪味。他皱着眉头，隔着帐篷喊道：“姑奶奶，你可别瞎折腾啊。这些帐篷都是易燃物！”

小雪的声音从帐篷里面传出：“你少管闲事！对了，如果有人送东西过来，你就帮我收一下。从帐篷门下面塞进来。”

"从帐篷门下面塞进去？！"向南越听越糊涂。

"是的。"

"那吃喝怎么办？"

"也从帐篷门下面塞进来。放心，我会给你报酬的。"

向南心想，你不会窝在里面不出来了吧。于是他问："那你大小便怎么办？如果你要洗澡怎么办？如果你要换洗衣服该怎么办？"

帐篷门上忽然传来重重的一声响，像是有什么重物砸在了上面："你这家伙有完没完？那些事情不用你管！"

"好的，好的。小的告退。"向南退回自己房间，心想："大早晨就把人家叫起来，现在又不肯搭理人，这丫头真怪。"

"土路，我喜欢土路。软绵绵的土路，比那些柏油路和水泥路可爱得多。"六爷一边说一边跳下车，检查着地上的轮胎痕迹。

司机嘟囔了一句，他不明白土路有什么好的，崭新的凯迪拉克车身上已经笼上了一层厚厚的灰尘。见鬼，这里要是东京就好了，一个星期，甚至一个月才需要洗一次车。

"两个小时以前，一辆车来过这里。"六爷头也不抬地说，"给我把这轮胎印拍下来，输入数据库，我要知道是什么车子留下来的。"

犬组的人忙成一团。

六爷的司机满腹狐疑地问六爷："您就这么肯定，这是绝缨他们的车子吗？"

"小子，我虽然不如老三那么聪明，但也是一步步混上来的！平时我掩藏自己的才智，为的是扮猪吃虎而已。看这精致的轮胎痕迹，绝对不是镇上的那些破车留下的——这镇上绝大多数都是农用车……从轮胎之间的距离，以及轮胎的宽度来判断，是一辆小型轿车，而且采用的轮胎是进口轮胎……你告诉我，一辆进口小型轿车来到这穷乡僻壤，还一直开到了村子的尽头，是为了什么？”

司机张着大嘴想了一会儿，说：“旅游的，这也有可能吧？”

“你看这片痕迹。”六爷用鞋顿了顿路边的一块地方，那正是绝缨他们泊车的地方：“很显然，他们在这里停了片刻，如果是游客，他们为什么要停在这里？这里是村子尽头，欣赏不到什么美景，若是说为了呼吸这里的新鲜空气的话，理由也太牵强了。从这个角度能看到的只有一座院落而已，就是绝缨亲生父母的家！”

“或许他们真的只是为了看那几丛花吧，那些花真的很漂亮呢。”

六爷忽然伸出手去，摸了摸司机的光头，司机下意识地住了嘴，此时正值盛夏，他却感到一股寒意随着六爷的手渗进了他的头皮，然后透过头骨的缝隙，侵入了大脑，又传遍了全身……

他感觉到整个身子都僵住了。

六爷凑到他耳朵边上，轻声说：“老寇，你跟了我这么多年，为什么就是不开窍呢！”

他重重地在司机的脑壳上敲了敲，然后离开了他。

司机觉得自己刚才是在鬼门关上游了一遭。

六爷忽然笑了：“就是因为这个，我才喜欢你，老寇。你知道古代的国王为什么喜欢身边多一些笨蛋吗？因为这样才能衬出他的聪明。”

六爷说完，仰天狂笑。那个姓寇的司机笑也不是，不笑也不是。

犬组的人上来汇报：“六爷，刚才那个轮胎痕迹已经输入了资料库，电脑显示，那是德国大众原产的甲壳虫轿车。从轮胎陷入泥土的深度来看，车上所载的重量并不大，如果车上只有两名乘客的话，他们的行李不多，油箱也快空了。”

“天助我也！这么说来，他们中途要采购食品和水，而且至少还要加一次油！通知所有人，提前出发，在沿途所有能加油的地方布置人手，截住一辆甲壳虫轿车，车上的人我要活捉！这次不允许失手！另外，叫人入侵一下附近交通枢纽的监控系统，确认一下那辆甲壳虫的颜色，以及绝缨和她同伴现在的尊容。”

“明白！”犬组的人退下了。

这样的布置简直天衣无缝。

老六的眼睛里露出两道凶光：“总有一天，我要让所有人都拜服在我脚下！”

司机望着他的背影，不寒而栗。

过了好一会儿，六爷抬了抬手：“给所有今天参与行动的兄弟都传下话去：如果抓到绝缨，所有人都重重有赏，老子亲自带大伙儿去最好的娱乐城痛痛快快玩他三天三夜。至于亲手抓到绝缨的人，我会直接赏他一座娱乐城。但务必要活捉。如果捉不到，或者误杀了绝缨……那么，我会让那个犯错的人好看！”

他的右手攥成了拳头，指关节咔咔作响。

他身边的人连连称是。

六爷看着自己因为用力过度而发白的拳头，略有些心疼地叹了口气。他自言自语道：“绝缨啊绝缨，如果运气好，咱俩今晚就可以见面了。到时候，我要让你好好尝尝我的手段。”

第十七章　天罗地网

蒋丽欣将那只奇形怪状的武器抓了起来，用一只手举着。

刚端了一阵子，蒋丽欣额头上很快冒出了汗，赶紧把它放下："这玩意是我见过的最重的单兵武器！德国火箭筒都比它轻！"

小黑说："据说武器部的人还在枪上使用了钛合金。那是航天飞机上用的材料，比同等重量的金还要贵重。"

狙击手一言不发地拿过枪身，这就是他定制的狙击步枪，所有见过它的人都会终身难忘——粗大的枪管，纯黑色的枪身，枪的上半部分加装的观瞄装置复杂无比。连枪身下方的两脚架的直径都已经达到了三公分以上（不过是空心的），同样采用了结实的钛合金材料，否则根本支撑不起这么重的家伙。

他轻轻将枪身举起，然后又放下："不行，枪比我想象中要重得多，很难采用立姿。"

他俯下身子，拉开枪膛："给我来一发子弹。"

“你要试射么？见鬼，耳塞还没送来，据说在实验室试射的时候，把所有的玻璃都震碎了。我估计你不戴耳塞的话会被直接震死。”

蒋丽欣从衣袖上扯下几块布，做成塞子交给狙击手，狙击手接过耳塞，将它塞进耳朵。这时候小黑已经从车里拿出了子弹，那子弹有两根手指那么长，尖尖的头部透出寒芒。

蒋丽欣给自己和小黑也塞上“耳塞”，这时候狙击手似乎已经找到了目标：“两公里外的那块石头，你们看合适不？”

“哪儿有石头？”小黑用望远镜搜索着，“我只看到一公里外有块水泥柱的基座，那应该是拆房留下来的。那玩意大概有半米高吧，比血钻的体形可要小得多了。”

他话音刚落，就听到身边传来一声巨响。

小黑吓得腿一哆嗦，一来那枪声太突然，二来那声音太大，宛似晴天里落下一个焦雷。他虽然戴了耳塞，耳朵里依然嗡嗡作响，眼前金星乱冒。

他再用望远镜看的时候，远处那水泥块已经消失不见。那地方只剩下了灰土与轻烟。

狙击手放下枪，问：“那似乎不是单纯的穿甲弹。”

蒋丽欣点头：“实验室的人做了精妙的加工，将穿甲弹与达姆弹做了结合。”

小黑吐了吐舌头：“达姆弹？国际法禁用的弹药？据说那玩意打进去之后就可以炸开，如果打进人体的话，炸开的弹片足以废掉一个成年人，撕裂他的内脏！甚至有可能把他从内向外切开！”

“就是那玩意儿。”

小黑撇了撇嘴："李锋，我看你不如直接用火箭筒的好，或者反坦克导弹，用这把枪太危险了！"

"一个真正的狙击手，是不屑于用那些东西的。"李锋小心地把枪收了起来，"而且，相对于坦克来说，血钻的目标更小，灵活性更高，用火箭筒或者导弹未必能收拾它。而火箭和导弹的装填速度又很慢。"

蒋丽欣忽然闪到李锋身旁，扒开他的上衣，这一下动作快如幽灵，李锋猝不及防，他根本没想到自己的同伴竟然会对自己下手。至于小黑，他本来是出色的拳击手，双眼能轻易看破别人的动作，但蒋丽欣刚才是如何做的，他也没看清楚。

蒋丽欣只是指了指李锋的肩膀，一句话都没有说。

李锋的肩膀上出现了巨大的红色印记，宛如被人用铁板抽出来的一样，痕迹最深的地方可以看到紫色的瘀血区。

小黑大吃一惊，忙去车里拿活血化瘀的喷剂。

"这就是你刚才开了那一枪的代价！"蒋丽欣盯着李锋的眼，"我早就说过，不要勉强，否则，血钻还没拿下，你就先废了。"

她看出刚才李锋自开了那一枪之后半边身子的动作都显得麻木僵直，这才突然出手。

"一个猎手的生存意义，就是不断寻求难度更高的猎物。"李锋淡淡地说。

"就算为此付出身体的代价，也在所不惜么？"蒋丽欣说。

李锋点了点头。这时候，小黑已经把药拿了出来，他小心地为李锋敷上。

蒋丽欣说："我只给你三发子弹。三发之内拿下血钻。如果拿不下，也不要再碰那把枪。我们去想其他办法，我估计你的身体无法承受第四发子弹。”

李锋面无表情地说：“就算让血钻逃掉也无所谓吗？”

“对你自己的准头有点自信好不好？”

“我对自己的准头很有自信，但目标是血钻，那家伙的生命力强大得无法想象。你也见识过了。就算用核武器对付它，我都不敢担保能彻底毁掉它。”

“六爷也不会允许我们毁掉它的。”小黑的眼神黯淡下来，“那玩意儿是他的心血结晶。整个血钻项目耗资已达上亿元。如果我们让血钻从这个世界上消失，说不定六爷也会让我们从这个世界上消失。”

“消失就消失，我可不想让那家伙在这世上大开杀戒。”李锋烦闷地一挥手，“根据犬组的报告，它又开始搜寻新的食物了。凌晨时分又有人丢了一只搜索犬，距离现场不远的地方发现了那搜索犬的项圈，那上面全是血……稍晚些时候，又有一匹驮马失踪了，组织的人在一公里外的山地填埋场发现了那匹马的残骸……那家伙只在半夜行动，用黑暗掩饰它巨大的身躯。”

蒋丽欣说：“那家伙的情绪越来越不稳定。终于，小动物无法满足它的食欲，它又开始对较大一些的动物大开杀戒了。”

“那它现在会去哪里？我们该到什么地方去拦截它？”

“它正是沿着叛逃者逃走的方向追下去的，这点倒是可以肯定。六爷他们已经在一个小镇附近找到了叛逃者的踪迹，并在那里设下了埋伏，估计截击战会在那里打响。血钻肯定会到那个小镇上。只不过不知道是它先得手还是六爷先得手。”

“我倒是希望血钻得手。”小黑嘟嘟囔囔地说，“如果被六爷逮住，那些叛逃者只能是生不如死，还不如被血钻杀了的好。”

从上次的聊天之后，这三个人就达成了一种默契：一定要消灭血钻，不允许它再活在这世上——这是一项有难度的工作，甚至与主子下的命令相悖。但这三人并不害怕，他们觉得，除掉血钻并没有什么不对，就算因此而被六爷怪罪，也在所不惜。

“上车吧。”蒋丽欣说。

三人跳上越野车，那车子穿过宽阔的靶场，向都市行进而去。

大街上车水马龙，男男女女们正在为了生计而奔波。

蒋丽欣盯着一名女子，那是一位少妇，怀中抱着个三四岁大的孩子，正在逗他开心，旁边一位男子应是孩子的父亲，正将手里的皮球塞到孩子手里。

蒋丽欣忽然觉得，自己即将做的或许并不是什么值得记入史册的事情，但如果能让那些百姓家庭继续他们平凡快乐的生活，不被恐惧所打扰，自己所做的事情也就值了。

消灭血钻。

她紧紧地握住了方向盘。

一个杀手竟然想挽救这个城市，是不是疯了？

忽然，一辆黑色的奔驰越野车从身边疾驰而过，它溅起的泥点子飞打在越野车的窗玻璃上。

那辆黑色越野车的司机从窗户伸出中指，朝蒋丽欣他们摆出一个轻蔑的手势。

“飙车族。要不要追上去和他们玩玩？”小黑说。他们的越野车经过特殊改装，追上那辆奔驰绝对不费吹灰之力。

蒋丽欣摇摇头，嘴角抿出一丝苦笑。即将拯救这个城市的人，却被路过这里的飙车族戏弄，人生真的是一件有意思的事情。

小雪正在设法搜索着绝缨的信息。

她们在逃亡之前已经约定了联络方式，一旦两人分开逃亡，会在逃亡开始之后若干小时内，向指定的电子邮箱发送一封电子邮件。邮件的内容当然是暗语。就算邮箱被组织的人破解，他们也不会知道小雪与绝缨交谈的内容。

小雪登录了那个邮箱，令她失望的是，里面没有绝缨的来信。

是还没有来得及发送信件，还是中途被组织的人逮回去了？小雪皱着眉头，她觉得两种情况各占了一半的可能性。

她先给那个邮箱发送了一封信件，表示自己一切都好，然后开始继续制作工具。时间是宝贵的，或许就在下一秒，公司的追兵就到了。

正在这时，传来了敲门声。

小雪全身一震。

她没有应声。平时这个时候，都是由向南去开门，但今天向南有事出去了，家里只剩下她一个人。

敲门声又响了起来。

是向南回来了？不，那家伙带着门上的钥匙。是来送货的人？自己订购的东西都已经送到了啊。是不是公司的人？很有可能，那些家伙像猎犬一样嗅觉灵敏，像猎犬一样坚韧不拔，也像猎犬一样，对自己的猎物无比凶狠。

小雪从桌子上抄起一把螺丝刀，塞进自己的裤兜，她的工具还没有完成，不能拿出来用。

她轻手轻脚来到门前，透过门镜向外看了看，门外站着个魁梧的家伙，还穿着白大褂，原来是体检处的东哥。

小雪松了口气，打开了门。

东哥看到开门的是她，先是吃了一惊，然后自作聪明地点了点头。

“早。”小雪微笑地打着招呼。

“早……”东哥说，“我可以进来吗？”

“当然可以。”小雪想不到拒绝他的理由，好在自己的屋门已经关好，里面的玄机不怕被人看到。

“你已经和向南……住到一起了？”东哥试探地问道。

“是啊。”

东哥笑了起来：“这个家伙，我就知道他独住一套公寓肯定有问题，那家伙还说他神经衰弱，喜欢安静，所以搬出来，原来是金屋藏娇，别有用心！”

小雪眨着大眼睛：“什么意思？”

“咳咳……这个先不用说，我是来找向南要东西的。就是……那个什么液。”

“哦，他好像放在自己屋里了。瓶子上有标识。”小雪示意让东哥自己去拿，她再也不想碰那玩意了，会勾起她噩梦一般的回忆的。

东哥讪笑着将向南桌上的瓶子塞进口袋，转过身来问小雪：“你们是什么时候认识的？”

对于这个问题，小雪已经有心理准备，她认为自己不能说几天前刚认识向南，否则别人会认为自己是个很随便的女人，于是她答道：“我认识他已经很久了。”

东哥一愣。

“你和向南的关系……”

“我们只是很普通的朋友关系。”小雪老老实实地回答。

都住在一起了还只是普通朋友吗？！

东哥咧咧嘴，没多说什么。他想，或许是这女孩子脸皮薄。

甲壳虫车开到了一座小城，此时他们离开小镇已经十公里了。眼前这座小城最多不过有十万人口的样子，稍大些的超市只有两个。一纵一横两条马路将四四方方的城划成一个标准的田字格。

“我们需要采购一些压缩食品，此外就是饮用水。如果它们能支持我们一昼夜的话，明天的这个时候我们就在安全区域了。”陈冬说，“听说，那里地广人稀，方圆百里只有一两顶帐篷，此外，最多可以见到一些羊群，那些羊群都没人看管，只有几只牧羊犬在周围闲逛。由于海拔很高，天空呈现无比纯净的湛蓝色，云朵似乎就在头顶，一伸手就可以摸到。到了晚上，那些好客的牧民会用香甜的奶酒来款待你……对了，还有大块大块的烤肉……”

他转过身来，才发现绝缨无动于衷地望着北方，那里正是小镇的方向，她还在思念自己的家人吧，没办法，换成是别人的话，此时心中也一样难受的。

头顶上嗡嗡嗡地飞过几架直升机，抛下大把的传单：“××超市又要大减价咯……”

绝缨忽然扯了扯陈冬的衣角："走，进旁边那家小服装店。"

服装店的老板见来了两位贵客，喜滋滋地迎上前来："两位要点儿啥……"

绝缨打断了他的话："我们要找一些舒适的，清凉一些的衣服，我们自己选就可以，更衣室在哪？"

直升机的轰鸣几乎盖住了他们的对话声。绝缨为陈冬选了两件衣服，对他低声耳语道："换上它，然后从服装店的后门走。"

"为什么？"陈冬惊讶地说，"我们的车子不要了？车上的行李不要了？"

"没办法，我们被盯上了。"绝缨低声说。

"哪有人？！"陈冬警惕地看了眼四周，"我看不到哪里有盯梢的。"

"盯梢的在天上。"

"那些直升机？"

"没错。"

"可我认为他们跟普通的撒传单的没什么区别啊！我以前居住的城里天天都有直升机撒传单……"

"我看你是在大城市待久了，这是一座刚几万人的小城，超市规模再大，收入也有限，哪里能请得动三架直升机同时出动？"

绝缨瞧了一眼窗外，说："而且，它们飞得也太低了。如果为了撒传单，绝对不会飞这么低。而在这个高度，狙击手都不用拿重武器，枪法好一些的，用冲锋枪就能轻松敲开我们的脑壳。你想不想试试看？"

陈冬微微叹了口气："那帮人动作真快！"

“少废话，快换衣服吧！”

服装店的老板显然被天空中飞翔的机械蜻蜓吸引住了，伸着脖子朝外看。那些直升机开始围着这家店转悠，看来是发现了店门口的“甲壳虫”轿车。

绝缨和陈冬换上了很平常的休闲装与运动鞋，他们将先前带来的衣服丢在地上，趁老板不注意，从后门溜了出去。那老板绝对不吃亏，绝缨他们留下的衣服比他们带走的衣服可要贵好多倍！

直升机上的驾驶员正在向总部通报：“发现一辆蓝色甲壳虫，车上没有人。红外线探测系统探测到发动机还是热的，他们离开没有多久。”

总部很快向他发来了下一条指令，他应道：“是的。”然后驱动直升机缓缓下降，他朝身后的人做了个手势。他身后是一个六人的特别小组，每个人都全副武装，严阵以待。另外两架直升机上也是如此。

直升飞机降落到一定高度之后，保持悬停状态，一共十八名武装人员沿着绳索迅速滑落到地面上。

服装店老板看得眼都直了，他还以为这是在拍电影，于是拿出手机来拍照。

那些武装人员发现了他，飞快地从他手中抢走了手机，并在老板的错愕之下将那里面的照片删得一干二净，再把手机丢还给他。

那老板的脸上由多云转阴，他发作道：“你们这是什么意思？”

十八个人一起冷冷地看着他。

那老板终于发现这可不是在拍戏，他知趣地迅速退回了自己的店铺，把店门关上了。

周围店铺的人也是如此。

大街上立刻变得静悄悄的。

这些空降兵们有恃无恐地掏出武器，在路口上开始设置哨卡。看起来由一群穿西装的人做这些事情有些滑稽可笑，但他们可是犬组的精英。组织里的人已经开始封锁消息，今天在这小城里发生的任何事情都不会有人说出去，他们可以毫无顾忌地大开杀戒。

很快又开来了一队汽车，轿车、越野车、卡车，从上面跳下来的有穿西装的人，有穿迷彩服的人，有穿防暴装的人，有蒙着面、拿着玻璃钢盾牌的人。

卡车上架起了扩音器，上面不停播放着广播："所有居民注意，有危险分子逃到了这里，即将进行围捕活动，干扰了您的生活，十分抱歉，但请待在家里不要出来，以免造成误伤事件。"

小城的居民们透过窗户好奇地看着他们。

服装店的老板隔着窗子咕哝了一句："说什么危险分子，你们自己才是危险分子！"

有个持枪的大汉朝他这边瞪了一眼，他吓得赶紧缩到了窗子下面。

轿车里走下一个人，身上带着浓重的酒味和烟味，正是六爷，他似乎觉得那广播不对他的口味，于是他走上卡车，从广播员手里夺下扩音器："傻了吧你，说话不用太客气。"

他从身旁的人手中拿过一杆 AKM 突击步枪，拉开保险，对着天空狠放了一梭子子弹，那砰砰砰的野蛮枪声通过扩音器一点不漏地传进了千家万户的耳朵里，几间民宅里立刻传出了尖叫声。

真刀真枪比什么广播都具有威慑力。

六爷透过扩音器吼道："所有人都给我听好了，子弹不长眼睛，都给我回家里老老实实待着！"

居民们迅速地离开了窗户，拉上了窗帘。

六爷满意地把扩音器扔回给广播员："瞧见没，学着点儿。"

一名武装人员上前报告："所有路口设卡完毕。"

六爷让人从附近的家具店拽来张沙发，舒舒服服地坐了上去，司机殷勤地给他撑起了一把伞。六爷看了看手上的瑞士表，说："开始吧，挨家挨户搜，连下水道都不许放过。记住，换上麻醉弹，我要活捉。"

地毯式搜查开始。

"组织"的人在光天化日之下将他们的行踪暴露于人们面前，这还是第一次。

六爷知道这么做实在太过张扬，之后他必将为此付出代价，但现在他脑子里装的全是叛逃者，为了捉住他们，他必须这么做。

犬组的一支搜索队来到了距离服装店不远的一间房子，从里面传出音乐声，队长打了个手势，手下们用枪口对准门口，他本人则套上一件防弹衣，上前敲门。

里面的音乐声大得惊人，那队长敲了好几次门，里面没人反应。

队长砰得一声将门撞开，所有人端着枪冲了进去。

里面响起了一声尖叫。

里面的空间比想象中要小，只有一男一女在床上，正在拼命把被单朝身上拉。

犬组的人脸上露出了尴尬的表情，那队长贪婪地瞅了瞅那女子裸露的肩头，问："有没有可疑的人进来？"

床上的人摇头。

那队长带人撤了出去。

他们出去之后过了两分钟，那女子拍了拍床铺，绝缨和陈冬从床底下钻了出来。绝缨带着歉意对那一男一女说抱歉，并从口袋里掏出几张钞票作为报酬。

眼下算是躲过了一劫，不知道六爷他们下一步会如何行动。

绝缨来到窗前，将窗帘掀起一条小缝，只见外面的大街上全是拿着武器的人。

"等，我们只有等。"绝缨低声说，"他们不可能在这里待太久，警察会来的。"

"外面的人不是警察？"这房子的男主人惊奇地问道。

"不是，他们是……恐怖组织。"陈冬绞尽脑汁才想出这个词来。

那男主人说："警察早就该到了啊。"

绝缨摇了摇头："'组织'的人会有办法阻止警察，或者故布疑局将警察吸引开。"

那女主人说："刚才我看电视，电视上说紧邻的城市有两个大帮派火并，本地的警力也被调过去了。"

绝缨和陈冬对视了一眼，看来'组织'的人已经算准了他们要进这座城，所以，已经事先设法调走了警察！

绝缨问道："这里有没有其他逃出去的路？"

"这里只是普通民宅啊，只有一个门一扇窗而已。你们是什么人，他们为什么追你们？"

“我们是……记者，身上有他们的犯罪证据。”陈冬煞有介事地说。

绝缨白了他一眼，低头看了看表：“不成，他们已经把咱们困住了十五分钟。我本来和小雪约定今天互发邮件联络的，可电脑在车上，没有带出来。”

陈冬问那男主人：“你们家有电脑么？”

男主人摇了摇头。

绝缨的眉头又皱了起来。

陈冬忽然眼睛一亮，朝那男主人说：“请问您有没有手机？用手机上网不就可以了！”

绝缨暗骂自己太蠢，怎么连这种事都忘了……

男主人犹豫了一下，把自己的手机递了过来。

绝缨谢过男主人，开始操作手机。

六爷依然稳稳当当坐在那张沙发上，看着他的队伍源源不断地进城，今天他将公司的人调来了大半，这城不大，应该很好搜查。

他通过手机指挥另外一组人在其他城市闹事，这样警察就被牵制住了，无法赶到这座小城。

他抽完了手中的香烟，司机又给他递上一支，六爷摇了摇手，表示不需要了：“犬组的人怎么还没回音？这都过去好几十分钟了，还没搜完？”

“六爷，已经把城里搜遍了，暂时还没发现绝缨他们的踪迹。”

六爷“噌”地站了起来：“废物，一群废物！把血犬都调出来！”

一大群张牙舞爪的畜生从卡车上被带了出来，为了今天的行动，六爷已经饿了它们很久，现在它们狠劲十足，连驯兽人员都快控制不住它们了。

“带它们去甲壳虫那里，顺着绝缨他们的味道追下去。我就不信找不到！”

绝缨匆匆忙忙给小雪发了邮件过去，这时候，又传来了敲门声。

她一拉陈冬的手，两人又钻进了床下。

男主人跑去开门，只见这次来的又是那队长，不过，这次他带来的不止有人，还有血犬。这只血犬的个头当然远比不上血钻，但嗅觉也是非常灵敏，它带着这组人沿着绝缨和陈冬的痕迹追了过来。

血犬对这屋子里的气味很感兴趣，它张开嘴，那血盆大口立刻让男主人倒吸了一口凉气，他迅速退了几步，退到了床边上。

“你们没说实话啊。”那队长嘿嘿笑道。

“我们说的都是实话，你们是什么人，请你们出去！”女主人喊道。

似是听到了一句无比荒唐的笑话，犬组的人哈哈大笑起来，连那只狗都歪着脑袋盯着她，那狰狞的样子，让她好不容易鼓起的勇气又很快消失不见。

那队长伸出两只手指头：“给你两条路可选，第一，交出他们；第二，去上帝那里！”

“滚！”那男主人不知道从哪里来的勇气，他从抽屉里拿出一把水果刀，威吓地挥舞着刀柄，企图吓跑那些人。

猛地他感觉手背上一麻，接着眼前一花，手里的刀子不见了。

面前忽然多了一个人，跟他鼻子对着鼻子，正是那面露淫笑的队长。

“年轻人别随便玩刀。”那队长温和地说，那口气就像一个大哥哥在教育自己不听话的小弟弟。

接着，他将手里的刀插进了男主人的肩胛，那动作迅捷无比，男主人根本来不及躲闪。

男主人的惨叫声响彻整间屋子，女主人用手捂着脸，浑身颤抖。

那些犬组的人看着队长折磨男主人，也不上前阻止，而是端着枪，津津有味地欣赏着。

队长在女主人面前弯下腰：“看见没，水果刀之类的玩意是伤不了我们的，所以我建议你把那两人的去向告诉我，这样我就放了你男人。否则……”

他直起身子，然后若无其事地摇了摇那水果刀的刀柄，伤口处大量的血喷了出来，男主人立刻又惨叫起来。

“我……我……”女主人结巴了半天说不出一句像样的话。

队长惋惜地看着男主人：“瞧见没有，你为她挺身而出，她却不肯救你。这种女人有什么好？”

他忽然拔出那把刀子，将它丢到男主人面前：“要不然你杀了她，跟我们混好了。女人有得是，不缺这一个。”

魔鬼一般的交易。

男主人怔怔地看了看那把刀子，然后啐了那队长一口。

队长摊了摊手，忽然他整个人如同闪电一般迅速出现在男主人面前，手已经扣住了他的咽喉：“小子，你自找的。”

男主人的四肢痛苦地挣扎着，他的肩膀抵住了墙壁，脚离开了地面，那队长比他高很多，现在正在把他举得更高，他只觉得眼前直冒金星，喘不过气来。

“啧啧，”队长转脸对着女主人，“瞧见没有，这家伙非要为你赔上性命，我也没办法。听说美国有专家做过测试，一个成年男人最多可以憋气九分钟。我还不知道中国男人能撑多久，不如拿你男人来做个实验吧？”

他的手上加了点力气。

男主人已经开始翻白眼，连声音都发不出来了。

女主人已经哭叫起来：“放了他，求求你……”

队长侧着头说：“呀，你在说什么？我听不到……”

忽然，他的眼睛瞪得像铜铃一般大，接着，发出一声野兽一样的嚎叫，掐着男主人脖子的手松开了，队长整个身子歪倒下去。

队长的脚脖子上开了一个一寸多的血槽，鲜血正从那里冒出。

他背后站起了一个干瘦的身影，正是陈冬，他手里拿着一把明晃晃的刀子，正是刚才被丢到地板上的水果刀。

他早已忍无可忍。

队长惨叫道：“我的脚！我的脚筋被割断了……”

他的手下慌忙喊道：“开枪，快开枪！”

这些人的实力都远不如六爷，充其量不过是小喽啰，他们的动作在陈冬眼里慢得好像电影里的慢镜头。

陈冬从牙缝里吐出一句话：“为什么，伤害无辜的平民……”

陈冬面前的犬组特种兵们将麻醉弹射了出来，将刚才陈冬站立的地方射成了马蜂窝。

射了半天之后，他们才发现，陈冬早就不见了。面前根本没有人。

但就在这时，一个特种兵觉得脖子上一凉。

他仰面朝天倒了下去，手按着脖子上的伤口，像寒风中的泥鳅一样浑身抽搐着。

陈冬的声音在他身旁响了起来："走不了……一个也走不了，伤害无辜的人，一个也走不了……"

特种兵们慌忙转身，但他们只瞥到了一个模糊的人影，接着，就是雪亮的刀光。

绝缨被陈冬的样子吓到了。刚才发生的一切，就好像是一个奇妙的开关，这个开关直接启动了陈冬身上的"某种模式"。

然后，陈冬就好像成了一尊凶神一般。

那帮特种兵一个接一个倒了下去。陈冬每出一刀，必有一人中招。人们只看到一个鬼魅一般的身影在屋子里时隐时现。

这是陈冬印象中自己第一次主动大开杀戒，刚挥出第一招的时候，他还有些犹豫，但随着身体的运动，那些已经学过的搏斗技巧在他脑海中浮现，就仿佛是某种被激活的"程序"一般，教官之前教给他的那些，就好像身体的自然反应一样，一一呈现在眼前，他只需要照着去做，就可以起到惊人的作用。

而眼前这些特种兵，则成了他练招用的沙袋、人偶。

说实在的，就凭他们的速度，在此时的陈冬眼中，和沙袋、人偶的区别并不大。

那血犬气势汹汹、张牙舞爪地扑了上去，仿佛一颗肌肉铸成的炮弹，它对自己的力量、速度很有自信……

疾如火！快如风！

一秒钟后，它的尸体在惯性的驱动下冲到了角落里，重重地撞上了墙壁。血从它脖子上的伤口汩汩流出，一直流到距离它身体两米远的地上。那狗的眼睛鼓起老大，似乎还不明白自己是怎么死的。

所有动作一气呵成，整个过程不足两分钟。屋子里静悄悄的，濒死者的口中喷出肺里残余的空气，残存者连大气都不敢喘一口。此时的陈冬仿佛执掌生死的鬼神一般。

那队长瘫软在地上，刚才的一切他都看在眼里，他想逃，但他的脚已经废了，动不了。他苍白着脸，嘴唇一张一合，仿佛一条垂死的鱼。

陈冬一步一步向他走了过来，经过刚才一场战斗，他却连缓口气都不需要，他手中拿着那把水果刀，亮晶晶的刀锋上还挂着一颗血珠，宛如嵌了一颗红色的玛瑙。

那血珠仿佛在嘲笑队长："你不是说水果刀伤不到你们么？"

队长手脚并用向后退去，血渗过西装裤子，被他自己的皮鞋踩过，在他身下形成一个古怪的图形。

绝缨已经从床下钻了出来，与女主人一起救助受伤的男主人。

队长的腰碰到一个硬邦邦的东西，他的眼睛亮了起来，是他自己的枪，那把枪别在他的后腰上，他飞快地将手伸向后腰。

然后，他的手停住了。

队长只觉得肩胛上传来一种无法忍受的疼痛，整条手臂连动都动不了。

他的肩胛上卡着一把刀，位置与刚才他刺男主人的位置相同。

陈冬慢慢来到了他面前，将他的抢摘下来，在他面前晃了晃，然后，他把刀拔出来，架在他的脖子上。

“放心，我还不会让你死，你会很有用的。”他说这句话的时候，竭力控制着自己，因为他真的很想杀了他。

绝缨已经将男主人扶了起来，她俯伏在男主人的胸脯上，男主人此时的心跳已经非常微弱。绝缨侧耳听了听，忽然伸出双手，握拳，用力压向男主人的胸口。

“醒过来！”她大喊道，“给我醒过来！”

男主人没有一点反应，睁开的双眼里已经翻白。

女主人捂住嘴哭了起来。

陈冬走了过来，挽起袖子，扯开男主人的上衣，在他身上一抚，用手指狠戳了几个地方，接着，双手用更大的力气压了下去。

绝缨的眼睛眨也不眨地盯住陈冬看。

男主人忽然重重地咳嗽一声，吐出一口白沫。他总算是活过来了。

陈冬呼出一口气，坐在地板上，疲惫感终于泛了上来，如同排山倒海。

女主人搂住男主人，放声大哭。

绝缨问陈冬：“你的技术是从哪里学来的？”

陈冬摇摇头：“我不知道，刚才脑子里忽然闪过一些东西，然后我就冲出去了。就像条件反射……”

“你救活了一个垂死的人，哪怕再晚几秒钟，他的大脑都会受到终生难以治愈的创伤，就算救活了也是个残废。而你刚才不但救了他，还使他的脑部供氧能尽快恢复。那不是一般的急救术，你受过特种兵训练么？”绝缨说。

陈冬摇摇头：“我不知道你在说什么。我的脑子里还是一团糟。

我的过去……我记不起什么东西。”

那犬组的队长忽然重重咳嗽了一声：“你……竟然是你，我想起来了，你是……”

陈冬眼睛一亮，急切地问：“你知道我是谁？”

那队长忽然摇摇头：“不可能，你不可能是那个人，那个人应该已经死了……六爷亲手操纵无人机……”

绝缨揪住他的衣领：“我建议你说得更详细一点，或者你想尝点儿更厉害的？”

正在这时，外面传来扩音器的声音：“绝缨，识相的就快出来。你的父母在我们手上。”

绝缨一震，手里的刀子差点落地。

那队长脸上露出一丝狡猾的神色：“你不如先放了我。”

绝缨狠狠瞪他一眼：“想得美，站起来，跟我走。”

她不管那队长受了重伤，让陈冬拖着他，把他拖了出去。陈冬也想跟出去，绝缨阻止道：“你先别出来，外面很可能有狙击手。你应付不了的。”

六爷正站在门外，用扩音器对着门口喊话，一看门开了，从里面出来一个女孩，手里还拖着一个人。

“你好啊，绝缨，又见面了。”六爷笑容可掬地说，“手脚够麻利啊，我派进去的人都被干掉了吧？”

绝缨脸上殊无笑意，她指着被控的队长，喊道：“放我们走，否则，我们杀了他。”

那队长像杀猪一样嚎叫着：“六爷，救我。”

六爷皱了皱眉：“救你？你的脚已经废了，就算治好，也不如以前灵活。你还不如死了的好，死了的话，还可以给你老婆换取一大笔抚恤金。对了，话说回来，你老婆长得很水灵，我对她早有意思。不如你现在安安静静地去死吧，这样成全了你老婆，也成全了我。”

那队长张口结舌，他没想到主子嘴里竟然说出这样的话来。

“请请请。”六爷对绝缨笑嘻嘻地说，“赶紧杀了他，这样对你对我都有好处。”

“你……无耻。”绝缨从牙缝里挤出这个词。

她本以为扣住一个人后，六爷会有所忌惮，但现在看来，那人一点用也没有。

六爷抬了抬手，四周房顶上露出无数黑洞洞的枪口，“狙击手准备。误伤了那个队长也不要紧。”

绝缨又开始向门口退去，她的手松开了那队长的衣领，她想这人已经没用了，不如丢掉，省得累赘。

陈冬在屋子里听到了刚才的对话，便轻声问绝缨：“看那些枪的样式，似乎是麻醉枪，但也很危险，不如先退回来？”

队长已经被剑拔弩张的气氛吓坏了，连头也不敢抬。也难怪，对面那如同密林一样的枪口实在够恐怖的。如果这些枪瞄准的是同一人的话，那人绝对会被打成筛子。麻醉弹并不致命，但如此多的麻醉弹打在身上，想不受重伤是不可能的。

“看我进去之后，迅速把门掩上。”绝缨低声说。

她揪了揪那队长的脖子：“小子，如果不想死，就放聪明点。”

那人连连称是，早已没了刚进屋子时的威风。陈冬从门里伸出一只手来，抓住那队长的衣服。

六爷已经等得不耐烦了，他果断地一挥手："开枪！"

与此同时，绝缨也喊道："进去！"她没有转身，直接倒着跃进门口，陈冬也将那队长拖进屋子。但他的动作远没有绝缨快，刚挪动了一半，就听到对面的枪声乒乒乓乓响了起来。

那个队长忽然像被蜜蜂叮了一下一样，浑身颤抖了一阵，然后，死猪一般瘫倒在地上，不动了。

他的脚上插了三支麻醉针。

陈冬脸上露出了懊丧的神情："糟了，本来还想向这小子打听更多信息的。"

绝缨抱歉地对那对男女说："请你们先到床下躲避一会儿吧。今天给你们添了很大麻烦，真对不起。以后我肯定会报答你们。"

待那对男女钻进床下之后，陈冬问绝缨："怎么办？硬拼？"

绝缨咬了咬牙："拖，能拖多久拖多久。我向我的同伴发出了电子邮件，她收到后会马上赶来救我们。"

陈冬问："你还有几个同伴？"

"一个。"

"一个？"陈冬隔着窗缝看了看外面密密麻麻的人群，"我不想打消你的积极性，不过我建议让你同伴来的时候多叫些人。"

六爷对他手下的人吼道："尽量快点把他们抓出来，要是警察或边境部队来了，那可就麻烦了！"

他冲一队人挥了挥手，那几个人端着枪，快步靠近小屋。

这种老式建筑只有一门一窗而已，那几个人用力撞门，也撞不开。门后被人用东西顶死了。领队的那个将枪托砸向窗户，只听一声脆响，窗玻璃粉碎。

然而却有一阵雨点般的子弹从窗户里射了出来，原来是绝缨在用那犬组小头目的枪还击。

这一下猝不及防，派过去的那组人大半被子弹扫倒，只有两人逃了回来。

绝缨一击得手，赶紧用家具将窗口上的破洞遮了起来。

六爷目测判断，那堵住窗口的老式家具由厚实的木板制成，想从窗口突入可就不容易了。

偏偏这时在城外公路枢纽上放哨的犬组人员发来信息，附近小城的暴乱已被平息，警察随时都有可能赶来。

六爷的眼里射出两道凶光："把猪组的人叫来。"

猪组大概是这个神秘的组织里人数最少的一队，但也是行踪最诡秘的一队。所有人都知道六爷身边有一支贴身卫队，但从未有人见过他们。

听到六爷的召唤后，有三个人从后面的人群里挤了出来。为首的一个是皮肤黝黑的印度人，另一个是高大的俄罗斯人，上衣敞开，露出茂盛的胸毛；第三个身材矮小，戴着金丝眼镜，脚上却踩着双木屐，原来是个日本人。

这三个人都没带武器，俄罗斯人背着个巨大的登山包，印度人手里则拿着个小巧的 iPad。

三人对六爷鞠躬行礼，六爷摆摆手："让面前这面墙消失，但不许伤到里面的人。"

三人点头，却不靠近房子，只是站在原地。印度人端详了那房子几眼，开始在电脑上输入数据。

“城建数据显示，这是1994年建成的房子，十公分厚的水泥墙，地基深入地面以下七十公分。四面墙都是承重墙，无通风道，无煤气管道。”他头也不抬地说。

日本人点点头，从口袋里掏出一只激光笔，红色的光点投射而出，落到小屋的墙壁上。

“小乌鲁夫，这里，C4炸药一份；这里，黑索金混合炸药一份。这里和这里有老化的裂缝，可以加以利用……”日本人用激光笔给俄罗斯人指点方位。

那俄罗斯人应了一声，从书包里掏出大小不一的几粒圆球，他将圆球向小屋投掷过去，只听啪啪连响，圆球打在了墙上，每一个圆球都准确地击中激光笔的光点所指示的地方，却没有爆开，也没有掉下来，而是黏糊糊地粘在了墙上。

小乌鲁夫不停地投掷着，墙壁上沾满了小球，小乌鲁夫背上的书包迅速瘪了下去。当小球全部投放出去之后，三个人长长地舒了一口气，就像合力完成了某件伟大的艺术品一般，然后，他们回到六爷身边。

日本人从口袋里掏出一个小巧的遥控器，谄媚地递给六爷：“结尾的部分，应该由您来做。”

六爷伸出手，像夸奖自己的宠物一样，抚摸着日本人半秃的头顶：“还是你们三个最让我放心。”

猪组的人嘿嘿傻笑着。

六爷按下了遥控器。

但听轰隆隆爆炸声响起，小屋被浓烟和飞扬的尘土包围，爆炸声结束之后，过了足足五分钟，浓烟和尘土方才渐渐散去。

小屋的阳面成了一片废墟，一整面墙壁消失了，但房顶却奇迹般地没有砸下来。

六爷领着人向前走去。

房子的主人——那对青年男女，已经软绵绵地躺在地上，人事不省。陈冬和绝缨痛苦地趴在地上——爆炸的冲击波对他们造成了强烈而突然性的伤害。就算绝缨有再敏捷再迅猛的身手，血肉之躯始终无法抵御强大的现代兵器。

“绝缨给自己易容了，可惜。不过也难怪，毕竟这么出众的女孩，跑到哪里都会有人认出来的。多棒的战利品啊。”六爷啧啧称赞道，“把他们给我带回去。”

犬组的人开来了一辆悍马车，这辆车是专门为押运犯人制造的，驾驶室后面的车厢由厚实的合金材料所制，就算犯人有冲锋枪，也无法从里面突破出来。

六爷的人七手八脚地将绝缨和陈冬抬上了车。驾驶室里坐着个黑衣大汉，戴着防毒面具。六爷对他说：“把这两人送回基地，千万不可伤了他们——尤其是那个女孩。”

大汉点头。

六爷贪婪地将手伸向绝缨的脸，重重地捏了一把，然后他把手凑到鼻端用力嗅了嗅，脸上露出一丝猥琐的笑意。他的这张笑脸适合出现在伊藤润二的恐怖漫画里，或者是出现在万圣节的某张面具上——当然是把某个小孩吓哭的那种面具。

悍马车的车厢被上了锁，宛如一个巨大的铁棺材。大汉发动了车子，悍马慢悠悠地向城外驶去。

六爷招呼猪组那三人过去，笑眯眯地说：“走，老子请你们去喝庆功酒。”

悍马车驶出了小城，两辆较小型的铃木旱獭越野车一前一后将它夹在中央。旱獭越野车上坐的都是犬组的人，身上携有武器，除此之外，空中飞着三架直升机，时刻监视着路面上的情况。

在这样的严密监控之下，车内的人说什么也逃不掉的。

要是被旁人看到了这奇怪的车队，或许会感到好奇，但车队特意选了条偏僻的路线，四下里只见一片旷野，中间夹着这条土路，一路上不见什么行人。

路面并不平坦，车子颠簸了几下，绝缨悠悠醒转过来。她发觉自己的手被一种特制的碳纤维绳索捆得紧紧的，那绳子很柔软，不会伤害到她的皮肤，但却很有韧性，没办法挣脱。

她扫了眼四周，看看有没有可以使用的工具，但这里显然不可能有那种东西。陈冬依旧昏迷着，他的耳孔里带着细细的一行血迹，显然刚才的爆炸对他伤害很大。

绝缨的脑袋里也昏昏沉沉的，她挣扎着爬到陈冬身边，想把他叫醒，却听到他嘴里正念叨着什么。

“老婆……杀我……”

陈冬嘟嘟囔囔，眼皮跳动着，脸上的表情十分恐怖。

绝缨凑到陈冬的嘴边，这次听得清楚多了。

“杀了我，否则，他们不会放过你……”

陈冬的声音十分冷静，沉稳，像是换了一个人，与平日里大大咧咧的他大为不同。

绝缨愣了，难道陈冬在昏迷之中回到了他的过去？他的记忆恢复了？

她想多听一些，因为她对陈冬的身份实在是太好奇了。

然而就在这时，车外传来了一声巨响。

陈冬睁开眼睛，发现自己穿着一身帅气的西装，站在某个礼堂里。

在他身边，是一位身穿洁白婚纱，面带微笑的美丽女郎。

女郎似乎发觉他在看着她，便小声提醒道："看什么看？还没看够？别在婚礼仪式上发愣啊！"

"婚礼仪式？"陈冬一阵茫然，他往旁边看去，只见旁边还站了个头发梳得油光的司仪，在司仪身后，坐着大约百十号人，一个个都面露喜色，充满期待地看着他。

司仪开口了："陈先生，我再问您一次，您愿意娶王小姐为妻，并和她白头偕老吗？"

陈冬紧张了起来，他咽了口唾沫，望了望身边的女郎。

女郎眨了眨大眼睛："怎么又看我？快回答啊！"

陈冬赶紧转向司仪，答道："愿意，我愿意！"

台下的人们发出一阵欢呼声，有的人在大声吹口哨，有的人在用力鼓掌。

"恭喜恭喜！"

"陈队，快亲嫂子一下！"

"快拍照！"

现场一片喧闹，陈冬则在这喧闹的气氛中越来越糊涂。

这里到底是哪里？是我自己的婚礼么？还是……

头顶忽然传来了嗡嗡的声音，像是某种苍蝇的扑翅声，但又比那大了无数倍。很多宾客都停下了手中的动作，惊讶地望向窗外。

窗外出现了一个黑点，越来越大，似乎是某种飞行器。

那个叫向南的男人忽然大喊了起来："趴下！快趴下！那是无人机！攻击型无人机！"

宾客们混乱了起来，大家朝着门口跑去，然而，还没等前面的人推开门，无人机就把一个闪着光的东西投了下来，那东西冲破了窗户，直接蹿向大厅的中心。

剧烈的爆炸声传来，陈冬被爆炸的冲击波吹得飞了起来，远远地落在地上，他眼睁睁地看着那穿白色婚纱的女孩被烈火吞没，却无能为力……

无人机继续在头顶盘旋，无数张纸片如雪花般飘落，其中一张落到了陈冬面前，那上面写着"伯爵的问候"……

第十八章　猛虎出柙

押送陈冬和绝缨的那辆车外，忽然传来了撞击的声音，左侧车身扬了起来，与此同时，车子猛地向右边摆了过去，在原地打了个一百八十度的转弯。

巨大的离心力使得绝缨身体腾空，肩头重重地撞到车厢壁上，疼得她叫出声来。接着便是轰的一声巨响，车体微微变形，车厢朝里面稍微凹进了一些。

绝缨还没反应过来，车子又向后发狂一般冲了过去，然后又是一次猛烈的撞击。

然后，车子停住了。

昏迷中的陈冬醒了过来，疑惑地看着绝缨。

绝缨重重地咳嗽两声，从嘴里吐出一口血："没事，我们被关在囚车里了，不过这囚车不知出了什么问题，忽然停住了。"

"是不是有人拦截囚车？"陈冬的眼里放出了光。

“你小说看多了吧？”绝缨没好气地说，“我们是被六爷的人抓住的。他肯定派了精锐车队护送，没准天上还有直升机。这样的兵力相当于一支小型特种部队！除非是边防武警部队出手，否则根本不可能把咱们救出去。现在你先试试能不能把我手上的绳子解开。”

两人手忙脚乱地摸索了一阵，但还是以失败告终。

陈冬骂道：“真见鬼，绳子上有个类似锁头的东西。打不开。”

“别勉强了。”绝缨忽然脸一红，她的手无意中触到陈冬的手，猛地缩了回去。

“你怎么了？”陈冬不解。

“没事。”

其实绝缨也不知道是怎么回事。

车外传来了枪声，还有隐隐约约的喝骂声。

“听到没？护送囚车的人还有活着的。”绝缨低声说，“他们喊得那么起劲，可见没受到多大伤害。”

陈冬侧耳听了听：“不对啊，听起来倒像是在高声求饶。”

绝缨睁大了眼睛，外面的枪声已经停了，她听到车外有人哭叫道：“饶了我们吧，我们只是……”

接着有人说：“我知道你们几个只是跑腿的，我也不想杀人，可惜，今天不杀了你们，你们就会走漏风声。更何况，你们刚才对我可是下了狠手的，要不是我躲得快，就要死在你手里了。所以，抱歉。”

这声音十分熟悉，绝缨惊得张大了嘴：“是他！怎么可能！他怎么会来救我们？”

“扑。”外面传来一声闷响，那求饶的声音戛然而止。

车外响起了脚步声，有人慢慢走近了车子，然后，开启了车厢上的锁。

绝缨下意识地缩起身子。尽管知道来人不会是敌人，但她却感到没来由的害怕。

就像预感到要失去什么珍贵的东西一般。

车厢门开了，一个黑衣大汉出现在他们面前，那大汉戴着防毒面具，因此看不到长相。

透过防毒面具，那人的目光停在了绝缨的脸上，接着，那人缓缓地转向了陈冬。

“你们俩没事吧？”由于隔着面具，这人的声音显得有些闷声闷气。

然而，绝缨却觉得这人有些熟悉……

“恩人，你能不能摘下面具？我还不知道您长什么样呢。”陈冬小心翼翼地说。

“哦，这个我倒忘了，为了蒙骗其他人，不得不戴了这个。”那人将防毒面具扒了下来，露出一张阳刚气十足的国字脸。

“教官。”绝缨微微颔首，算是行礼。

在遥远的异国，“吸血伯爵”正坐在自己的囚室里，沉浸在电影中。

这部电影的名字叫《基督山伯爵》，这是一部老片子了，但他依然看得有滋有味。

外面传来了看守的声音：“喂，有人来看你了！”

伯爵转过身，看到玻璃墙外站了一个女人，正是国际刑警的联络员崔茜。

“哟，好有闲情逸致啊，还在看电影。”崔茜的声音里透着一丝嘲讽。

“这可是你们许诺给我的好处，难不成你们还想收回？”

“电影先别看了，收拾你的东西吧。十分钟后，会有人来把你接走。”

“吸血伯爵”皱了皱眉：“把我接到哪儿去？”

“嘿，这可是最高机密。”

“吸血伯爵”朝她拎的袋子看了一眼，嘴角露出一丝笑意：“原来是要带我回东南亚。”

崔茜疑惑地看着他。

他摊了摊手：“你瞒不过我的。你西装里面已经换上热带地区常穿的T恤了，这对你来说可是第一次。平常你里面穿的都是衬衣。再说，你那装防晒霜的大瓶子都从你袋子里露出来了，你就不能换个大一点的袋子吗？哦……我忘记了，你和你男人分居了，你的大部分东西应该是留在他那里，还没来得及拿回来吧？”

他顿了顿，又说：“是东南亚那边要求把我送过去受审服刑吧？我的国籍毕竟在那边。”

崔茜把袋子转到身后：“快点儿，你还有九分钟。”

“没什么要收拾的了。”“吸血伯爵”站了起来：“现在就带我走吧。”

与崔茜同行的，还有几名穿着黑西装的人，这些人的衣服里都鼓鼓囊囊的，装着手枪等武器。

他们在一旁进行监督，看着看守打开囚室，为犯人戴上手铐和脚镣。

为了防止犯人逃脱，崔茜拿过一个奇形怪状的注射器，给他打了一针。

“我在你皮肤内部植入了定位系统，无论你逃到哪里，我们都能找到你。别以为你能逃走。”

“我在这里住得挺舒服的，根本没打算离开啊。是你们非让我离开的。”

“少废话！”

崔茜在他背后一推，把他推出了囚室。

他们押着“吸血伯爵”来到外面，室外强烈的阳光，让“吸血伯爵”有些睁不开眼。崔茜讥笑道：“难怪说你是吸血鬼，看来你真的见不得阳光。”

“吸血伯爵”深深地吸了一口外面的新鲜空气。他转脸朝崔茜笑了笑：“我发誓，这辈子再也不会回去了。”

“这可由不得你！上车！”

外面有三辆福特越野车，以及一辆巴士。这些车都经过了改造，外壳和车窗、轮胎具有一定的防弹能力。所有车的窗玻璃都镀了一层特制的膜，从外面看不到里面。

“吸血伯爵”正要走向那辆巴士，崔茜却说：“不，你上第一辆车。”

“吸血伯爵”扬了扬眉毛：“嘿，这可不合你们的规矩啊。如果劫囚犯的话，第一辆车是最容易受到袭击的，你就不怕我这么重要的犯人被弄死？”

“这三辆越野车都是从军方借来的，非常结实，尤其是第一辆，安装了特殊的凯夫拉材料，就算是火箭弹，都拿它没办法。不过，如果真的发生意外的话，我宁可让你死在这里，也不能让你活着被带走。”崔茜的声音里透出一股阴狠。

在犯人被押上车之后，车队启程，前往附近的一座机场。

这一路上，“吸血伯爵”都轻松地吹着口哨，他时不时透过窗子看着外面的景色，脸上挂着非常惬意的表情。

而车内的其他人都严阵以待。除了崔茜，还有四五个荷枪实弹，身穿防弹衣的警员坐在车内，就连司机，都带着黑色的马格南手枪。

车队出发之后，没有开往大的街道，而是绕着小路走。

“吸血伯爵”不紧不慢地问道：“怎么不走大路？第七大街不就在旁边？离最近的机场只有半小时路程。”

“我们不走第七大街。”崔茜冷冷地说：“别以为我不知道你们擅长的把戏，你们之前曾经在公路上人为制造交通堵塞，并利用民用车辆进行掩护，抢劫运送武器的货车。我们这次要走的路，你绝对想不到。”

车在公路上行驶了一阵之后，忽然来了个急转弯，接着，车厢外传来了哗啦啦的声音。

“吸血伯爵”一怔：“原来是走水路。哦，是沿着河道走。你们的想法倒是很不错。不过，你们就不怕车在水里抛锚吗？”

“为了阻止你的伙计们把你救走，我们什么都敢做！这车有水陆两用功能，可以在河面上浮渡。”

“只是为了转移我，就下了这么大的血本啊。”

“彼此彼此。我听说你们的人为了救你，也花了不少本钱啊。”

“吸血伯爵”的瞳孔骤然缩进：“你说什么？他们已经来救我了？”

“这个当然。我们得到情报，你们的人已经获得了这座秘密监狱的位置，为了防止他们救你，我们要先把你转移到别的地方！”崔茜冷笑道：“你的人大概做梦都想不到，虽然他们千辛万苦，总算打听到了你的位置，但你却早就不在那里了！”

“吸血伯爵”沉默了半晌，终于点了点头：“不错，真是不错！我还以为你是个肤浅的女人，没想到你居然能把我的人耍得团团转！”

“我也没想到，这里的位置居然也会泄露出去。不过，请放心吧，把你转移到目的地之后，我们就会开始彻底清查，看看到底是谁泄露了这里的位置！”

忽然，司机惊叫了起来：“小心，抓稳！有辆车朝我们这边来了！”

“车？！”崔茜一愣，这里是河道，怎么可能会有车过来？！

透过车窗，可以看到有一个庞然大物从河边的工地冲了过来——这是一辆巨大的履带式挖掘机，光拖带轮就有一人多高，当把挖斗伸展开的时候，它的整个身躯宛如泰坦巨人一般宏伟。

挖掘机轰隆隆地开进了水里，河道里的水很快淹没了它的一截身躯。然而，这东西实在太高大了，水连它的“脚面”都没能没过去。

车队已然意识到了问题——这挖掘机是不可能突然失控冲进河

道的，它必然是冲着这支车队来的！

“散开！散开！”崔茜朝着对讲机大喊。

现在车队是以“一”字形前进，倘若第一辆车被挖掘机拦住，那么整个车队都会有危险，但如果散开的话，估计这挖掘机就不知道到底去拦截哪辆车了。

果然，当车队散开之后，挖掘机的动作迟缓了一下，很快，它又朝着第一辆车开了过来。

“见鬼！我们的人里一定有内鬼！那辆挖掘机上的人应该是得到了内鬼提供的线索！”

“你想多了。”“吸血伯爵”淡淡地说：“你这辆车上的人太多了。当它以浮渡行驶在水面上的时候，吃水肯定会深一些，就算是一年级的小孩，都能猜出这辆车上有问题。”

“闭嘴！”崔茜的样子显得有些狼狈。

挖掘机的挖斗已经朝这辆车砸了过来。

还好，司机的反应足够迅速，在挖斗快要击中车体的一刹那，他向左急打方向盘，虽然这辆车在水上的动作并不能像快艇那样灵活，但车身还是很好地“甩”出了一个弧度，堪堪躲开了那挖斗。

崔茜惊魂未定地说：“你的人是要连你一起干掉吗？”

“吸血伯爵”镇定地说：“他们相信你这辆车是具备防弹能力，而且坚不可摧的。那挖斗最多会截停这辆车，却伤不到里面的我。”

崔茜哼了一声，催促司机：“赶紧开出这片水域！”

司机却说：“不行啊！你看前边！”

前面的河道忽然变得热闹起来，无数的木头、垃圾桶、汽油桶出现在水面上，这些东西都不会下沉，它们挤挤挨挨地在水面上漂着，形成了大片的“屏障”。

“这……这是怎么回事？！”崔茜无比惊讶。

“你以为他们只会用挖掘机拦截吗？”“吸血伯爵”的表情显得非常轻松，“拦截一辆车，可用的方法多了去了。尤其是现在，你们的车队位于水面上，而其灵活性又比普通船只要差。因此，只需要在前面和后面阻断水面，你们就插翅难逃了。碰巧这截河道的水面已经因为连日干旱而下降了不少，距离河岸有一段距离，你们的车下来容易，上去可就难了。”

“闭嘴！”崔茜抓起对讲机，大喊道：“紧急转向！我们从后面突围！”

“来不及了！”后面车上的司机惊魂未定地喊道：“我们后面的退路也被堵死了！”

“吸血伯爵”哈哈大笑了起来：“中国人有句老话——‘作茧自缚’，你们自作聪明地选择了这条河道作为必经之路，但现在它却成了你们的死地！”

“我绝对不会放过你的！”崔茜恶狠狠地拿出了手枪：“就算我死在这里，我也会在死前先把你干掉！我决不允许你再回去作恶！”

她又朝对讲机喊道：“通知总部，联络附近的警局过来增援！”

“来不及了，来不及了。”“吸血伯爵”慢条斯理地说：“你们选择的是这么荒僻的路线，就算是距离最近的警察局，离这里少说也有十公里吧，再被我的人拦截一下，等他们来的时候，你们应该已经变成尸体了。”

外面传来了乒乒乓乓的枪声，不知道有多少人在朝这个方向开枪。水面上扬起了无数的水花。

情况紧急，崔茜不再理睬“吸血伯爵”的话，她通过对讲机指挥车队进行迎击，射手们打开车身上的射击孔，寻找着可疑的目标。

然而，对方似乎始终都躲在暗处，无论车上的人枪法多么精准，在没有目标的情况下，他们依然无计可施。

“吸血伯爵”又开始冷嘲热讽：“你们可以随便开枪，反正，车上的子弹是有限的，你们还无法离开这里。等你们耗完了子弹的时候，我的人就可以来‘瓮中捉鳖’了。”

一条火线从岸边上射了过来，擦着崔茜这辆车的车顶飞了过去，把那辆大巴车打得冒起了黑烟。

“重型反坦克武器？！”崔茜的心一沉。这对她来说，可不是什么好消息。“他们就不怕杀了你吗？！”

“比起这个，他们更怕我把组织的重要信息告诉你们。”“吸血伯爵”居然露出了一丝苦笑：“如果不能把我救出去，他们就会杀了我。”

崔茜的心沉了下去。就在这时，又一道火线飞了过来，这次却是直接扎进河里，炸起一大片水花。

司机朝崔茜大喊，他发现右侧的堤坝上出现了一条浅坡，可以沿着这条浅坡离开河道。

“快去！马上离开这里！”崔茜已经慌不择路了，她不能让自己的车队成为“活靶子”。

由于崔茜这辆车里有“重要人物”，所以，后面几辆车就必须要承担“护驾”的任务。这是一项具有高度危险性的任务，然而，没有其他选择。

尽管这些车都具备高强度车身，但在弹雨的集火攻势之下，它们已经伤痕累累，最后面的一辆车，里面的驾驶员已经受伤，目前只能由其他人代替其驾驶。

忽然，“轰”地一声巨响，这辆车被从天而降的火线命中，瞬间炸成了一团火球。

崔茜这辆车被爆炸产生的冲击波所波及，在水面上斜着滑出去一截，差点儿倾覆。其他车也都东倒西歪，原本被布置好的队形被打乱了。

远处那辆巨型挖掘机开始向这边冲了过来。它那巨大的挖斗一张一合，里面足以放一辆面包车。

挖掘机把最后面那辆起火的车从水中“抓”了出来，巨大的挖斗猛地合拢，把起火的车身变成了一堆废铁……

崔茜所在的这辆车终于冲到了岸边，然而，却开不上去。

崔茜急得朝司机大喊：“为什么不上去？！”

司机一筹莫展地解释：“上不去啊……看上去是个斜坡，但咱们这辆车太重了，往下打滑，上不去，需要有人推一把！”

崔茜身边的几名警员向崔茜建议：“让我们下去一趟吧。一来可以减轻重量，二来可以帮忙推车。”

崔茜咬了咬牙，她透过车窗，看到远处的天空中“浮”着一个小黑点，似乎是无人机。

崔茜瞬间明白了，犯罪组织的人大概从获知“秘密监牢”位置的时候开始，就派无人机在“秘密监牢”附近监视，因此，她刚把“吸血伯爵”从“监牢”里带出来，犯罪组织的人就知道了，并及时组织了人手进行跟踪和拦截。

崔茜感到无比后悔——如果她把“吸血伯爵”留在“监牢”里

的话，那么对方可能会投鼠忌器，不敢造次。就算对方要强行突入“监牢”，“监牢”里的守卫也不是好惹的，借助那里的地形与设施，甚至可以堪比小型军队。自己只带了几辆车，就把“吸血伯爵”给带出来了，她还以为自己的行动是神不知鬼不觉，但在对方无人机的监控之下，她的队伍简直就是个活靶子。

而且，她还自作聪明地选择了这条河道作为路线，实际上，她的车队虽然具备浮渡能力，却不是专业的两栖突击车，这支车队在河道上的行进速度，也就是每小时六七公里而已，而对方派来的人，却可以在获知车队的行进路线之后，依靠汽车在公路上的高速行驶优势，提前赶到前面进行拦截。对崔茜来说，这真的是弄巧成拙了。

汽车的车门已经打开，几名警员端着枪猫着腰冲出汽车，随后把车门紧闭。

一名警员隔着车门朝崔茜吼道：“我们把车推上去，你们不要管我们，赶紧把这人送到机场！不能再耽搁了！”

崔茜重重地点了点头，她的眼里泛着泪光。她的目光满怀歉意——这些人一旦离开这辆带有装甲的车，就要面临死神的审判。

警员们已经顾不上这些，他们在车身后面站好，一起用力推车……

车身缓缓地动了。

崔茜总算松了一口气。

忽然，一名警员颤抖了一下，倒了下去。

其他警员马上停了下来，伏在地上，寻找着子弹的发射者。

那辆挖掘机上出现了两名持枪的蒙面人，这两人依靠高度优势，居高临下，用狙击步枪向这里射击。刚才倒下的警员就是中了他们的暗算。

崔茜倒吸了一口凉气——她和那些警员都穿了防弹背心，但防弹背心并不能护住全身，他们的四肢、头部都是暴露在外的，如果对方的狙击手能在那么远的地方开枪命中己方人员防弹衣的空隙，那就说明那些狙击手的枪法都相当不俗！

挖掘机开始动了，离这边越来越近。

车队中有一辆车不顾崔茜的警告，直接朝挖掘机冲了过去，车上的人通过射击孔向挖掘机开火，挖掘机上的狙击手被迫躲了起来。

忽然，又是一道火线飞来，正打在这辆车上，这辆车被拦腰炸成了两截。

爆炸的声浪震得大家耳朵发麻。

崔茜冲司机吼道："还是冲不上去吗？！"

司机的声音带着哭腔："就差一点点了！哪怕再多一个人推都行……"

崔茜骂了一句粗口，她检查了一下自己的防弹衣，冲司机喊道："看好那个犯人！在我回来之前，不能让他逃掉！如果他有什么不轨举动，立刻毙了他！"

她把自己的枪丢给司机，随后，打开车门跳了下去，准备去帮那些警员推车。

就在她跳下车的一瞬间，她忽然觉得有些不对劲。

似乎是直觉。

她回头看了一眼，这司机的背影……怎么有些陌生呢？

整支车队里的人都是精挑细选来的，她应该都认识，可这司机……

她冲那司机喊道："你叫什么名字？"

司机没有回答。他忽然一踩油门，汽车如同离弦之箭一样，朝前方冲了出去，飞快地冲上了斜坡。

崔茜终于明白了过来，她从旁边一名警员的手里夺过手枪，朝着那辆车打光了弹夹，然而，即便所有子弹都打在了车上，它也不可能回来了。

崔茜正要破口大骂，忽然，远处传来了呼啸声，她回头一看，只见一道火线朝这边飞了过来，她身边的警员拽着她的胳膊，两人一起跳向河里……

司机把车开到了一个僻静的角落，随后，司机把车停了下来。

"吸血伯爵"拍了拍司机的肩膀："老三，辛苦你了。"

司机转过身，微笑着握住他的手："老大，我们终于又见面了！"

这人正是三爷。

"事不宜迟，我身上还有他们装的定位装置，你把'手术室'准备好了么？"

三爷点头："准备好了。就在外面。"

他打开车门，扶着"吸血伯爵"下了车，外面停了一辆外形古老的集装箱卡车，上面写着"联邦快运"的字样。

卡车的车厢上开了一道门，三爷和"吸血伯爵"爬上卡车，那道门很快合上。卡车缓缓启动，顺着旁边的街道，向着远处的郊区驶去。

进入车厢之后，"吸血伯爵"问三爷："这辆车保险么？"

三爷点头："放心吧，车厢外部装有厚实的铅板外壳，可以隔断电子仪器发出的信号。您身上的定位装置，现在已经和外界‘失联’了。”

两个穿着白大褂的人走了过来：“伯爵先生，我们要给您做手术了，先要给您打一针麻醉剂。”

“不必那么麻烦了。”“吸血伯爵”见其中一人手里拿着手术刀，便一把将手术刀抢了过来，他在自己的皮肤上找准了位置，随后便把手术刀插了下去。

刀尖锋利，划破了他的皮肤，鲜血渗了出来，但他却连哼都没哼。

皮肤切开之后，他找到了那定位装置，随后便小心地从皮肤里把它“挖”了出来。

那跟踪装置被他狠狠地摔在了地上，踩得粉碎。

三爷朝医生们打了个手势，医生们赶紧过来给“吸血伯爵”包扎伤口。

伤口包扎完毕之后，“吸血伯爵”在旁边的一张沙发上坐了下来。医生们退了下去，不一会儿，有端着美食和饮料的美女袅袅婷婷地走了过来。

“吸血伯爵”一把将美女抱住，感叹道：“这才是生活啊！”

三爷凑上前道：“老大，我们是坐船偷渡回去，还是坐飞机回去？”

“当然是坐飞机！”“吸血伯爵”的眼睛眯成了一条缝：“我已经迫不及待地要回家了！你我都不在，那帮混小子们肯定会把基地里搅成一锅粥！”

“已经开始乱了。”三爷叹了一口气：“自从把总部的事情都交给老六之后，那小子……唉……”

“吸血伯爵”盯着他的眼睛：“怎么回事？”

三爷就把最近发生的事情都向“吸血伯爵”作了汇报。

“吸血伯爵”听完之后，沉默了好一阵子，之后，他对三爷说：“我们即刻启程，直接回总部。这件事情不要让老六的人知道。回去之后，我要暂时撤掉他的一切职务。”

崔茜狼狈不堪地从水中爬出来，她的衣服已经湿透，紧贴在身上。她的头发上还沾了不少河道里的脏东西。

她顾不上整理这些，而是先检查同伴们的情况。

同伴们的情况比她好不了多少。还有两人已经因伤而昏迷不醒，急需治疗。

崔茜的手机响了起来，此刻她无比庆幸自己的手机带有一定的防水能力。

电话是从总部打来的，上级已经知晓这次“劫囚车”事件，并做出了反应。

全城的监控系统已经被调动起来，搜索那辆越野车。此外，也开始调查那位神秘“司机”的身份。

至于在河道上狙击车队的黑帮分子，崔茜则不抱什么希望——这帮人应该都是犯罪组织临时雇佣来的，即便抓住其中的一两个人，也没有什么意义。他们也不会知道“吸血伯爵”将会被转移到哪里。

忽然，崔茜想到了什么，她马上对总部的人说：“这一区域离哪些机场比较近？”

“两个民用机场，一个被废弃的航空学校机场，两个军用机场，怎么了？”

“请迅速派人去民用机场和航空学校机场检查！我担心他们会利用航空工具进行转移！”

“在被通缉的情况下坐飞机走？我觉得你是不是想歪了？机场的检查是很完备的，另外，那个航空学校的机场也已经废弃多年，在缺少设施的情况下，他们根本无法起飞。我感觉他们会选择海运渠道，偷渡离开，毕竟这里是沿海城市……”

“那帮人的习惯我很了解！只要给他们合适的空间，他们什么都做得出来！犯人一定会选择最快捷的方式离开这里！请严密检查，一定不要放过任何可以利用的设施，拜托了！”

“吸血伯爵”所乘坐的卡车停住了，“伯爵”从卡车侧面的一个小窗户往外看，只见外面是一个大型机场，无数的军用车辆正从卡车旁边经过。

三爷介绍道：“这里是一个军用机场，我们要从这里离开。”

“军用机场？你认识这里军方的人？”

“我并不认识，但是有人和他们关系很好。”三爷指了指窗外，只见一个西装革履，油头粉面的大鼻子正朝这里走过来——这人正是别里耶夫。

“吸血伯爵”下了卡车，别里耶夫殷勤地凑了上来：“老板您好，您这次的行程，由我全权负责。”

“吸血伯爵”狐疑地看了看他：“你有能力搞定这里的人？”

别里耶夫殷勤地说：“没问题，这里的部队正要乘坐大型运输机前往泰国，参加那里的‘金色眼镜蛇’联合演习。运输机的机师里有我的人，那小子还是贵方产品的忠实用户……”

“吸血伯爵”从鼻孔里“嗤”了一声：“那小子是瘾君子么？”

“是的。只要给他点儿好货色，他就心甘情愿地为咱们效力了。没准儿还不用坐货舱，会给咱们个‘VIP’房间。”别里耶夫眉飞色舞地说：“放心，不会有人来盘查的。”

在别里耶夫离开之后，“吸血伯爵”低声问三爷：“这个大鼻子为什么对我们这么好呢？”

三爷低声答道：“我把美洲的生意交给他来做，好处对半分。这小子现在是我们的‘重要合伙人’。相对于我给他的甜头，这点儿服务，根本算不了什么。您被囚禁的位置，就是这小子告诉我的。”

“将来扶持一下吧。我们要靠这小子和警方过过招。”

别里耶夫的“安排”果然出色，国际刑警方面也根本没想到“吸血伯爵”会从军用机场出发，等崔茜等人反应过来的时候，“吸血伯爵”已经踏上了泰国的土地。

从飞机里出来的他，贪婪地吸了一口外面的新鲜空气，随后便握紧了拳头。

接下来，他要让那些把他送进监狱的人，付出沉重的代价。

捉到绝缨等人之后，老六先提前回到了总部，但他离开之后没过多久，绝缨就被劫走了。在得知这个消息之后，老六简直要气炸了。

这还不算什么，更坏的消息还在后头——老大“吸血伯爵”要回来了。

老六简直不敢相信这个消息——老大不是被警方抓住，关在国际刑警的某个秘密监狱里了么？不是说国际刑警手眼通天，无论什么犯人，都不可能从他们那里逃走么？！怎么老大还是逃出来了？！

向他汇报消息的手下说：“是三爷帮老大逃出来的，现在他们俩已经到了泰国，准备翻越国境，向总部这边靠拢。”

“他们既然在回来的路上，为什么还不通知我？！”老六不禁心惊胆战了起来。“难道说，他们知道什么消息了……”

他用颤抖的手拿出电话，拨通了一个号码。

“喂？血钻找回来了没有？！老大和老三要回来了，我们必须要马上找回血钻！接下来，就该轮到它上场了！”

第十九章　惊慌失措

阳光透过窗子晒了进来，在床上洒满了一片金色。

蒋丽欣在床上伸着懒腰，今天是周末，难得可以休息一回。

房间的门开了，一位中年女性端着早点走进房间。她看蒋丽欣还在被窝里，就抱怨道："这都几点了，还不起床？！"

蒋丽欣赶紧说："妈！今天我休息！"

"嘿，都下午了，你还要赖在床上么？"妈妈把早点放在桌子上，凑到床前，爱怜地抚了抚蒋丽欣的头发："你又长了白头发了。"

蒋丽欣笑嘻嘻地说："您不是总嫌我不够成熟么？都说白头发是成熟了之后的象征，你不喜欢么？"

妈妈拧了拧她的鼻子，半是疼惜半是埋怨地说："以后不要再那么辛苦了。加班也要少一些，你看，你都没时间去相亲了！"

"嘿嘿，等这回的案子破了，下回就能休息久一些了。我要申请一个长假，带你和爸爸去旅游！"

“我的乖女儿啊，妈是真心疼你啊！”妈妈轻轻地叹了一口气，握住了她的手：“如果再给妈一次机会的话，妈一定不会同意你去参加这样的工作的！你看看，刚毕业的时候还那么水灵呢，现在都憔悴成什么样子了！回头，我得去找你们领导说说！”

“妈！您别……”蒋丽欣正要劝说母亲，忽然，她觉得手上黏糊糊的。

她惊讶地看着自己的手，那手上红艳艳的一片，分明是鲜血。

妈妈的手松开了，沿着床帮，缓缓地滑倒在地板上。她的背上全是伤口，横一道竖一道，其中有几道伤口是并排的，像是巨大的爪子留下的，另外几道则向外翻卷，后背上的衣服已经剥落，被什么东西给撕开了。

“救……救我……”妈妈向蒋丽欣伸出颤抖的手。她七窍流血，双眼翻白。

一个巨大的黑影从她背后冉冉升起，巨大的簸箕形脑袋，双眼喷出蓝色的鬼火。

黑影将一只前爪踩在妈妈的背上，她发出一声惨叫。

黑影抬起头，用挑衅的眼神看着蒋丽欣。

蒋丽欣发出一声怒吼，她朝前猛扑，那黑影不屑地一挥前爪，将她打飞了出去。

蒋丽欣摇摇晃晃地站起来，只见黑影张开血盆大口，向妈妈走了过去。妈妈在地板上无助地挣扎着……

“不！”蒋丽欣发出一声撕心裂肺的大吼。

然后，她醒了过来。

小黑半蹲在他面前，用关切的目光盯着他，看得她很不好意思。

“你做噩梦了？”小黑问。

蒋丽欣用沙哑的声音说：“大概是吧，李锋呢？”

小黑用大拇指指了指身后，后面的一处高坡上，李锋端着狙击步枪伏在那里，他头顶盖着一片不知从哪弄来的大树叶，看上去像是刚从越战电影里爬出来的游击队员。

“我真服了他，这家伙保持这个姿势十个小时了。”小黑耸耸肩，“换成是我，早就中途放弃了。”

“也就是说，我睡了整整十小时了？”

“差不多。”

蒋丽欣拍了拍自己的额头：“真糟糕。我第一次睡这么长时间。”

“算了吧，你有八十四个小时没休息了。从刚见到你的时候到现在，我第一次看到你睡觉。李锋跟我打赌说你一定会生病，他为你准备了阿司匹林。”

“这小子。”

蒋丽欣望了望李锋，那个人简直与枪融为了一体，仿佛他生下来的时候，那只枪就黏在他身上。

她转过头来对小黑说：“我也跟你打赌，他还可以这样坚持下去。再过十小时也没问题。”

小黑吐了吐舌头：“我可不跟你打这种赌。我只希望可以早点结束，李锋说看到了类似血钻的生物行踪，但还不能确定。”

蒋丽欣的眼睛发出了光：“真的？！”

小黑点了点头。

“对了，你的手机掉出来了。”小黑扬了扬自己的手。他手里抓着一台黑色的，样式十分老旧的手机。

蒋丽欣的心猛地一沉。她装作若无其事的样子：“哦，谢谢了，把手机给我吧。”

小黑却没把手机还给她：“喂，你干嘛用这么老旧的手机啊？现在都已经是智能手机时代了，你这手机……还是使用数字键的老式平板手机呢！”

“平常也不用手机玩游戏，只要能让我打电话发短信就行。”蒋丽欣干巴巴地说：“再说，在丛林地带，这种手机的信号，比一般智能手机的信号要好太多了。先把它给我吧。”

小黑把手机藏到背后：“喂，要不，我送你台新手机吧？”

“啊？！”蒋丽欣眨了眨眼：“你送我台新手机？”

“是啊……”小黑的口气忽然变得有些暧昧：“那个……我手里有台别人送的新手机，全新的，如果你不嫌弃的话……”

“多谢你的好意了。”蒋丽欣摆了摆手：“我这台手机用的时间太长，生出感情来了。你还是先把它还给我吧。”

小黑暗自叹了口气，把手机还给了蒋丽欣。

蒋丽欣低头看手机：“哦……有条新短信。我先看看短信，你先去李锋那边吧。”

小黑转身走了，蒋丽欣马上抠开手机的数字键盘，键盘下面有个非常小的按键，她小心地一摁，手机的屏幕亮了。

手机上原本的屏幕界面，忽然间发生了变化，出现了一组崭新的界面。

蒋丽欣的这台手机，压根儿就不是什么老掉牙的旧货，而是一台伪装成旧手机的高科技通讯器材。在这手机上安装了定制版的华为鸿蒙OS操作系统。只有在启动了这个隐藏的按键之后，这台手机才会露出它的真面目。

蒋丽欣看了一下这系统上次的启动时间——是十多个小时以前，看来，小黑根本没有发现这台“旧手机”的真面目。

新界面上有一条邮件提示信息，蒋丽欣点开邮件，这是向南发来的——

“小山城方向发生特殊事件，目前消息被封锁。据说现场有人开枪，还有直升机在小山城上空飞行。我怀疑是陈队他们。”

蒋丽欣迅速回复道：“有可能是他们，等我把这边的事情解决一下，会马上去找他们。”

向南回复道：“动作要快一些。一旦被敌人盯上，他们很难脱身。”

“我这边也很难脱身。不过我保证，今晚之前，我一定会想方设法脱离他们的监视，去找陈队。”

“OK，摆脱你了。最好把那边的坐标地址发给我，我好过去支援你。”

蒋丽欣发去了一组坐标信息，然后启动了邮件删除程序，最后把它恢复成旧手机的样子，收了起来。

在把它收起来的时候，蒋丽欣发现自己的衣服口袋上破了道口子，手机可能是从这里掉落出去的。

这口子是自己在无意中刮破的，还是小黑他们趁自己熟睡的时候划破的？

蒋丽欣打了个冷战。她明白，自己在这里的处境，可以说是越来越危险了。

她必须马上完成任务，找到陈冬，带着陈冬一起离开这里！

想到这里之后，蒋丽欣从旅行包里翻出高倍数俄制望远镜，匍匐前进，来到李锋等人的身边。

李锋平端着那支“枪”，正透过瞄准镜聚精会神地注视着前方。

蒋丽欣低声问李锋：“目标在什么位置？”

“顺着我的枪看过去不就知道了？”李锋的声音依然那么平静沉稳，没有丝毫疲态。

蒋丽欣从望远镜里看到了一点类似动物皮毛的东西，那玩意紧贴着地平面，也不过几公分高。那有可能是血钻，但也有可能是其他犬类。

如果真是血钻的话，那这么多天的力气可算没白费。

他们一路追踪血钻的行踪前进，但他们始终赶不上它，这只犬经常改变前进方向，尽管它的最终目标是逃亡者，但它总会想方设法去完成一些支线任务——找吃的。那个家伙像个永不停止的绞肉机一样，所过之处，只留下吃剩的骨架，流浪的猫狗、家养的宠物，甚至池塘里的鲶鱼、垃圾箱里的老鼠，它统统都不放过。

有时候，它一天要吃十多顿，只不过它最近没有袭击过人，显然它也知道，袭击人会引起不必要的麻烦。而且，人肉也不好吃，有的人还拿着很危险的武器，虽然不致命，但划破了皮还是很疼的。

因此它的路线经常是随机性质的，这也让蒋丽欣他们十分头疼。

而且，血钻的足迹也时断时续，它开始懂得如何隐藏自己的行踪，显然，它也感觉到有人在跟踪自己，这让它很有危机感。

最终还是小黑想了个主意，他说不如去搜集肉类，吸引血钻过来送死。那家伙的嗅觉和食欲都超强，一旦嗅到大堆的肉，就会不顾一切地过来吃的。

于是他们跑遍了这里所有的农户，把他们剩下的肉全部买了下来。然后，他们在血钻可能经过的地方设了一个埋伏圈。那些肉被分成三大堆，每堆之间相隔四百米，而蒋丽欣他们则藏在这个等边三角形的中心位置。三个人轮流值班，观察周围的动静。

开始的时候吸引来的只有流浪狗，三个人不厌其烦地把它们赶走——如果不赶走，肉会在血钻到来之前就被吃光。

那些肉在夏日的高温之下开始发臭，每天都有成堆的苍蝇像乌云一样笼罩在上空，他们在肉周围撒了一圈驱虫药，但那明显不顶用。他们也不敢多撒，撒多了会让血钻对这里的食物失去兴趣。

蒋丽欣耐着性子等了好久。她的体力始终有限，终于因为不支而晕了过去。李锋和小黑知道她为了这份“工作”而劳累过度，也就没去叫醒她。

此刻，蒋丽欣通过望远镜盯着远处那堆皮毛，她感到自己的呼吸变得急促起来。她十分想过去看看，确认那是不是血钻。

那堆皮毛连动都不动。

离那堆皮毛不远的地方就是三堆“肉山”中的一座，上面的肉已经被吃掉了一部分，但不能确定那到底是不是血钻干的。

“我很想开枪打它，这样就能确定它是不是血钻。”李锋说，“但那家伙也有可能不是，这么做有可能会让真正的血钻受惊逃走。

蒋丽欣说：“你们在这儿别动，我去确认一下。”

李锋吃了一惊，但他的手还是紧紧扣在扳机上：“不，你不能去，如果真是那家伙的话，你会很危险。”

“我相信你的子弹会赶在它杀死我之前，先把它杀死。”蒋丽欣不顾同伴的反对，从藏身的地方爬了起来，朝那堆皮毛走去。小黑想拦住她，却被她推了回去。小黑明白蒋丽欣在格斗能力上比他和李锋都高，两人合力都不一定能将她拉回来，而且，她决定要去做的事情，就一定会去做的——无论付出什么样的代价。

李锋还想把蒋丽欣拉回来，但他的注意力很快回到了那堆皮毛上，因为他看到那堆皮毛忽然动了一下。

那堆皮毛现在距离他们百多米远，如果说是因为他们刚才的说话声惊动了它的主人的话，那么，那家伙的听觉实在强悍得出乎意料。

李锋屏住呼吸，将瞄准镜上的十字线重新压回那堆皮毛上，压得稳稳的，狙击手追求的目标在于首发命中，第一枪带有突袭的效果，敌人没有任何防备，是最致命的。如果第一发子弹不能命中目标的话，目标就会反击、逃逸。因此，如果一个狙击手不能做到首发命中的话，事实上他已经输了一半。

李锋是个从未输过的狙击手。

但是面对血钻这样的目标，他也没有百分之百的把握。

此刻蒋丽欣豁出自己的命去确认目标，李锋不由得在心中默默祈祷：老天爷啊，保佑这一枪吧，一定要打中，哪怕让我少活十年也好。如果打不中的话，那个叫蒋丽欣的人可能就再也回不来了。

身后传来轻微的子弹上膛声，小黑将他的枪调整到待击发状态。他弯着腰，整个人保持着起跑的姿势，就像一只即将扑猎的豹子。如果李锋不能击中目标，他就要在最短的时间内过去救援蒋丽欣。

此刻蒋丽欣已经走出了很远，那堆皮毛在他的视界中越来越清晰。她将手探进怀里，那里有一点金属的光泽，面对如此大敌，她是不会空手上前的。如果对方真是血钻，她要让它尝尝她的手段。

如果这都不能解恨的话，那就将它挫骨扬灰吧。

杀了它之后呢?

对，六爷，那个始作俑者，为了培养血钻这样的杀人机器甚至不把人命放在眼里的家伙，他也必须付出代价。如果不是他创造了血钻，如果不是他为了救血钻而命令注射蓝色药剂，那些人也就不会死掉了。

蒋丽欣的嘴角露出一丝残忍的笑意。

如果干掉了血钻，接下来，就要去干掉老六!

那堆皮毛动了一下。

这个时候蒋丽欣本该放慢速度，因为距离目标越近，危险就越大，但她此刻反而加快了步子。光秃秃的荒野上，她的身影显得格外突出。

李锋和小黑一看就急了，蒋丽欣这家伙简直是不要命了！但他们却无可奈何。

就在这时，那堆皮毛又动了。

此时蒋丽欣距离那玩意不足五十米远，已经可以看出那是一个巨大的躯体，也许是为了躲避阳光，它躺在地面的坑洼处，因此只露出后背上的一点皮毛。

那躯体的颜色和形状让她血脉偾张：这分明就是血钻!

血钻已经听到了脚步声，两只耳朵像雷达天线一样竖了起来，对准蒋丽欣。

“开枪！”蒋丽欣吼道。

血钻像一枚重型炮弹一样从坑里射了出去，直扑蒋丽欣。即使在灿烂的阳光下，它的面容依旧狰狞恐怖，扭曲的血盆大口和里面的白色獠牙与地狱的守门犬不相上下。

血钻的身体卷着疾风，一晃就来到了近前，獠牙距离蒋丽欣不足三米。

几乎就在同时，李锋的枪响了。

蒋丽欣模模糊糊地觉得有一道闪电擦着自己的肩头飞过，闪电挟带的风暴划破了她的上衣，然后，那闪电越过她的肩，一头扎向血钻。

如果说这样就可以让故事结束，那未免就太低估了血钻的实力。

这头鬼魅一样的生物竟然在子弹即将击中它的一瞬间，竭尽全力侧了侧身。

这就使得原本瞄准它头部的子弹，在最后一瞬间，仅擦中了它的耳朵。

饶是如此，那把强大的狙击武器造成的伤害也是十分惊人的，子弹带走了它的右耳朵以及附近的一撮头皮，失去皮肉的地方露出了翻红的血肉，以及苍白的骨头茬子，那怪物惊愕地站在那里，直到血从伤口渗出，遮住了它的半张脸，它才疼得仰天狂啸起来。

蒋丽欣浑浑噩噩地站着，脑子里闪现的全是支离破碎的片段，就像无数台电影放映机在她脑子里放映残破的胶片。血钻的嚎叫把她的意识从深渊里拉了出来，那中邪一般的感觉消失了，她发觉自己大汗淋漓，手脚颤抖，就像做了一场噩梦。而那怪物就站在自己面前，血流如注，给它染上了一层红色脸谱。腥臭的血气让她几乎要呕出来。

她猛然想起自己手里还有武器，马上将它对准血钻。那是一把银色的“沙漠之鹰”手枪，口径达十二点七毫米。相对于蒋丽欣小巧的手掌而言，那枪显得实在是太大了。

血钻这时已经恢复了清醒，它完全有能力将面前这个讨厌的家伙撕成碎片，但它并没有这么做，它知道距离这里不远的地方还有一把可怕的武器在瞄准自己，那把武器的威力它已经见识到了，如果不是刚才运气好，它此刻已经失去了思考的能力。

因此，现在的首要目标不是杀戮，而是尽快逃走，它根本不知道那把武器藏在什么地方，也不知道那把武器什么时候会再次向自己射击，因此它只有在再次受伤前尽快逃走。

就在蒋丽欣开火的一瞬间，血钻跳向一旁，开始狂奔。

蒋丽欣急了，她不能错过这个机会，血钻就在面前，距离如此之近，这样的机会可能不会再有！

她全力射击，从她的枪口中射出了一连串灼热的子弹，血钻敏捷的动作使它躲过了一部分子弹，但仍然有几发打在了它的身上，它哆嗦了一下，溅出一蓬血雨，却逃得更快。

蒋丽欣再次扣动扳机，枪机向后一弹，哑了，原来弹夹已经空了。

血钻蹿出了老远。

蒋丽欣迅速探手入怀，又取出一个弹夹，此时她心生疑问：为什么李锋没有开枪，这么长的时间足够他再次装填子弹了。莫非是枪出了问题，或者是其他的什么事情？

正当蒋丽欣更换完弹夹，准备再次射击的时候，她觉得一件冰凉的东西贴在了她的太阳穴上。

“蒋丽欣，我建议你不要开枪。”

说话的是个日本人，他个子不高，踩着木屐，手中握着一把俄制 PPK 手枪。

“高——山——秀！”蒋丽欣用近乎诅咒的声音骂道，“我们跟你那个混账猪组没有任何过不去的地方。你为什么要来阻止我！”

“对不起，我不能让你伤害六爷的作品。”日本人回答。

蒋丽欣狠狠地剜了他一眼，缓缓把枪垂了下去。她眼睁睁地看着血钻消失在一片尘土之中。

高山秀抽走了蒋丽欣的手枪，推了她一把：“跟我走，我保证你会有再次和它见面的机会，否则，我保证你将无法看到明天的太阳。”

蒋丽欣咬牙切齿地说：“你怎么就可以肯定我会再次和它见面！”

“血钻是记仇的生物，你们刚才已经伤了它，它不会放过你们。我对这个东西并没有好感，不过，六爷对它还有其他安排。”

“其他安排？那是什么安排？”

“这你就不用管了。六爷只是派你们跟踪血钻，并没有要你杀它。”日本人接着说，“还好我们及时赶到，否则事情就不好办了。”

“它杀了那么多人！它是个魔鬼！”蒋丽欣抗辩道。

“我刚才已经向你保证过，它会来找你的。只要你不再碍事，我会让你活到和它再次拼命的那天。你一定要听话。”

小乌鲁夫用生硬的中国话说：“你最好听日本人的，那家伙的计算从未出错过。”

好吧，蒋丽欣勉强压下心头的怒火，现在她只有这么做。

“‘恒河鳄’，血钻现在的位置在哪里？”高山秀问印度人。

印度人又打开了他的电脑："它已经跑出了三公里，方向是向着押运车队出事的地方。"

"看来我的计算没错，它急于除掉第一批仇人，然后回来找咱们的蒋丽欣小乖乖。血钻的攻击是有先后顺序的。任务第一，复仇第二。"日本人暧昧地在蒋丽欣的后颈上摸了一把，这让蒋丽欣恶心了好一阵，连鸡皮疙瘩都生了出来。好在日本人并没有做更过分的事。

但她从恒河鳄与小乌鲁夫的眼里读出一件事情：高山秀很有可能会对自己继续做点什么更变态的事情，只不过他现在没有心情而已。

"把他们押回总部，交给六爷。特别行动组从此被撤销，蒋丽欣，李锋，还有那个半吊子的拳击手，你们回去将被关禁闭。现在，上车吧。"

接着，高大的俄罗斯人忽然一掌击在蒋丽欣的后颈中央，蒋丽欣只觉得耳边千万金锣响起，她眼前一黑，栽向地面。

在失去知觉之前，她模模糊糊地听到日本人的声音："安排陷阱，我们来抓血钻。"

一条信息发到了六爷的手机里，六爷拿过手机一看，那条信息的内容是："血钻的回收完成。此外，派出去找血钻的那几个人，也已经被制服。"

六爷的表情终于轻松了。他用手机回复对方："带他们去二号机场的洞库。给血钻准备三支纯度百分之七十的'药剂'。现在不要给它注射，听我的命令！"

"是！"

六爷安排好这些之后，又一条信息发了过来："老大和三爷乘坐轻型直升机，准备在二号机场降落。"

"好，稳住他们，我马上就到！"六爷简单收拾了一下，带着自己的两名手下，向着机场那边走去。

第二十章　真假教官

教官带着绝缨和陈冬，来到了路边的一处树林里，在这树林里，停着一辆汽车。汽车的玻璃都贴着特制的膜，从外面看不到里面。

教官指着这辆车，说："这是我帮你们弄到的车，你们就坐它逃走，走得越远越好，隐姓埋名，再也不要回来了。"

绝缨忍不住有些哽咽："教官……谢谢你！"

教官摆了摆手："这些客套话就别说了，你们赶紧上车。"

绝缨和陈冬来到车前，绝缨伸手正要去拽车门，教官忽然说："你知道小雪在哪儿吗？我接下来该去找她了。"

绝缨答道："我通过网络联络上了小雪，本来她是要来救我的，现在应该在去刚才那座小城的路上，我现在要去找她。教官，您要不要和我们一起去？"

"既然你要去找小雪，我就和你一起去吧！"教官显得很兴奋："我很久没看到那丫头了，很想念她呢！"

他来到绝缨和陈冬的身边，催促道：“走！上车吧！你们坐后面，我来开车！”

他让绝缨和陈冬去后排，他自己则打开了司机位置的车门，往车里钻。

绝缨正要开门，陈冬忽然一拽她的袖子，绝缨的动作停了下来。

绝缨还没明白陈冬这是什么意思的时候，陈冬忽然向前疾冲，朝着教官尚露在车门外的后背扑了过去。

由于陈冬这一下突如其来，连绝缨都没想到他会这么做，更不用说教官了。

教官就在这一瞬间被陈冬抓住，他知道不妙，迅速用右手的手肘向后攻击，但陈冬的动作更快，一只手抓住他的后颈，另一只手紧紧攥住了他的右手手腕。

教官的左手此时位于陈冬看不到的位置，教官忽然转身，他的左手里出现了一把匕首，朝着陈冬的面门戳了过去。

但他还没把刀戳到陈冬的脸上，就软趴趴地瘫了下去。

陈冬手上攥着一枚亮晶晶的东西，这是他在绝缨的家里，与那几个冒充绝缨家人的家伙搏斗之后，“捡”回来的东西。

绝缨还没明白过来是怎么回事，陈冬把车后门拉开，在车后座上仔细地检查。

几分钟之后，他找到了要找的东西。

在车后座的每个座椅靠背上，都藏着一根细针。由于针的大半截都埋在了座椅靠背里，只有针尖部分露出来，所以，不大容易发现。

这针的针头上带着一层哑光色，陈冬不敢想象那是涂了什么东西。有可能是剧毒，也有可能是麻醉药，总之，不会是什么好东西。

绝缨看到那针，心里明白了一半。她仔细检查了教官的脸，发现这“教官”是冒充的。

她问陈冬：“你是怎么看出问题的？连我这天天和他打交道的人，都没看出他是假的。”

陈冬答道：“在‘救’咱们的过程中，他和那么多人交手，相当于一个排的兵力，在短时间内被他一个人击败，这简直匪夷所思。我在离开之前偷偷检查了旁边的几个人，发现那些人的身上没有致命伤。这更说不过去，如果他是真的教官，那么就该把现场所有目睹他‘劫囚车’的人杀死。即便只是击晕，也应该在身上的致命处‘补刀’，避免留下活口。”

远处传来了脚步声，绝缨和陈冬扭头一看，只见刚才被“教官”击倒的那些人，现在又站了起来，向他们这边围了上来。

陈冬拽起假教官的身体，冲绝缨吼道：“别恋战，快上车！”

绝缨一发狠，跳上司机的位置，开始发动机车。那些人扬起手中的武器，准备向绝缨射击，陈冬眼疾手快地把假教官向那帮人抛了过去，随后冲进汽车，关上了车门。

“飞”过去的假教官，让那帮人手忙脚乱了一阵，等他们反应过来的时候，绝缨已经把汽车发动，向着远处疾驰而去。那些人气急败坏地向汽车瞄准射击。

陈冬赶紧拉上了车门，车门刚刚关上，子弹就乒乒乓乓地打了过来。汽车的风挡玻璃上闪起一阵火花。但仅此而已。甚至玻璃都没被子弹打碎。

陈冬和绝缨这才明白，这车虽然其貌不扬，却是一辆货真价实的防弹车，两人这一路辛苦，总算在这里走了一回狗屎运。

陈冬问绝缨：“接下来怎么办？”

绝缨答道：“回小城！我和小雪约定的地点是那里，小雪肯定会去那儿！”

陈冬回头望了一眼，沉声道：“那你可要快一些，这帮人很快就会发动汽车来追咱们了！”

“不用担心。驾驶可是我最拿手的项目啊。系好安全带，我要加速了。”绝缨把油门一踩到底。

陈冬只觉得这辆车变成了一匹狂奔的野马，车窗外的景物如飞般向后倒退而去。他赶紧把安全带系好，把自己牢牢地固定在了座椅上。

照这个劲头，用不了多久，他们就会回到小山城了。

在这个时候，向南正准备出发。

得到了蒋丽欣发来的邮件之后，他就开始了准备。

武器，防弹衣，急救包……他把这些统统塞进行囊。

东哥从营地后面开来一辆车，他把这辆车交给向南。

“只是普通越野车，没有防弹能力。油箱是满的。”

“谢了。”向南把一封信交给东哥：“把这封信送出去，这上面有联系方式。”

东哥拿过信，好奇地问道：“为什么不能直接打电话通知？”

“因为，要让那些人出动，需要递交书面申请。”向南拉开车门，把行囊放进去：“我走了。”

东哥挥了挥手：“一路小心啊！”

向南驾着车，向蒋丽欣发给他的那个地址前进。

但刚开出去没多久，忽然，他听到旁边有人说话。

“喂！”

向南吓了一跳。但他很快听出来，这是小雪的声音。

他很快定下神来，并问道：“你为什么在车上？”

“我要去见一个朋友。你能开车送我过去么？”

“什么朋友？”

“别问那么多了。我要去的地方是一个小山城，你要去的方向……应该是顺路吧。”

“小山城那边刚发生了暴力事件，目前还不知道到底出了什么事，建议你还是不要去了。”

“不行！”小雪坚定地摇了摇头：“我和那个人定了死约定，不见不散。”

向南皱眉：“那个人和你关系很不寻常吗？”

“是的。”

“男……男朋友？”

“不是不是！”小雪忽然急了：“不是男朋友，是生死之交。”

“哦……比男朋友的关系还近？”

“这你就别管了！把我放到小山城，然后你走你的就是了。”

“不行。”向南说：“我一会儿靠路边停车，你下去吧。我不会把你送过去的。”

“你……”小雪忽然从怀里抽出什么东西，顶在了向南的太阳穴上：“如果你不听话，我就开枪！别逼我！”

向南叹了口气：“我还真是看走眼了。你不是普通人吧？”

“彼此彼此。”小雪摸了摸向南的背囊：“这里头东西很不寻常啊。你到底是什么人？”

“如果你不是坏人，那么我就不是你的敌人。”

“我不是坏人。我相信你也不是。但我今天必须要去小山城。求你了！”小雪的口气忽然软了下来：“我不想伤害你。我真的要去小山城！我朋友需要帮助！”

“需要帮助？也好。有话可以好好说，只要你能把事情说明白，我也不是不肯帮忙。你先把这假枪收起来吧。”

“咦？你怎么知道这是假枪？”

“废话！”向南苦笑道：“毕竟，咱们俩都不是普通人啊。”

第二十一章　困兽之斗

六爷收到了一条消息："大约七分钟后，老大和老三搭乘的飞机即将在机场降落。"

"妈的！真的要搞突然袭击啊！为什么不通知我！"六爷捏紧了拳头，狠狠地在身边的墙上捶了一下。

他的司机就在旁边站着，这司机好心好意地提醒道："六爷，您别伤了自己。"

"没事……咱们去机场吧。"六爷揉了揉自己的拳头，带着这司机直奔机场。

刚抵达机场下面的通道，六爷忽然说："对了，你把你的手机借我用一下。我的手机没电了。"

"哦。"司机把手机交给了六爷。

六爷接过手机，拨了一个号码，但那边只有忙音，没人接。

六爷和那司机继续往前走，没走多远，眼前忽然出现了几个人。

这几个人都歪歪斜斜地倒在地上，在他们旁边，还有一只瘫倒在地的巨犬。

那几个人正是蒋丽欣及其所带的“小组”。而那只巨犬，自然就是血钻了。

六爷从口袋里掏出几只蓝色的玻璃瓶，他把玻璃瓶交给司机：“去，把这个给血钻灌下去。”

司机不解：“六爷，这是啥？”

六爷不耐烦地说：“别废话，让你弄，你就去弄。”

司机无奈，接过药瓶，朝血钻走了过去。

血钻似乎睡得很沉，但它的身上散发着浓重的血腥味。

司机不由得颤抖了起来，他不敢再往前走了。

六爷喊道：“怕啥！窝囊废！这货已经被打了麻醉药了，根本醒不过来！”

“哦……”司机这才稍微定了定神，伸手把血钻的嘴巴微微抬起，随后打开一只玻璃瓶，把里面的药灌进血钻的嘴里。

剩下的两瓶都灌进去之后，他扔掉瓶子，转身去找六爷。

但此时的六爷却已经站在通道的玻璃门外，隔着玻璃门，冷冷地盯着他。

司机跑向玻璃门，用力捶门：“六爷，您别跟我开玩笑了，我怕！”

“怕？有什么好怕的，你胆子那么大，还有什么是你不敢做的？”六爷哼了哼，说：“咱们现在可以摊牌了，你是老三那小子派到我身边的卧底，对不对？”

司机僵住了。

“嘿，这都什么年代了，还玩这一套。”六爷把他的手机拿在手里晃了晃：“前一阵子，组织给每个司机都配了新手机。你跟老三的通讯内容，我大概都知道。证据还在这手机里头呢。”

“六……六爷，您饶了我吧，我不敢了……”司机忽然听到身后传来了什么动静，他回头一看，只见血钻迷迷糊糊地睁开了眼睛，正要站起来。

司机吓得都快尿裤子了：“六爷！我可以把我知道的关于三爷的情报都告诉您！这些东西会对您有帮助的！”

“用不着了。”六爷摆了摆手：“老大和老三已经下了飞机，再过两分钟，他们就会进入这条通道。随后，他们身后的门会关死，不再开启。这条通道会成为你们和血钻的游乐场。血钻已经饿了好几个小时了。它现在还被注射了很多药剂，这会加速它的新陈代谢，让它觉得更饿……”

六爷眯着眼睛说：“祝你们玩得愉快。”

司机尖叫着拔出一把短刀，但他接连戳了几下玻璃门之后，发现根本就没用。

“省省吧你。”六爷笑了笑：“也别指望拿这个去对付血钻，你应该懂的……一般武器对它来说根本就没用，说不定还会激怒它。”

“呼……呼……”粗重的呼吸声在司机背后响起。司机扭头一看，血钻已经慢慢地朝他走了过来。

司机鼓起最后的勇气，将刀子刺向血钻。

血钻毫不费力地躲开刀子，向司机的脖子咬了过去。

司机连呼救声都没来得及发出来。

六爷目不转睛地观察着通道里发生的一切，对他来说，这就是一场血腥而精彩的表演。

通道的另一头，门开了，有人朝这边走了过来。

为首的正是“吸血伯爵”和三爷，两人身后还跟着几名随从。

在他们进入通道之后，就有人把身后的防弹玻璃门悄然合上了，还把门下方的暗锁给锁死了。但这一切，无论是“吸血伯爵”，还是三爷，都没有发觉。

他们俩在专心地讨论关于如何处置老六的问题，根本没察觉到身后的异样。

直到又走了几十米之后，他们面前出现了奄奄一息的司机，以及正趴在司机身上的血钻。

血钻看到有人过来，警觉地转过头，怒视着三爷等人。

三爷看到地上的司机，又看到了玻璃门外的六爷，瞬间明白了什么。他马上掏出手枪，对准了六爷。

六爷嬉皮笑脸地说：“三哥，别来无恙啊。”

“吸血伯爵”冷静地说：“老六，把门打开。”

“老大，您还是自己想办法吧。这门是我刚才亲手破坏的。现在连我自己都打不开。”老六向玻璃门内的人摆了摆手：“诸位，拜拜。”

他吹了声口哨，扭头走了。

那声口哨似乎对血钻产生了什么刺激作用，它的双瞳忽然瞪大了，随后，口中发出威吓的“嗷呜”声。

它放开了司机，朝着三爷等人跑了过去。

“老大，快跑！”三爷一边喊，一边朝血钻开枪。

第一枪打在了血钻的身上，但却没能杀了它。相反，血钻在剧痛的刺激下，加快了速度。第二枪被它躲开了。

“吸血伯爵”忽然一伸手，把一名随从拽了过来，挡在了身前。

扑过来的血钻正好扑在了那名随从的身上，那名随从还没来得及反应过来，就被血钻扑倒在地。

血钻顺势咬了下去，那随从抽搐着失去了知觉。

“吸血伯爵”趁机和三爷沿着通道往回跑。

血钻见那随从已经不动了，便放弃了对他的进一步残害。它转过头，正看到三爷等人的身影朝着远处跑去。

血钻撒开粗壮的四肢，沿着通道追了下去。

它刚离开不久，蒋丽欣就醒了过来。

蒋丽欣刚才一直处于昏迷状态，“组织”的人给她打了麻醉药。但现在药效已经渐渐退去，她身边又是枪响又是搏斗声，使得她加速醒来。

蒋丽欣一看身边，李锋和小黑等人都在，还有两个人浑身是血地倒在地上。

蒋丽欣看其中一人似乎还活着，赶紧过去施救。

“你是谁？刚才发生了什么事？！”

那人正是“吸血伯爵”的随从，他奄奄一息地说：“疯狗……太可怕了……”随后就停止了呼吸。

蒋丽欣听到通道里隐隐传来了血钻的叫声，心里多少明白了一些。她搜索了一下这人的衣服，从这人的上衣口袋里翻出一把枪——“吸血伯爵”的随从自然也是带了枪的，只是刚才血钻冲过来的速度太快，这人又是被“吸血伯爵”拽过来的，因此没来得及把枪掏出来。

蒋丽欣急匆匆地拍醒李锋等人："醒醒！快醒醒！出事儿了！"

李锋揉了揉迷糊的眼睛："咋了？咱们怎么到这儿来了？这不是机场下面连接大厦的通道么？"

"我们被六爷给扔到这儿来了，这里还有其他人。但是，血钻也在这里。"蒋丽欣指了指身边那两具尸体："看到他们身上的伤口了吧？"

小黑倒吸了一口凉气："确实是血钻，我认得这牙印！"

通道的另一头远远地传来了咆哮声，惨叫声和零星的开枪声。众人心中都是一凛。

"我们接下来该怎么办？！直接跟血钻对着干？可我们没有枪啊！"李锋摊手道："我们的武器都被没收了。"

蒋丽欣竭力冷静下来，整理了一下思路，她望了望地上的两具尸体，说："为啥这两个人先被血钻攻击了，而咱们这些昏迷后的人没有被血钻袭击？"

"对了！我想起来了！"小黑一拍脑门："在咱们去猎捕血钻之前，我问过之前伺候过这畜生的人。他们说，血钻经过了比较特殊的训练，它会优先攻击那些手上有武器，并且有活动能力的目标……"

"手上有武器，并且有活动能力……"蒋丽欣思考了片刻，说："这东西在攻击了走廊另一头的人之后，如果还停不下来，那么就会回过头来对付我们了。"

"尸体上搜集来的枪和子弹，我们可以利用。"李锋在死者的身上摸了摸，还有枪和子弹。"有这东西在，我多少能踏实一些。"

“说不定我们只能靠你了。”小黑插嘴道。

正说着，通道的另一头忽然传来一声凄厉刺耳的尖叫，随后，尖叫声戛然而止，通道陷入了寂静之中。

小黑情不自禁地压低了嗓门：“通道另一头的家伙，不会是被干掉了吧？！”

就在小黑和李锋紧张地准备迎战之余，蒋丽欣悄悄摸出手机，给向南发了一组消息。

第二十二章　姐妹重逢

小山城内，不少民房还冒着袅袅青烟。

暴徒们带给这里的损失，不只是房屋破损那么简单。

向南和小雪看着街道两边被毁掉的房子，以及受伤的民众，暗暗心惊。

向南问小雪："这不会是你那个朋友干的吧？"

小雪摇头："应该不是，她……她不会对无辜的民众下手的。这倒像是……'组织'的人干的……"

"组织？什么组织？！"

"就是我和我朋友之前所在的那个……"小雪咬了咬牙，下定了决心："我还是把我原来的身份告诉你吧……"

她把自己和绝缨的来历，一五一十地告诉了向南。

向南听着听着，瞪大了眼睛。

"这么看来，你们来自我们要找的那个'组织'……"

“什么？你……你真的是警察？！”

向南苦笑着停下车子，从贴身的口袋里掏出一张证件：“天下居然有这么巧的事情……不过，我不是本地警察，我是为了配合本地警方和国际刑警的工作，从中国来到这里的。我和其他两位同事，身上背负着一个非常重要的任务。”

小雪忽然止住了他：“你看那边，是不是到了小山城的中心车站了？”

向南点头：“这里就是中心车站。是不是到了你们的约定地点了？”

“是……我先下车了。咱们回头见。”小雪打开车门，跳了下去。

向南从车窗里探出头来，期期艾艾地说：“喂！等等啊！”

小雪还没应声，就看到前面有一辆越野车冲了过来。

这辆越野车上带着弹孔，发动机盖下面冒出青烟，风挡玻璃都已经破碎了，看来是经过了好一番折腾才来到这里的。

驾驶这辆车的是一个女孩，而在她身边坐着的，则是一名中年男子。

向南看到那中年男子，眼睛立刻亮了。

“陈哥！……队长！”

越野车停在了小雪面前，里面的男子恍恍惚惚听到了向南的呼唤，朝他转过头去。

当他看到向南的时候，脑海里像是划过了一道闪电——

他站在教官的面前，而教官则指着旁边的两个人。

“这两个人，是你的同事，向南，蒋丽欣。你们三个这次将一起参加这次的行动。记住，三个人执行三个不同的任务。蒋丽欣的样子和以前已经大不一样，她负责潜入任务，并在敌人内部打探情报。向南，在附近的联合国难民营营地里，负责充当后援任务。陈冬，你的任务较为特殊。你先到敌人的领地附近……然后……”

陈冬甩了甩头，脑子里的画面消失了。向南已经跑到了越野车的车门前，他拉开车门，激动地和陈冬拥抱在一起。

“陈哥！我终于见到你了！谢天谢地，你还活着！太好了！”

“向……向南？”陈冬生涩地念出了这个名字，他的口气让向南感到了诧异。

“陈哥，您怎么了？”

“没事……”陈冬的表情还是显得很呆板，毕竟，眼前这位“向南”，对他来说，还是非常陌生的。

向南的手机响了，向南拿出手机，看了一阵之后，表情变了。

“我们现在要去救蒋丽欣！她已经打入了敌人的内部，现在遇到了危险。我们必须去援助她！”向南风风火火地说：“我还联系了特殊的‘增援’，不过，可能要等一阵子才能到，现在只能靠咱们俩了！咱们要潜入敌人的基地，去救蒋丽欣！”

“就……就凭我们吗？”陈冬结结巴巴地说：“我……我的信心有点儿不足……”

“陈哥！如果单凭咱们俩个人力量的话，恐怕是不行的，但现在是咱们俩联手啊！而且，最重要的是，根据蒋丽欣发来的消息，敌人的内部正在发生混乱，他们可能顾不上应对‘入侵者’，现在是咱们进去抓犯人的最好时机！”

“抓犯人……抓哪个犯人?”

“‘吸血伯爵’啊!”

旁边的绝缨和小雪，在听到“吸血伯爵”这个名字的时候，一起转过脸来。

“你说什么?!‘吸血伯爵’?!你们要抓的是这个人?!”

陈冬狐疑地看着绝缨，他不知道为什么这个名字对她的影响会这么大。

绝缨看着陈冬:“我还不知道你们的真实身份，不过，你们如果要去对付‘吸血伯爵’的话，还是跟我一起走比较好。我正好要去他的老窝。”

“你是从他那里逃出来的?!”陈冬渐渐明白了。

绝缨点点头:“我和小雪，都是从他那里逃出来的。我们是他手里某个项目的‘实验品’。如果你们要去对付他的话，带上我们俩是最合适的。”

“可你们俩刚从那里逃出来，不应该再去冒险了。”陈冬爱怜地看着绝缨，摸了摸她的额头:“这件事情，交给我和这位向南就好。”

绝缨摇头:“他们既然派了假冒的教官来找我，也就是说，他们可能已经知道是教官帮我们俩逃出来的。真正的教官已经有了危险。我要回去救他。”

在通道内部，蒋丽欣三人等了一阵子，血钻依然没有过来。

小黑觉得好奇:“这是怎么回事?难道说，那狗已经被他们打死了?!”

“不可能!”李锋的表情显得很冷静:“那东西的本事，你也是知道的。别说被枪打死，就算是火箭炮……”

“轰！”通道另一头忽然传来一声炸响。

三人小心地过去一看，只见一名随从已经倒在了血泊里，血钻趴在地上，痛苦地扭动着身子，而三爷和“吸血伯爵”的手里握着枪，脸上露出了得意的表情。

原来，三爷和“吸血伯爵”在被逼到了通道门口之后，发现这道门也已经打不开了，此时血钻已经追到，扑倒了一名随从。三爷扬起手枪，准备对付血钻，“吸血伯爵”却没将枪口对准血钻——他无意中瞥到了头顶的照明灯，急中生智，将枪口对准了那灯。

灯被子弹打爆，细碎的玻璃碎片像雨点一样落了下来。而此时血钻正好冲到灯下，被灯的碎片“淋”了一脸，细碎的碎片进入了它的眼睛。

血钻虽然凶猛，但眼睛却是它的弱点，当碎片进入之后，它便目不能视物，只得痛苦地在地上打滚。

“吸血伯爵”的目光落在了蒋丽欣三人的身上：“你们仨是什么人？”

三爷插嘴道：“老大，这仨人我好像见过，这是之前被老六派出去追踪血钻的。”

“是老六的人？”

蒋丽欣赶紧解释：“我们不算六爷的人，由于我们坚持要击毙血钻，六爷已经决定把我们三个处理掉了。我们三个被关在这个通道里，六爷的意思是要用血钻先除掉我们，然后……”

“然后再除掉我。”“吸血伯爵”点了点头：“老六啊老六，你好狠啊。这仨人被血钻咬死，就可以说他们仨追踪血钻不力，结果反被血钻咬死。之后血钻逃脱，又咬死了我和老三……嘿嘿，之后就可以对其他人宣称，我和老三是被血钻咬死的。接下来，他就可以稳稳地坐在组织的头把交椅上了。”

三爷点了点头：“老大，现在应该怎么办？”

“收拾一下，我们要去给老六一个‘惊喜’嘛。”“吸血伯爵”的目光落在了头顶的通风管道上：“这东西离地面将近三米，需要有人托着我，我才能够到它。那个黑脸的大个子，你过来。”

小黑闻声走了过去，让“吸血伯爵”踩在了他的肩膀上。“吸血伯爵”站在他的肩膀上，打开了头顶通风管道的隔板，然后钻了进去。随后，小黑又把三爷、蒋丽欣、李锋先后托了上去，最后，李锋和蒋丽欣把小黑拉了上去。

他们在通风管道里摸索了一阵，终于摸到了一个出口，从那里钻了出来。

“吸血伯爵”摸出身上的卫星电话，打通了一个号码。

“喂，老八么?！准备一下你的人，到机场这边来集合。注意，只要看到老六，立刻把他抓起来！”

蒋丽欣偷偷地在手机上写下了一组信息，发给了向南。

此时的向南，正坐在奔驰的越野车上，开车的是绝缨，车里还坐着陈冬和小雪。

忽然，向南的手机响了起来，向南一看那信息，稍微松了口气。

“蒋丽欣发来的讯息，她说，目前危机已经解除，她正和‘吸血伯爵’等人在一起，目前‘吸血伯爵’还没认出她来。”

“我觉得，被认出只是早晚的事。就算现在没有怀疑她，也不能说以后不会怀疑。”陈冬皱了皱眉，说：“我们再过多久才能到那里？”

绝缨回答：“大约二十分钟吧。”

前方出现了一大片林子，陈冬的脑海里忽然又出现了一段画面，不过，这画面已经反复出现过多次了——那天，他和向导等人乘车赶赴某地，在路过这片林子的时候，被对方发现。无人机迅速出现在了天上，并投下了炸弹，汽车被炸飞，向导被当场炸死，只有陈冬一个人活了下来……从那天开始，他成了被追杀的人。

他必须终结这一切，逮捕那些手上带着累累血债的家伙们。只有把他们全部捉拿归案，这里才能恢复真正的和平。那些被迫远走他乡的农民，才能再回到自己的故土。

说不定，到时候绝缨的家人也会回来。

向南看他望着外面的林子，便问道：“陈哥，您在想什么？”

陈冬这才定了定神，说：“上次来的时候，就是在路过这片区域的时候，惊动了对方，之后对方派出了人来追杀我。今天没人出来，看来是对方内部已经发生了大的混乱。”

“根据蒋丽欣的报告，应该是对方内部发生了火并事件。‘吸血伯爵’手下的老六打算篡夺老大的位子。”

“那个叫‘吸血伯爵’的已经逃回去了？”

“是的。从国际刑警的手里逃走的。”向南显得有些无奈：“据说还是在光天化日之下，从那个联络官的手里抢走的……那帮人实在是太狡猾了。”

“嗯，上次我们也只是因为运气好，才能把‘吸血伯爵’本人抓住。这回到了他的老巢，应该没那么好对付了。”

“根据蒋丽欣的消息，眼下他们的混乱状态应该会在短时间内结束。‘吸血伯爵’已经联络了他的亲信。老六已经没那么安全了。”

小雪望了望向南手里的手机，撇了撇嘴：“原来你早就把这东西完成了啊。我还想帮你的忙呢！”

向南不好意思地笑了笑：“是啊。不过还有提升的空间。以后如果你有时间的话，咱们多切磋切磋呗？”

“切！我才不跟骗子切磋！”小雪转过了脸去。

向南显得有些不好意思了。为了避免尴尬，他赶紧朝陈冬问长问短。

绝缨低声跟小雪说：“你不会是喜欢上那个叫向南的人了吧？”

小雪涨红了脸：“怎么可能？！”

前方出现了一道石桥，绝缨放慢了速度。她指着石桥另一头的一片建筑物说：“那就是组织的总部大厦了。”

“大厦？！”向南满腹狐疑地问道：“看上去就是一片乱七八糟的建筑群罢了，最高的也不超过三层，有的还是依山而建的老土石楼，这怎么能叫‘大厦’呢？”

绝缨答道：“别被外面的假象给骗了。这东西的主体部分，是被深深地埋在地下的。当年这里曾经是矿石产区，地下有很大的空间可以利用。‘吸血伯爵’在这里建造了类似‘地下蜂巢’的建筑群，有的深达地下十余层。各种设施都很完备。而本地警方在这里巡视的时候，往往会因为这里的建筑老旧、矮小而忽略这里，事实上，只要他们认真一点进行搜查，就可以发现这里的问题。”

她把车停在了一座建筑物前，那建筑物的外面用铁丝网和木板门锁着，上面挂着一块油漆斑驳的牌子，牌子上写着本地文字。

向南问陈冬："哥，那上面写的啥啊？"

陈冬答道："好像是'矿井入口'。"

绝缨和小雪小心翼翼地扳开外面的木板门，露出里面两条锈迹斑斑的铁轨，在铁轨上，架着一辆四轮"轧道车"。这是一种非常古老的工具，是依靠铁轨来进行运转的。里面可以坐几个人，也可以运送少量的货物、矿石，有手摇式和马达驱动式两种。眼下这辆就是最古老的手摇式的。

绝缨和小雪跳上轧道车，招呼向南和陈冬："上来吧。"

向南望了望轧道车前方深邃漆黑的隧道，问："这东西靠谱么？"

小雪拍了拍胸脯，说："当然靠谱，以前，我和绝缨曾经多次乘坐这个呢！"

陈冬跳上轧道车，拍了拍绝缨的肩膀："让我来摇吧，你被蛇咬伤过，体力一直没恢复。"

绝缨点了点头，在轧道车里翻出一只老式手电筒，点亮后，手电筒照亮了前方的道路。

向南问："不是说大厦的设施很先进么？怎么还有这种东西？"

"越显得破旧，外界的人越不会起疑心。"

轧道车开始向前移动，吱吱呀呀地钻进了黑暗的隧道之中。

第二十三章　狗急跳墙

老六本来指望自己今天能稳稳地坐上“王位”，但坏消息一个接一个地传来，他开始觉得有些不妙了。

“六爷，机场那边的人报告，看到老大和三爷出来了。蒋丽欣他们也还活着。”

“六爷，负责外围警戒的人都撤回到机场那边去了。那些人都是八爷的人。”

“八爷不见了！老大的亲信都不见了！”

老六急得抓耳挠腮。根据他的估计，这明明该是一场能在短时间内“篡位”得手的闪电战，怎么现在反倒被老大和老三翻盘了？！

难道说是血钻那边出了问题？！

不，血钻应该是一头嗜血的畜生啊，尤其是给它灌了三瓶药之后，这畜生应该变得更加嗜血，更加凶猛才对，怎么现在……

老六忽然想起一件事来。

随后，自信又重新回到了他的身上。

他叫来一名自己的亲信，并告诉他："通知实验室那边，把'实验品'全都放出去。包括那些'小花'们。"

那亲信简直不敢相信自己的耳朵："六爷，如果把那些小花放出去，咱们还能收得回来吗？"

"释放都是有代价的。"六爷冷冷地说："告诉她们，谁能拿下老大和老三的脑袋，我就满足她一个愿望——无论是回家寻找自己的亲人，还是当这个基地里的二把手，我都可以满足。"

那亲信点了点头："您真高明，对于那些女孩来说，恐怕'回家找亲人'是个不小的诱惑。"

当那亲信刚要转身离开的时候，六爷忽然又喊住了他。

"等等！你记住，每个女孩在出发之前，都要灌一瓶药。"六爷的眼睛眯了起来："只要灌了药，不但会变得更乖，更听话，而且还不怕死。"

"明白！"

"还有。如果那帮女孩也起不到什么作用的话，就把血犬都撒出去。"

那亲信的脸上露出了惊恐的神色："连……连血犬都要撒出去吗?！六爷，那些东西可是恶魔啊！说不定连咱们自己人都杀！"

"把自己人先撤回来，等'小花'和血犬消耗得差不多了，再出去收拾残局。"六爷耸了耸肩："我就不信，老大他们能撑得住这两波攻击。"

老八的人已经在机场集结，不过，仓促之间，人来得不算多，武器也不够充足。不足以和老六的人对抗。

“吸血伯爵”得知这个情况之后，皱起了眉头。

老三凑到他耳边说：“老大，别里耶夫那小子，最近正在周边整备他的人马……”

“吸血伯爵”忽然转向老三，说：“通知别里耶夫，让他把他的人带来。”

老三点头，开始打电话。

电话接通之后，他和别里耶夫谈了几句，随后转向“吸血伯爵”：“老大，这小子狮子大开口啊。想要咱们更多货。”

“吸血伯爵”不耐烦地甩了甩手：“无论他要什么，都给他。不就是货么！未来三年的货都给他！哼，他有胆子要，看他有没有能力卖出去。”

老三和别里耶夫很快达成了协议。电话挂断了之后，老三向“吸血伯爵”汇报：“别里耶夫的人半小时之内就能赶到这里。”

“他怎么这么快？”

“重赏之下，必有勇夫。三年的货，够他把整个美洲市场和欧洲市场垄断了。”

两人正说着话，老三忽然看到墙角边有人影晃动——而且不止一个。那些人影的动作非常迅速。

“小心！”他赶紧把老大护在身后。

老八和他的手下也发现了那些人影，匆匆忙忙地开始迎击。枪声断断续续地响了起来。

蒋丽欣警觉地扫了一眼四周，随后找了个角落躲了起来。她拿出手机，给向南发了条讯息："你们到哪儿了？！"

讯息刚发出去，她就觉得身后有什么轻微的动静。她猛地向前一扎，与此同时，从身上抽出武器，准备对付身后的人。

可惜的是，背后那人动作更快。

那人灵活地伸出一只手，擒住了她的手腕，另一只手夺下了她的武器。

随后，他在蒋丽欣的膝弯处用力一踹。蒋丽欣痛苦地跪了下来。

偷袭她的人，正是"吸血伯爵"。

"吸血伯爵"冷冷地看着她。

"你的脸完全变样儿了啊。刚开始我还真没认出你来，不过，一开口说话，我就想起这声音来了。你是和陈冬一起的那个女警察。那天，陈冬带着你和另一个人，去那个国际刑警的监狱里跟我见面。"

"老大您认错人了……"蒋丽欣疼得脸都变形了。

"吸血伯爵"阴笑道："我怎么会认错人呢？告诉你吧，我能当上这里的老大，靠的全都是自己的脑子啊。"

他手上用力，蒋丽欣疼得几乎晕了过去。

此时，一个男人的声音响了起来："放开她！"

"吸血伯爵"一愣，他觉得这声音非常熟悉。当他扭过头来的时候，一把枪顶上了他的脑门。

站在他身后的，正是小黑。

小黑一直对蒋丽欣非常关注。尽管他也曾经是警察，但却一直没把这件事说破。

当蒋丽欣朝墙角那边跑的时候，小黑本来想跟着过去，却看到

“吸血伯爵”蹑手蹑脚地跟了上去。

小黑心下一凛，就跟在了“吸血伯爵”的后面，当“吸血伯爵”制住蒋丽欣的时候，他赶紧过来，为蒋丽欣解围。

“吸血伯爵”见小黑将枪口对着自己，便愤怒地吼道：“我是你的老大！你这小子，难道不知道她是警察么？！”

小黑没有丝毫要收手的样子：“就算是警察又怎么样？”

“就算你救了她，你早晚还会被她抓起来！”

“老子想怎样就怎样，就算被她抓，老子也心甘情愿！”小黑的手上又加了一分力道，枪口把“吸血伯爵”的太阳穴顶出了印子：“快把她放开！”

“你先把老大放开。”老三从旁边走了过来，他手里的枪对准了小黑。

谁都不肯先放下枪，局面变得僵持了起来。

一阵犬吠声由远而近地传了过来，老三的脸色变了。

“是血犬！老六那个混账，把剩下的血犬都放出来了！”

“吸血伯爵”的脸色变得苍白起来，刚才那头血犬已经够让人头疼了，如果再来一群的话……

“大家先放下之前的矛盾，咱们有什么账以后再一起算，现在先集中对付那些狗，怎么样？”

“吸血伯爵”的这番话正好是众人所想的。眼看着已经有几条黑影狂吠着窜了过来。众人慌乱地放弃了彼此之间的对抗，把枪口对准了那些狗。

老八在旁边的角落里目睹了这一切，当小黑把枪口从“吸血伯爵”头上挪开的一瞬间，老八悄悄地瞄准了小黑。

然而，另一支枪也对准了老八。

站在他旁边的李锋冷冷地说：“放下你的枪，否则你会先死掉。”

“连你也要造反？！哪怕你从这里逃掉，我们也会追你追到天涯海角！”

“这种废话对我没有任何意义。谁敢来追杀，我就灭了谁。”李锋“咔嗒”一声打开保险：“我数三下，如果你不放下枪，我就会先开枪。”

还没等他开始数，老八就把枪放了下来。

他恶狠狠地对李锋说：“咱们走着瞧。”

他话还没说完，李锋忽然脸色大变，将枪对准了他。

老八惊道：“你要干什么？！我已经把枪放下了，你怎么还……”

“趴下！”李锋的嗓音都变了。

老八听到身后传来了凌厉的风声，他下意识地把身子伏低，就在此时，李锋开枪了。

子弹打在一头正准备偷袭的血犬的头上，两颗子弹，打中了血犬的两只眼睛，这只血犬中弹之后，直接倒地而亡。

老八惊魂未定地伏在地上，那只血犬的两只前爪已经搭在了他的身上，如果李锋开枪再晚一秒钟的话……

李锋上前扶起老八：“喂，咱们之间先别闹内讧了，先干掉这群畜生……”

李锋话还没说完，就感觉一件冰凉的东西刺入了他的小腹。

老八阴恻恻地看着他，将手中的匕首从李锋的小腹中抽了出来。

“抱歉，你这么好的枪法，如果不能为我所用，就只有先干掉你。”

李锋简直不敢相信自己的眼睛，他原本救了这个人，但这个人却夺走了他的生命。

李锋缓缓地跪倒在地上。老八顺手抢走了他的枪。

“再见。”老八一脚把李锋踹倒在地，随后顺着墙根向远处跑去。

李锋觉得眼前的一切渐渐暗了下来，他想呼救，却叫不出来，远处，有更多的黑影向这边窜了过来，它们的獠牙在闪着光……

老六通过监控系统欣赏着这里发生的一切，他时不时调兵遣将，让更多的人进入这个修罗场上。

已经有不少人倒下了，但他毫不在意。这些人对他而言，只是棋子，是炮灰，是用完之后就可以随时抛弃的东西。

不过，眼下的局面大致可以定下来了——老八的那点儿人，连同老大、老三带来的手下，根本顶不住老六组织的“攻势”。

更不用说那些血犬了。

只不过，那些血犬也带来了一定的麻烦——它们什么人都咬，甚至包括老六派去的人，以及那些“小花”。

因此，老六的人也在作战过程中被迫杀掉了一部分狂性大发的血犬。

这场自相残杀的闹剧过后，老六手里的人也不多了，他决定直捣黄龙，派一批人去对付老大、老三和老八——现在，那三个人正在一起，龟缩在基地西北角的位置。他们的武器也不多了。派几十个人过去，应该足够。

他叫来一个手下，叮嘱他把剩下的大部分人都带上，把“吸血伯爵”等人统统干掉。

那手下离开了。老六紧盯着屏幕，他迫切地希望看到“吸血伯爵”等人死掉的样子。

因此，他完全没意识到，自己所在的这个房间，已经变得不安全了。

已经有人悄悄潜了进来。

老六留在房间里的几名贴身保镖，被这些潜入者悄无声息地干掉了。

而老六的注意力，却还放在屏幕上。

眼看着那些人已经把“吸血伯爵”所在的位置围了起来，准备投掷手榴弹。就在这个时候……

屏幕忽然黑掉了。

老六愤怒地转身：“去看看监控系统出什么故障了……咦？”

这声“咦”是在他看清身后的情景之后，发出来的。

他身后的地板上，横七竖八地躺着几名手下，而站在他们身边的，是几个让他非常头疼的人。

其中有人正用枪对着他，这人正是绝缨。

绝缨等人乘坐轨道车进入了基地内的核心位置——蜂巢。由于此时基地内部正处于自相残杀的混乱状态，没有人注意到这几个人的进入。以至于他们没费什么工夫，就摸到了老六所在的“监控室”。

而老六把身边人都派去对付“吸血伯爵”，也等于间接给了绝缨等人接近他的机会。

在看到绝缨之后，老六先想到的是“逃”。然而，绝缨冲他喊道：“别动！再动我就开枪了！”

面对枪口，老六却似乎并不慌张：“绝缨，你想知道你父母的下落吗？”

绝缨一愣，老六的这句话似乎击中了她的心。

“你知道他们在哪儿吗？！”

“当然知道。”

“快说！”

“你得先放了我。”

老六一边和绝缨周旋，一边缓缓地向后退了退，他的身后就是操纵台，身体靠过去之后，屁股正好能压在一个按键上。

陈冬看出有点儿不对劲：“小心，他好像要耍什么花招！”

“对！”小雪急匆匆往前冲：“别和他啰唆，先把他打晕了抓起来也行！”

但还没等她冲到老六面前，头顶忽然传来“叽叽嘎嘎”的声音，小雪惊愕地抬头，只见一道金属板制成的门正从上往下飞快地落下。

小雪赶紧后退，老六趁机向旁边扑倒，躲过绝缨射去的子弹。

为了避免误伤小雪，绝缨这两枪打得都有些谨慎，没能伤到老六。

金属门落下，把众人与老六隔开，老六在金属门的里面得意地狂笑。小雪气得直跺脚。绝缨呆呆地站在金属门前，握枪的手慢慢地垂了下来。陈冬赶紧寻找其他可以打开金属门的方法……

第二十四章　疯狂伯爵

子弹将“吸血伯爵”等人压制得抬不起头来。老三端着电话，焦虑地等待着别里耶夫的回复，这是他们唯一的希望。

但是，电话始终不曾响起。

蒋丽欣和小黑早已不知去向，身边只剩下老八和几名枪手，除此之外，就是一些誓死效忠“吸血伯爵”的人，但即便如此，他们的处境也越来越危险。

子弹快要打完了。

这不是电子游戏，子弹不是无穷无尽的，除此之外，对面的攻势也越来越猛烈，老六的人应该已经知道他们藏匿在这里，越来越多的人朝这里围了过来。

老八打完最后一发子弹，掏出短刀，和最后两头血犬展开了肉搏。“吸血伯爵”并没有过去帮忙，而是转向老三。

“别里耶夫那个杂种，为什么还不回话？！他的人早该到了！”

老三手中的电话终于响了。老三焦急地接通电话，电话那头传出一个女人的声音。

“喂？”

“你是什么人？”老三觉得很奇怪：“你是什么人？别里耶夫呢？”

“他没空儿。把电话给你们老大，我要和他谈谈。”

老三把电话递给“吸血伯爵”，“吸血伯爵”不耐烦地接过电话：“喂！你们的人为什么还没到？！我们不是已经谈好价钱了么？！”

“伯爵先生，听到您的声音，我真是非常开心。咱们又有机会聊天了。”那女人不紧不慢地说：“听出我的声音了么？”

“你……”“吸血伯爵”的脸上露出了古怪的表情：“你是崔茜？！”

“看来您还没忘了我啊，真让我感到荣幸。”崔茜说：“不用指望别里耶夫了。我们带了很多人过来，本地警方、边境部队，连同国际刑警，多方联合行动。别里耶夫的车队正好撞上我们，万幸啊，他们都死了。”

“你……你……”“吸血伯爵”气得说不出话来。

“你大概感到很奇怪吧？为什么我们能摸到你们的确切位置——说来话长，有三个人已经进入了你们的基地，这三个人之前都和你见过面。别着急，再过一会儿，我们就能见面了。”

“吸血伯爵”把电话重重地摔在地上。

距离他不远的地方，崔茜收起了电话，她从旁边一名警员的手里拿过一只望远镜，远远对准了“吸血伯爵”所在的藏身处。

其实，她就是之前一直和向南保持联系的人。

向南在进入这里的过程中，已经把路线发给了她，这大大加快了他们进军的速度。她和她的人在和别里耶夫的手下进行短暂交火之后，便消灭了对方的车队，并趁乱进入了这座“基地”。

崔茜之所以没有急着跟“吸血伯爵”动手，是因为向南建议他们“坐山观虎斗”。等“吸血伯爵”的人和老六的人斗到两败俱伤、弹尽粮绝的时候，他们再动手。

金属门外的陈冬等人折腾了半天，总算找到了一个疑似金属门开关的装置。

这是一块触摸屏，上面闪着光。

小雪犯愁了：“这是某种密码锁，不知道密码的话，恐怕是打不开这道门的。”

向南急了：“要不然我们把门炸开吧？！”

小雪瞪了他一眼：“别忘了，这是地下建筑！任何强烈的震动，都有可能引发建筑物的崩坏。”

“那该怎么办呢？”向南束手无策了。

绝缨转向陈冬：“你有没有什么办法？”

陈冬仔细检查了一下那块触摸屏，上前按了一下，触摸屏发出的光变得更亮了一些。

陈冬略微松了一口气：“原来如此，这个倒不算太麻烦。”

“啊？！”向南惊道：“你啥时候学会破解密码了？”

“我啥时候说我会破解密码了？”陈冬从旁边扛起一个昏迷中的守卫，把他的手抬了起来，按在那块触摸屏上。

触摸屏闪了一下，随后，金属门开始缓缓上升。

陈冬解释道：“如果是密码锁，那么在被人触碰之后，它应该会显示出含有字母或数字的虚拟键盘才对，如果没有，那就可能是指纹识别装置。”

金属门还没有完全抬起来，绝缨和小雪就急不可耐地钻了过去。

屋子里是空的，老六不见了。

陈冬眼尖，他看到一处地板上有些尘土，就朝那块地板的上方望去，只见那上边的天花板上有个通气窗。

通气窗似乎被人动过，接合处有较为明显的缝隙。

“他顺着通气窗跑了！”陈冬大喊。

天花板上传来轻微的震动声，朝着远处去了。

向南赶紧跑到通气窗下方，主动充当“脚垫”。陈冬攀上向南的肩，伸手一抬通气窗，通气窗被顶开了。

陈冬将上半截身子探了进去，只见老六的身影在通气管道中一闪，消失了。

“我去追他！”陈冬一边说，一边钻进管道。

绝缨急道：“小心点儿！他可能还有枪！”

正说着，从前方的管道里传出了枪上膛的声音，由于管道内没什么杂音，这声音显得分外清脆。

陈冬心知不妙，赶紧一缩头，与此同时，老六开枪了。一发子弹擦着陈冬的头皮飞过，打断了他几根头发。

陈冬正要还击，却听到了老六骂骂咧咧的声音：“什么破枪！这就没子弹了？！”随后是重物被摔到管道壁上的声音。

管道又一阵震动，似乎是老六正沿着管道向远处爬。

陈冬心头一动——这听上去像是老六因为子弹打光而把枪抛弃了。这正是上去抓他的时候。

他正要再次钻进管道，却又觉得不对劲——对方是个老练狡猾的家伙，怎么可能把子弹打光这种事随口说出来？

于是，他没有急着往管道里钻，而是脱下上衣外套，往管道里一抛。

管道的远处传来砰砰的连射声，外套被子弹打出了一串孔洞。

陈冬不由得咂舌，这老六还真是老奸巨猾，如果自己刚才鲁莽入内，说不定就会被打成筛子！

老六那边的射击声停止，随后传来“咔嗒”一声轻响。

陈冬注意到这是自动武器射击完了之后把弹夹弹出的声音。但这回的老六不再骂骂咧咧，而是直接向远处转移，管道中传来了非常强烈的震动声。

而且，从声音上判断，老六似乎没再装新弹夹。

陈冬让向南把手机给他，调为静音模式后，陈冬将手机的相机镜头伸进管道里，拍了张照片。

通过照片，他看到管道里的老六已经跑远了，管道里只剩下两把枪。

“追！”陈冬猛地往上一纵，进入了管道之中。

“吸血伯爵”已经打完了最后一发子弹，他望了望身边的老三，老三怀里抱着奄奄一息的老八，双目垂泪。

老八干掉了剩下的血犬。但却被六爷手下“猪组”的人偷袭。尽管后来在老三的帮助下，老八干掉了所有“猪组”的人，但他自己也终于倒下了。

在那一瞬间，“吸血伯爵”觉得自己真的老了。

他算错了，他原本以为自己返回王座的过程会非常顺利，哪知道，老天爷跟他开了这么大的一个玩笑。

外面的枪声停了，但这并非代表结束。相反，他隐隐约约听到外面有人在下令，对方似乎是准备破门而入了。

他转向老三：“你那儿还有什么武器吗？”

老三在口袋里摸了摸，摸出一个军绿色的，形似圆筒的东西。这东西的顶端有盖子。

“吸血伯爵”不由得苦笑：“居然是个手榴弹……唉！也好！”他拧开盖子，露出里面的拉环。

外面传来了一连串急促的脚步声，似乎已经有很多人来到了房间的门口，“吸血伯爵”整理了一下衣服，打开了那扇遍布弹孔的门。

他原本以为，外面应该都是老六的人，但出乎他意料的是，外面都是警察。

为首的人身穿防弹衣，用手枪对准了他——这人正是崔茜。

“我说过了，咱们很快会见面的。”

“吸血伯爵”的脸上露出了狰狞乖戾的表情，他忽然将手伸向手榴弹的拉环，准备引爆它。

然而，崔茜的动作比他要快多了。

枪声响起，“吸血伯爵”的手上扬起血花。子弹的强大动能让他的身子打了个趔趄。手榴弹从他手中滑落，骨碌碌滚到了墙角。

崔茜上前捡起手榴弹，并将枪对准了“吸血伯爵”。

“投降吧，你已经没有退路了。如果再想反抗，就送你下地狱去见别里耶夫。”

在通气管道里，陈冬仔细寻找着老六的踪迹。

这管道好像蜘蛛网一样，四通八达，通向各个房间。在黑暗中，目不能视。陈冬只能侧耳凝听，判断老六逃走的方向。

忽然，他感觉身畔的管道壁上发出一阵颤动。

陈冬赶紧把身体贴在了管道壁上，感受管道壁的震动。现在，虽然不能断定老六究竟去了哪里，但却可以利用管道壁的震动，确定他转到了哪个方向——如果是左侧管道壁震动，那么就是爬到左边的管道去了，反之，就是右侧。

此刻，震动正是从右边传来的。

陈冬一边感受着震动，一边往前爬。没过多久，震动忽然消失了。

紧接着，从右前方的管道里，传来了老六的喘气声。他似乎正在用力搬开什么东西。

陈冬意识到情况不妙，加快了速度。

往前爬出十几米之后，他看到前方的管道已经到了尽头，但下方有一个洞口。

估计是老六发觉自己已经走进了死胡同，再扭头往回爬，又怕遇上陈冬，所以干脆搬开下方管道的金属板，从管道里钻了出去。

陈冬赶忙来到那洞口前，往下一张望，却被吓了一跳。

老六确实在下面，但此时此刻，他却已经不能动弹——在老六身上，压着一头巨大的，浑身是血的狗，正是血钻。

原来，老六钻出去的地方，正好是通向直升机机场的通道。而在这条通道里，之前眼睛受创的血钻正暴躁地寻找着“复仇目标”。当老六慌不择路地从通气管道跳下去的时候，惊动了下面的血钻，血钻利用嗅觉和听觉捕获了老六的位置，并将其扑倒在地。

老六正面朝着天花板的方向，正好能看到陈冬。

老六哭丧着脸哀求道：“救……救我……”

他这声音正好刺激了血钻……

还没等陈冬回答，血钻已经张开血盆大口，朝着老六咬了下去。

陈冬赶紧用枪瞄准血钻，打了一通，血钻扑腾了一阵，不动弹了。但老六也断了气。

这一直渴望依仗恶犬的恶人，最终也死在了恶犬的獠牙之下。倒也真是天理昭昭，报应不爽。

第二十五章　尾　声

数日之后，在本地的一座机场，崔茜将戴着手铐的“吸血伯爵”和他的同伙押上了飞机。

在登机口，“吸血伯爵”转过头，恶狠狠地瞪了下面的陈冬一眼。

随后，他就被飞机内的警方工作人员拽了进去。

崔茜回到陈冬面前，同他握手：“这次真的是辛苦你们了。”

“不必客气。”陈冬望着“吸血伯爵”的背影消失在机舱内，随后不放心地加了一句：“这小子不会再逃掉吧？”

“不会了。这次要把他关在更隐蔽的地方。连我都不知道那是哪里。”

崔茜顿了顿，问道：“那两个女孩子……你们打算怎么办？”

她指的是绝缨和小雪。

目前，对于这两个孩子，陈冬也不知道该怎么办。绝缨和小雪现在是警方的“污点证人”，她们在未来将会出庭，并指证犯罪组织所犯下的恶行。之后，她们就自由了。

绝缨似乎还想去找自己的父母，但目前并没有她父母的下落。陈冬曾想建议她跟自己回国，在那里为她提供较好的生活条件，并照顾她。但想了很久，这句话都没能说出口。

陈冬叹了口气，送崔茜上了飞机。他目送着飞机远去，之后，转身走向身后的人群。

除了绝缨和小雪之外，“污点证人”还有一位，那就是小黑。

由于他在犯罪组织的时间较短，并没有什么犯罪记录，在逮捕犯罪组织成员的过程中，还有立功表现，因此，他获得了警方的嘉奖。在安置了李锋的骨灰之后，小黑也将出庭。

此时的小黑正吞吞吐吐地和蒋丽欣聊着什么。大概又是央求蒋丽欣带他回中国。

向南则和小雪说着什么，看他那慷慨激昂的样子，好像是在发什么誓。

陈冬不由得感慨起来，他自言自语道：“年轻真好。”

旁边传来了女人的声音：“你在说什么呢？”

陈冬转身，正看到绝缨。绝缨换了一身浅色连衣裙，好奇地看着他。

陈冬犹豫了一下，之后结结巴巴地问道：“你……你在事情结束之后，会……会跟我回中国吗？”

绝缨愣住了。

她没想到陈冬会说这句话。

陈冬赶紧解释:“我没别的意思啊！我是想，虽然这里是你的祖国，但你在这里毕竟人生地不熟的。你不如跟我回中国，在那里，毕竟我可以照顾你……我可以带你去很多地方，那里有不一样的景色，还有很多美食哦!”

绝缨一言不发。她低头看着地面。

陈冬的心渐渐凉了下去。他强笑道:“没事的。就算你打算继续留下来，我也是同意的。我跟这里的朋友说一说，让他们送你去一所比较好的学校，你想要融入这个社会，就需要学习各种东西……”

“学校?!”绝缨似乎吓了一跳:“不不不，我可不想去。”

“那……直接给你介绍一份工作，恐怕有些难度，最好还是学一些技术吧……”

“我就不能有其他选择么?!”绝缨板起了脸:“好歹我也是成年人了啊。为啥需要你来替我做决定呢?！你又不是我爸!”

“这个……”陈冬一时语塞。

绝缨看着他一脸尴尬的表情，忽然又“噗哧”一声笑了:“喂，你不是很擅长观察别人么?你不是会读别人的心么?为什么你就猜不透我现在的心思呢?”

陈冬不好意思地搔了搔头:“这个嘛……我也不知道为什么，你的心思，我是不敢去猜的，怕猜错。”

“哦……那我还是直接说好了。”绝缨忽然上前，挽住了陈冬的胳膊:“等所有事情结束之后，你带我回你的国家吧。”

“啊?”陈冬一怔。

他垂首看着身边的女孩，她那双忽闪忽闪的大眼睛，正好与他对视着。

夕阳西下，东南亚的暖风拂过二人的面庞，这风里带着少许撩人的醉意。